「あなたは
この銀の水瓶亭にとって、
大切な客人であると
認められました」
魔王討伐したあと、
目立ちたくないので
ギルドマスターになった

可憐なる災厄
ミラルカ・イーリス
殲滅魔法を得意とする魔法使い。魔王討伐後は、魔法大学の教授として生徒に魔法を教えている。ディックには厳しい態度だが実は密かに想いを寄せていて……。
「……ねえ。ディックは、どうしてそんなに目立ちたくないの？」
「ディックさんの魂をお鎮めしたい……ほんの少しで構いませんから……」
沈黙の鎮魂者
ユフィール・マナフローゼ
鎮魂の力を持つ上位僧侶。魔王討伐後は、孤児院の院長として働いている。鎮魂に対し強い執着があり、特にディックの魂を鎮めて気持ちよくなりたいらしい。

輝ける光剣
コーディ・エルステッド
剣精と契約した剣士。魔王討伐後は、騎士団長として引き続き国のために戦っている。ディックに対してだけ話していない秘密を抱えている。
「男の子ってしょうがないよね。ディックったらすぐ喜んじゃって」
「僕は、君のための駒となれているだろうか……ディック」
妖艶にして鬼神
アイリーン・シュペリア
武闘家で鬼族と人間のハーフ。魔王討伐後は、フリーの立場でディックのギルドから仕事を請け、『銀の水瓶亭』によく顔を出している。
魔王を討伐した英雄たち

「ご主人様に奉仕するのは、メイドの務めなのでな」

ヴェルレーヌはそっと俺の手を取り――一瞬だけ躊躇《ちゅうちょ》したが。

ネグリジェの布地を大きく押し上げた自分の胸に、俺の手をふにゅっと押し当てた。

「んっ……んぅ……っ」

「っ……ま、待てっ……出してはいけない類の声が出てるぞ……！」

自分でしておきながら、ヴェルレーヌの頬は紅潮《こうちょう》し、長い耳がぴくぴくと震えている。

しかしヴェルレーヌは手を震わせつつも、胸に押し付けた俺の手を放さない。

魔王の奉仕

魔王

ヴェルレーヌ＝エルセイン

力の源である「魔王の護符」を取り戻すため『銀の水瓶亭』にやってきたのだが……。女店主として働くことになり、隙あらばディックを篭絡しようと、奉仕の機会を狙っている。

「忘れられたままでいいさ。
これから俺のすることは、
大したことでも
何でもないからな」
忘却の五人目、再び

忘却のディック
ディック・シルバー
何でも器用にこなす魔王討伐隊の影のリーダー。魔王討伐後は、『銀の水瓶亭』のギルドマスターとして、持ち込まれた依頼を自分が目立たないように解決している。
久しぶりの実戦。しかし、俺にとってはこんなものは、
戦いとして成立すらしない。
「俺はただ仕事をしてるだけだ」

CONTENTS

After tormenting the Devil, I did not want to
stand out, so I became a guild master

魔王討伐したあと、目立ちたくないので
ギルドマスターになった

朱月十話

ファンタジア文庫

2603

口絵・本文イラスト　鳴瀬ひろふみ

俺は持ち込まれた依頼を、どのような方法を使ってでも解決する。

After tormenting the Devil, I did not want to stand out, so I became a guild master

ただし、目立たないように。

After tormenting the Devil, I did not want to
stand out, so I became a guild master

序章　忘却《ぼうきゃく》の五人目

1　魔王討伐《まおうとうばつ》と奇跡《きせき》の子供たち

「自分が魔王を倒《たお》す勇者になれたら」と思うことは、誰《だれ》でも一度くらいはあるだろう。

しかしそれは、宝籤《クジ》を引いて一等を当てるくらいに難しい。

魔王のところに誰よりも早く辿《たど》り着き、魔王を倒して無事に帰らなくてはいけない。わりと魔王がいる場所はハードな環境《かんきょう》だから、帰る途中《とちゅう》に死んでしまって、死後に英雄《えいゆう》になるやつもいる。

たとえ無事に帰れたとしても、魔王を倒した勇者は、魔王以上の力を持っているわけだから、勝手に恐《おそ》れるやつらも出てくる。

魔王を倒した勇者と認められ、栄華《えいが》の極《きわ》みを手に入れたとしても、上手《うま》く立ち回らないとあとが面倒《めんどう》だ。

ならば、どうすればいいのか。俺は魔王を倒す前から、そんな心配ばかりをしていた。

臆病《おくびょう》と言われようが、せっかく魔王討伐の一行に加われたのだから、できるだけリスクを減らして大きなリターンが欲しいに決まっている。

他国で国を救ったという勇者の中には、国王に爵位《しゃくい》をもらって政治に対する発言権を得たはいいが、重臣の嫉妬《しっと》を受けて毒を盛られた者もいる——それではあまりに報《むく》われない。人に疎《うと》まれるくらいなら、栄華の極みなんてものは必要ない。ひっそりと目立たず、俺が求めるものを手に入れられればそれでいい。

そのためには魔王を討伐するまでの過程においても、花形となる前衛などはやらずに、後衛に徹《てっ》するべきだ。むしろアドバイザーくらいがちょうどいい。

俺は決して勇者パーティの一員などではなく、勇者が魔王を倒すために協力しただけの、傍観者《ぼうかん》になりたい。魔王を倒すまで、そう思い続けていた。


魔王を倒すために必要な強さとは、端的《たんてき》に言ってしまえば、冒険《ぼうけん》者ギルドでSSSランクと認められる強さがあればよい。

このグランガルムという世界には幾《いく》つかの大陸があり、俺たちの国であるアルベイン王国では、冒険者の強さを数値として測定することができる。

体力、魔力、持っている技術、その他人脈などを加味して総合的な強さを『冒険者強度』として数値化し、それが10万を超《こ》えている人間ならば、SSSランクの冒険者と認められるという寸法だ。

若くしてそんな力を持っている人間は滅多《めった》に現れないし、王国の歴史の中でも、SSSランクの冒険者自体がほとんど空席のままだった。

しかし、俺たちの世代は例外だった。

『求む！　魔王討伐』という名目で国王が志願者を募集《ぼしゆう》し、集められた弱冠《じやっかん》十歳前後の少年少女――『奇跡の子供たち』は、それぞれに神が与《あた》えたとしか言いようのない、ありあまる天賦《てんぷ》を持って生まれ、その才を幼い頃《ころ》から磨《みが》き、ギルド基準における冒険者強度10万を達成していたのだ。

彼ら奇跡の五人には、その個性に応じて二つ名がついている。

『輝《かがや》ける光剣《こうけん》・コーディ』

『可憐《かれん》なる災厄《さいやく》・ミラルカ』

『沈黙《ちんもく》の鎮魂《ちんこん》者・ユマ』

『妖艶《ようえん》にして鬼神《きしん》・アイリーン』

そして俺――一応冒険者強度は10万を超えているが、影《かげ》の薄《うす》い存在であった俺は、『忘却の何とか』と呼ばれていた。二つ名をつけようと思ったなら調べるくらいしてほしいのだが、俺の名はディック・シルバーという。

そんな強度10万超えの驚異《きょうい》的ルーキーだった彼らだが、大きな弱点があった。

個人でも強すぎるために、勝つために連携《れんけい》したり、作戦を考えるということは苦手だったのだ。同等の実力を持つ魔王を倒すには、パーティの連携は不可欠であるにも拘《かか》わらず。

そんなパーティを統括《とうかつ》する役割を与えられたのが、四人を後方から冷静に見て、場面に応じた指示を出すことができる——とされている俺だった。

そんなこんなで、俺は四人の仲間たちと旅に出て、三ヶ月かけて魔王城に着いた。

ミラルカは得意の殲滅《せんめつ》魔法で魔王を攻《せ》め立て、ユマは魔王が呼び出す死霊《しりょう》を片《かた》っ端《ぱし》から鎮魂して天国に送り、アイリーンは『鬼神』に変化して魔王を肉弾《にくだん》戦で圧倒《あっとう》し——最後はコーディが光剣で魔王を追い詰《つ》めた。

俺は彼らに作戦を指示し、能力強化の魔法をかけてやり、あとは戦いを傍観していた。

みんな個人の戦闘《せんとう》力は図抜《ずぬ》けているが、他人をバックアップする能力を全く持たない。鎮魂の力を持つ上位僧侶《ハイプリースト》のユマですら、回復や防御《ぼうぎょ》の魔法を習得していないというありさまだった。魔王もさるもので、まともに当たればＳＳＳランク冒険者の手足を吹《ふ》き飛ばすくらいの力を持っていたから、俺の強化魔法をかけないと死人が出ていたかもしれない。

まあ、そうならなかったので良しとしよう。

魔王は王冠をコーディの剣撃《けんげき》の余波で飛ばされ、ついに床《ゆか》に膝《ひざ》を突《つ》いた。コーディは追撃せず、『剣精』の力で召喚《しょうかん》した光剣を魔王に向ける。

「くっ……私に膝をつかせるとは。人間よ、その力を認めよう」

「もう悪さをしないと約束するのなら、ここは見逃《みのが》してやろう。二度と人間を脅《おびや》かさないよう、魔王の領地から出ることは許さない」

「領地をそのまま残すというのか……甘い男だ。魔族が統治していた地など必要ないか」

「誰にだって生きていくために必要な場所がある。僕はそう思うだけだ」

コーディは血まみれになって死闘を演じていたというのに、そんなことを爽《さわ》やかに言った。俺としては早く出血を何とかしろと言いたいが、回復できるやつが俺しかいない。

『癒しの光《ヒールライト》』を詠唱《えいしょう》し、コーディをさりげなく回復してやる。彼は俺をちらりと見やって微笑《ほほえ》むが、まだ緊張《きんちょう》は緩《ゆる》められない。

「ふん……人間よ、今は貴様らに屈《くっ》しても、光あるところに必ず闇《やみ》が生まれ、必ずや魔の力が再び人間の世界を覆《おお》い尽《つ》くして……」

「そういうのはいいから。魔王を倒した証拠《しょうこ》になるものを渡《わた》しなさい。そうじゃないと、身ぐるみを剝《は》がして持って行くわよ」

「な、何たる残虐非道《ざんぎゃく》……敗者に尊厳はないというのか……！」

『可憐なる災厄』と呼ばれるだけあって、ミラルカは脅《おど》し文句を言っている姿すら可憐である。全く癖《くせ》のない金色の髪《かみ》に、意志の強い大きな瞳《ひとみ》。まだ十一歳で、俺より二つ年下だが、彼女は全く意に介《かい》していない——自分の容姿と実力に、絶対の自信を持っているので、年齢差《ねんれい》は関係ないとは本人の弁だ。

その性格は見ての通り苛烈《かれつ》で、わりと容赦《ようしゃ》がない。肌《はだ》の黒い美女——ダークエルフに近い姿をしている魔王の服を引っ張って剝ぎ取ろうとするので、魔王が悲鳴を上げていた。

「魔王さんの魂《たましい》を、ぜひ鎮魂してみたかったんですけど……ちょっぴり残念ですね」

「鎮魂って……殺生《せっしょう》することが前提になってるぞ。僧侶《そうりょ》が言うことじゃなくないか」

「ええ、どうしてですか？　私はこの世全ての魂を慰《なぐさ》めてさしあげたいんです。ディックさんの魂も……」

ユマはクレイジーサイコプリーストのように見えるが、単に『鎮魂好き』なだけである。

この天才僧侶はまだ九歳で、俺たちのパーティで最年少だが、幼くして何をどうこじらせたのか今でも気になるところではある。「僧侶とはそういうものです」と言っていたが、違《ちが》う気がしてならない。

「ねー、それでどうするの？　魔王を倒したって証拠は……そのペンダントにする？」

待ちくたびれたという顔で、桃色髪の武闘家少女――アイリーンが言う。人間と鬼《おに》族のハーフである彼女は、人間より成長が早く、十二歳にしてすでに大人のようなスタイルをしている。自ら「ばいんばいん」と称《しょう》する胸は、二十歳《はたち》前後の容姿をしている魔王と比べても遜色《そんしょく》がない豊かさで、俺の少年心を時折惑《まど》わせてくれる……とそれはさておき。

コーディは魔王の首元を見て、ペンダントを見つける。その顔が目に見えて赤くなり、挙動がおかしくなった。

「ぺ、ペンダントか……ディック、僕のかわりに取ってくれないか」

「何をびびってるんだ、お前は……むっ……？」

魔王はボンデージみたいな衣装を着ていて、バストの上部分が覆われていない。その豊満な谷間に、ペンダントが入り込んでいた。

コーディは女性に全く免疫《めんえき》がない――といっても、十三歳という年齢からいって普通《ふつう》といえば普通なのだが、『俺の前で性的だと思われそうなことをする』というのを極端に避《さ》ける傾向《けいこう》にあった。そんなときは俺が仕方なく、代わってやるしかない。

「んっ……そ、その護符《ごふ》を奪《うば》うというのか……それがなくては、私の属性耐性《たいせい》や、自動回復能力などがなくなってしまうではないか……並の人間が装備すると呪《のろ》われるし、持っているだけで生命を吸われるがな……」

「ほう……それはなかなか……」

魔王が解説してくれる間も、俺はするすると金属の紐《ひも》を引っ張っていく——すると、金の飾《かざ》りが出てきた。魔法陣《まほうじん》を象《かたど》ったような簡素なものだが、溢《あふ》れる魔力は尋常《じんじょう》ではない。

「そんなエッチな目で魔王を見るなんて最低……この変態。変態ディック」

「あはは、ミラルカがやきもち焼いてる。心配しなくても、そのうち大きくなるって。あたしみたいに♪」

「わ、私は、別に気にしてなんて……」

ミラルカは俺を見ると、きっと睨《にら》みつけてからそっぽを向いてしまった。黙《だま》っていれば可憐でも、彼女は男勝りで気が強い性格なのだ——もうすっかり慣れたが。

それよりも、今は護符だ。バストの谷間によって人肌——もとい、ダークエルフ肌のぬくもりが残ったこのペンダントを、外して持ち帰らなければ。

「装備しなければ呪われないわけだし、魔王の護符はもらっていくぞ」

「む……わ、分かった。大人しくしていれば、返してもらえるのだな？」

「約束はできないけど、そうだな……五年くらいしたら取りに来てくれ。そのとき、まだ俺の言いつけを守ってたら、護符を返してやる」

「……まだ子供だと思って侮《あなど》っていたが、なかなかの胆力《たんりょく》の持ち主だな。若き勇者よ、名を何という？」

「さっきも言われてたけど、ディックだ。ディック・シルバー。忘れてもいいが、できれば覚えててくれ。そうじゃないと護符を渡せない」

俺は魔王の護符を受け取る。並の人間では呪われるというが、俺の実力でもその力を抑《おさ》え込むことができた——と、大事なことを言うのを忘れていた。

「あと、俺は勇者じゃない。勇者って呼び方がふさわしいのは、このコーディだ。俺は、みんなについてきただけだよ」

「っ……なぜ、そこまで謙遜《けんそん》するのだ。どう見ても、この一行の中心にいるのは……」

さすがは魔王と言いたいところだが、このパーティが俺を中心に回っているということはない——俺はバランスを取るための存在で、むしろ振《ふ》り回されているのだから。

2　それぞれの褒美《ほうび》

俺たちは魔王を討伐した証《あかし》の『魔王の護符』を持ち帰り、国王陛下から褒美を賜《たまわ》った。

コーディがもらったものは、アルベイン王国の騎士《きし》団長の位。

ミラルカがもらったものは、世界に数羽しかいないという幻《まぼろし》の小鳥。

ユマがもらったものは、身寄りのない子供を受け入れるための孤児院《こじいん》。

アイリーンがもらったものは、『神酒《みき》』と呼ばれる希少な酒。

傍《はた》から見てそれでいいのかと思うようなものを選んだ者もいたが、それぞれが満足して褒美を選んだ。

魔王の護符は持っているだけで生気を吸われる危険なものだから、その力を抑え込める人物が預かることになった——そこで俺が真剣な顔で申し出たら、預かり役を任せてもらえた。王家の宝物庫に護符を入れられたら、魔王に返せなくなってしまう。

デメリットを抑え込む力があるなら、魔王の護符は強力な装備となる——なんてことは隠匿《いんとく》していた。俺としては、手札になるものは多く持っておきたい。

それはそれとして、俺も魔王討伐《とうばつ》隊の一員ということで、褒美をもらえることになった。

「ディック・シルバー。お前はそれほどの勲功《くんこう》を挙げなかったようだが、勇者の一行と共に進み、魔王のもとに辿り着いたことは確か。他の者のようになんでも叶《かな》えるというわけにはいかぬが、一つ望みを申してみよ」

「っ……国王陛下、それは訂正《ていせい》させてください。ディックは僕たちにとって……」

コーディは俺のサポートについて、恩義に感じてくれているようだった。ブラウンの髪と瞳を持つこのやたらと顔が整った少年は、いつも柔和《にゅうわ》な笑みを絶やさずにいるのに、今は必死な顔をして、俺の評価を上げるために訴《うった》えかけようとしている。

「コーディ、気持ちは嬉《うれ》しいが、俺はそこまでのことはしていないよ」

「ふむ……しかし、魔王の護符を守る役目についても、相応に報《むく》いなければなるまい」

「俺……いえ、私はただついていっただけです。ついていくにもそれなりの能力は必要ですが、本当に、魔王のところに辿《たど》り着くだけで精一杯《せいいっぱい》でした。護符の件も、私のような存在を知られていない者が持っていれば、狙《ねら》われることはないと考えただけです」

敬語を使う場とはいえ、「私」というのはあまり落ち着かない。それでも俺の言葉遣《づか》いは砕《くだ》けているが、国王陛下は寛容《かんよう》だった。

「どのような役割をこなしたにせよ、魔王討伐隊の一員であることには変わりない。謙遜するな、勇気ある少年よ」

ミラルカが不満そうに「ディックの嘘《うそ》つき」と呟《つぶや》く。ユマはいつものように微笑みながら、何も言わないが言いたそうにはしている。アイリーンは神酒が待ちきれないのか、そわそわと落ち着きなく周囲を見回していた。

俺もそうだが、みんなまだ年若い。これから羽化するように綺麗《きれい》になっていくだろう。惜《お》しい気はするが、そんな彼女たちとも今日でお別れだ。俺たちはあくまで、魔王討伐のためにパーティを組んだだけなのだから。

「魔王と直接刃《やいば》を交えていないとはいえ、旅の道連れとして彼らを支えたのであろう。さあ、今一度問う。望みを申してみよ」

「ありがたきお言葉です。私が賜りたいものは……」

もう一度国王に問われた俺は、少し考えるそぶりをした。

本当はどうしたいかなんて、とうの昔に決めていた。

俺が選んだ、目立たずに最大の利益を得られる生き方——それは。

「国王陛下に申し上げます。王都に、新しいギルドを作る許可をいただきたいのですが」

ギルドマスターとなり、自分は働かずに、冒険者《ぼうけん》を集めて功績を上げさせる。

表舞台《おもてぶたい》に出て目立つことがあるのはギルドの構成員たる冒険者で、俺は人を集め、育成や指導を主に行うという寸法だ。

SSSランクの冒険者が引退してギルドマスターになるなど、珍《めずら》しい話ではない——もちろん資金やコネが必要だが、そのあたりも国王陛下に直《じか》談判すれば解決できる。

ここで大事なのは、トップギルドの立場を望まないことだ。

トップを狙わず、存在感を消しながら、その実態は——所属する冒険者と持ち込まれる依頼《いらい》は、ともに最高級。

そんな状況《じょうきょう》を作るには、誰《だれ》もが俺のギルドが優秀《ゆうしゅう》であることを秘密にしつつ、希少な依頼を持つ人物に存在を知られるという仕組みを作らなければならない。時間はかかるかもしれないが、仕込みさえ上手くいけば、不可能ではないと俺は考えていた。

「ギルドマスター……ディック、そんなことを考えていたの……？」

「ギルドに集《つど》う、血気盛んな冒険者の方々の魂……ああ、お鎮《しず》めしてさしあげたい……」

「ふーん、面白《おもしろ》そうなこと考えてるじゃん。ねえ、そのギルドってあたしたちも遊びに行っていいの？」

三人娘《むすめ》が好意的な反応を示しているが、それは置いておく。ときどきお忍《しの》びで遊びに来るくらいなら、俺の陰《かげ》のギルドマスターっぷりに支障をきたすことはないだろう。

「新たなギルドを作る……か。我が国には十二の冒険者ギルドがあるが、十二番目のギルドの活動状況が芳《かんば》しくなく、先月ギルドマスターを退去させている。そのギルドハウスをそのまま使うのであれば、ディックよ。お前はすぐにでも、ギルドマスターとして活動を始められる。それとも、新たなギルドハウスを望むか？」

「そのギルドハウスは、目立たない場所に建っていますか？」

「うむ、王都の十二ある通りのうち、最も治安の悪い十二番通りにある。それも、経営が芳しくなかった理由の一つではあるのだが……やはりやめておくか？」

王は何度も確認してくる。仮にも魔王討伐に同行した褒美だというのに、中古で立地条件も悪いギルドハウスをもらいたがるやつがどこにいる、と思うのは当然だろう。

しかし俺も腐《くさ》っても冒険者強度10万とんで35なので、治安の良し悪《あ》しは気にしない。

そういう場所を密《ひそ》かに訪ねてくる訳アリの人々だけを相手に、秘密組織――もとい、秘《ひ》密裏《みつり》に世界中から最高の依頼が集まるという、俺の理想のギルドをつくるのだ。

実績が芳しくなくて潰《つぶ》れたギルドというのも、俺には都合がいい。誰もそこに入った後《あと》釜《がま》が、たいそうな人物だなんて思いもしないわけだから。

「はい、そのギルドハウスでも身に余るほどです。ありがたく使わせていただきます」

「うむ……少し気が引けるのだが、そこまで言うのならば良かろう。謙遜しすぎではないかと儂《わし》は思うのだがな。やはり若いがゆえに、大人とは望むものが違《ちが》うということか」

陛下は言外に、愛娘《まなむすめ》である姫《ひめ》を嫁《よめ》にくれと言われなくて安心しているようだった。

そう言われたときに備えてか、姫は謁見《えっけん》の間にいつでも来られるようスタンバイしていた――それが空振《からぶ》りに終わった件について、俺とコーディは謝罪しなくてはなるまい。

国王陛下との謁見が終わったあと、魔王を倒《たお》した勇者一行のためにパレードが行われるというので、打ち合わせに呼ばれた。しかし、コーディを除いて誰もが出席を拒否《きょひ》して王城から退出してきてしまった。

「君たちというやつは、本当に……いや、もう旅に出るときから分かっていたことか」

コーディは時間をもらい、王城を離《はな》れようとする俺たちを追いかけてきた。

城門を出たところにある石橋の傍《かたわ》らで、俺たち五人はそれぞれのポーズで駄弁《だべ》る。ミラルカは腕《うで》を組んで橋の欄干《らんかん》に背を預けており、ユマは僧侶《そうりょ》だからと地面に正座し、アイリーンは欄干の上に座る。コーディは立ったまま、そして俺はガラの悪い座り方をしていた。

「魔王を倒したかったのは、フェアリーバードが欲しかったからよ。それが手に入ったのだから、見世物にまでなるつもりはないわ」

「フェアリーバード、可愛《かわい》らしい鳥さんですよね♪」

「ええ、鎮魂《ちんこん》したいなんて言ったら頰《ほお》をつまむわよ。ユマ、あなたはそんなに幼いのに、さすがは大司教の娘ね。孤児院を営みたいなんて、大人も顔負けの奉仕《ほうし》精神だわ」

「魔王討伐までに通った町で、お腹《なか》をすかせた子供たちを多く見ましたから。私、その子たちと約束していたんです。魔王を倒したあとは、王都に来て私を頼《たよ》ってくださいって」

本当に九歳かと言いたくなるが、俺も五歳から頭角を現していたので何も言えない。

「……ってか、俺、ユマが大司教の娘とか初めて聞いたんだが？」

「言わなかったもの。私もだけど、アイリーンも家のことは言ってないんでしょう？」

魔王討伐まで三ヶ月ほど一緒《いっしょ》に旅をしただけで、俺たちはまだ理解し合っていない――

まあ、仲間としては互《たが》いの事情を知りすぎなくてちょうど良かったのかもしれないが。

「ねーディック、この神酒、大人になったら一緒に飲まない？　大人として認められる十六歳になるまでは、寝《ね》かせておかないといけないいんだよね」

「あ、ああ……構わないけど。一つ言っておくが、俺のギルドハウスを訪ねてくるときは、正体が分からないように変装してくれよ。みんなは有名人なんだからな」

「そんな面倒《めんどう》な気遣いを求められても困るわね。私は、私のしたいようにするわ。指図しないで」

ミラルカは自覚がないが、俺のギルドハウスを訪ねてくると言ってるようなものだった。

冒険の間あれだけツンケンしてきた少女が、俺に何の用があるというのか。

「せめて裏口から来てくれると助かるな。今の王都に『可憐《かれん》なる災厄《さいやく》』の名前を知らないやつはいないぞ」

「っ……その名前で呼ばないでって言ったでしょう。殲滅魔法《せんめつまほう》の美しさも理解できない愚《ぐ》民《みん》たちが勝手に災厄呼ばわりしていることには、本当に遺憾《いかん》の意を覚えるわ」

「ミラルカはこれから、魔法大学……じゃなくて、お父さんのところで勉強するの？」

「え、ええ。そのつもりだけど……」

ここに来てミラルカ、ユマの素性《すじょう》がなんとなくつかめてきた。ミラルカはおそらく、王都にある魔法大学の教員の娘なのだろう。

コーディは冒険者の両親を持ち、その背中を見て育ったという。四歳で親を追い抜《ぬ》いてしまった天才だが、今でも親のことは尊敬しているとよく言っていた。

「ああそうだ。コーディ、お前は強いが、一応言っとく。国のためとか、そんな理由で無理をしないようにな」

「……やはり君にはかなわないな。そう言うと嫌《いや》がられるだろうけど、僕は君がそうやって忠告してくれるおかげで、ここまで生きのびてこられた。そう思っているよ」

「お、おう……いや、反応に困るから、あまり真面目《まじめ》に返さないでくれ」

「ははは、ごめん。国のためには死なないが、自分の信念のためになら死ぬかもしれない。剣士《けんし》とは、そういう生き物だと僕は思う」

こういうセリフを真顔で言えるのも、勇者に必要な才能なのではないかとたまに思う。

「あ……そろそろ戻《もど》らないといけないみたいだ。みんな、またいつかどこかで会おう」

「ええ。私たちが出ない分も、勇者として祭り上げられてくるといいわ」

「コーディさん、頑張《がんば》ってくださいね」

コーディは城に戻っていく。残された俺たちは解散するでもなく、その場にとどまる。

「……ね、ねえ。ディック、あなたはどこの生まれなの？」

「俺は田舎町《いなかまち》の農家の息子《むすこ》だよ。どこの町かまでは、機密に相当するから漏《も》らせないな」

「そ、そう……じゃあ、これから、一度田舎に戻ったり……」

「いや、もともと家を出る予定で出てきたし、このまま王都で暮らすつもりだ」

なにげなく答えたが、みんなの間に微妙《びみょう》な沈黙《ちんもく》が流れる。俺はこういう空気を読むのはわりと苦手だ――それも慣れていかなければと思うところだが。

「ディックさん、解散してしまう前に、ギルドハウスを見に行っていいですか？」

「あたしも今から帰るのは面倒だから、ディックのとこにお世話になろうかなー」

「……わ、私も……実家はすぐそこだし、ディックはすぐアイリーンをエッチな目で見るから、それを注意する意味でもついていくわ。監督《かんとく》役ね」

「あはは、男の子ってしょうがないよね。ばいんばいん、って言うとディックったらすぐ喜んじゃって」

喜んでねーよ、とぶっきらぼうに言いたくなるが、俺は思ってもみなかった展開になり、微妙に安堵《あんど》していた。

コーディには悪いが、ここで解散するのは、精神的に孤独《こどく》というものを克服《こくふく》しているであろう俺でも、それなりにナーバスな気分だった。

「じゃあ俺の隠《かく》れ家《が》的ギルドハウスに行くか。みんな、行く前に変装するんだぞ」

「また変なこだわりを……そんな面倒なことを言っていると、婿《むこ》のもらい手がないわよ」

「あ、そう言いつつも言うこと聞いてる。ミラルカってほんと、最後にはディックの言うこと聞いちゃうよね」

「そ、そんなこと……私はただ、子供のわがままを聞くくらいの度量は持ち合わせているというだけよ」

「ふふっ……ミラルカさんらしいです。やっぱり私たちはこうですよね、これからも」

鎮魂発言のないユマは普《ふ》通《つう》に妹系の魅《み》力《りょく》を発揮しており、俺としては肩車《かたぐるま》をしてやってもいい気分になったが、あまりにも浮《う》かれすぎなのでやめておいた。

――こうして俺は、王都の十二番通りにある、うらぶれたギルドハウスの主《あるじ》となった。

与《あた》えられた資金を元手にギルドを運営し、あくまで目立たず、俺のギルドを世界中から冒険者と依頼が集まる場所にすることができるのか？

その計画が軌《き》道《どう》に乗り始めたのは、俺がギルドを設立してから五年後のことであった。

第一章　『銀の水瓶亭《みずがめてい》』本日も営業中

1　飲んだくれ男と美しき依頼者《いらいしゃ》

エクスレア大陸北部に位置するアルベイン王国は、建国から二千年の歴史を持っている。

国民は一千万人、王都アルヴィナスの人口は五十万人。そのうち貴族は地方領主を含《ふく》めて数百人しかおらず、国王を頂点に戴《いただ》く。

騎士《きし》団長となったコーディの発言権は、貴族位における公爵《こうしゃく》に等しい。曲がりなりにも勇者であるにも拘《かか》わらず、冒険者《ぼうけんしゃ》上がりで貴族に肩を並べた彼は、十三歳のあの当時からわりと苦労をしたらしい。

SSSランクの冒険者が国を一人で切り崩《くず》せるというのを、貴族たちは知らない――コーディは切れもせず、よく貴族たちのイビリに耐《た》えたものだと思う。

彼は十六になって酒が飲めるようになると、お忍びで俺のギルドに来ては、普段《ふだん》一滴《いってき》も口にしない酒を飲んで「貴族と軍人の間の折衝《せっしょう》で苦労している」とよく言っていた。俺はそのたびに言う、役職を持つっていうのはそういうもんだと。

ギルドマスターも立派な役職だよとコーディは言う。

俺は笑う、俺はただここで酒を飲んでいるだけだと。

だが飲んだくれていられるのも、俺が作ったシステムが見事に機能しているからだ。

俺のギルド――『銀の水瓶亭』以外に王都には十一のギルドがあるが、現在そのうち七つはトップギルドである『白の山羊亭《やぎてい》』が作った組合に加盟しており、相互《そうご》に依頼を回したり、冒険者を手配したりという協力体制を取っている。

俺は組合には加盟せず、秘密主義を保っている。そうするために前準備として、元は全てのギルドが加盟していた組合から、他のギルドを幾《いく》つか脱退《だったい》させるという工作を行った。そうすることで、俺のギルドだけが独立しているという特異性は薄《うす》れさせることができた。

自分のギルドの機密性を高めたあとは、『十二番通りのギルドは、他のギルドに持ち込めない依頼を受けてくれる』という都市伝説めいた噂《うわさ》を流した。もちろん、その噂を聞いて真正面からやってくればいいわけではない。さらに詳《くわ》しく調べると、俺のギルドに所属したい場合、もしくは依頼を持ち込みたい場合の『合言葉』を知ることができる。

具体的にどういうことなのか、一例を紹介《しょうかい》するとしよう。

俺が十八歳になってから、三ヶ月ほど経《た》った頃《ころ》のこと。

ある日の昼下がり、俺はいつもと同じように、ギルドに併設《へいせつ》された酒場のカウンターで、お気に入りの酒で喉《のど》を潤《うるお》していた。

「ご主人様、いかがでしょうか。ボルゴーニュ地方で産出しました、今季最高の白葡萄《しろぶどう》を用いた一級果実酒でございます」

カウンターの中にいる、メイド服のエルフの女性——彼女は客がいるときでもいないときでも、誰《だれ》も聞いてないと思うとすぐに俺のことをご主人様と呼ぶ。

ちなみに今は客はいない。朝十時に開いたあと、付近住民が食事を取りに来たりするが、昼下がりのこの時間帯は開店していても、酒場には客は来ない。だが、ギルドとしてはいちおう依頼者、あるいは冒険者を志望する新人を待ったりしてはいるわけだ。

さておき、このメイドエルフには、一つ厳重に注意をしておかなければなるまい。

「ご主人様じゃなくて、そこのお客様と呼んでくれ。そう呼ばないと返事はできないぞ」

「そ、そんな……では、お酔《よ》いになると、匂《にお》い立つ色気が出ていらっしゃる、濡《ぬ》れた瞳《ひとみ》が魅力的なお客様とお呼びすれば良《い》いでしょうか」

「どこまで俺を全力で褒《ほ》めれば気が済むんだ……濡れた瞳って褒め言葉か？　まあいいや。今度俺が指定する以外の呼び方をしたら、お仕置きだぞ」

「っ……は、はい。この卑《いや》しい雌《めす》犬に、どうか厳しいお躾《しつけ》をいただければ……っ」

期待の目で見るメイドの肉体は、控《ひか》えめに言っても成熟しきったたわわな果実のようである。スカートが短めなメイド服は王都では邪道《じゃどう》なのだが、彼女は俺の目を惹《ひ》くためだけに身に着けている。

五年前とその体型に全く変わりはないが、俺が知っている肌《はだ》の色とは違《ちが》い、白い肌なので普通のエルフに見える。ダークエルフが王都にいたら騒《さわ》ぎになるので、彼女なりに秩序《ちつじょ》を重んじた結果というか、再会したときにはすでに普通のエルフっぽくなっていた。

「男はな、追われると逃《に》げるものなんだ。押してだめなら引いてみろって言うだろ？」

「むぅ……」

ご主人様と言ってるわりに「むぅ」とは、不遜《ふそん》なメイドである。

しかし、無理もない。彼女のメイド服は形だけで、本職のメイドではないのだから。

メイド姿のエルフはすぅ、と息を吸い込む。切り替《か》えの儀式《ぎしき》というやつだろう。

「そうは言うがな、私は五年も待ったのだぞ。ご主人様が言ったのではないか、五年後に護符《ごふ》を返してやると。私はこうして、護符を返してもらうためにご主人様への忠誠を態度で示している。それは、まだ忠誠を示す奉仕《ほうし》が足りぬということではないのか？」

ガラリと口調が変わるメイド——そう、彼女は何を隠そう、お忍《しの》びで王都にやってきている魔王《まおう》である。

　俺の隠れ家的ギルドハウスに一ヶ月前から転がり込んできて、どこでそんな知識を得たのか勝手にメイド服を調達してきて、あげくギルド酒場のカウンターで働き始めてしまった。酒のブレンドや、つまみを作るなどの段取りの覚えがやたらと早く、今ではベテラン店員のような空気を醸《かも》し出している。

　紫《むらさき》の髪《かみ》に黒褐色《こくかつしょく》の肌だった魔王は、今では白い肌に亜麻色《あまいろ》の髪を持つ白《ハイ》エルフとなっている。魔法で偽装《ぎそう》しなければ元の髪と肌に戻るのだが。

「私の国なら心配するな、弟に任せてきたからな。弟は私の言うことを聞く良い子なのだ」

「いや、そんなことは別に考えてないが……俺は約束通り護符を返すつもりだったのに、そっちが断固として受け取らなかった件について考えてただけだ」

「っ……わ、私は五年間、退位して魔王国を出るまで、ずっとお前に会いに行くときのことを考えていたのだぞ！　会ったらすぐ返そうとするなど言語道断、私の積年の想《おも》い、とい情念を少しでも理解してもらわなければ、とても納得して受け取ることなどできん！」

　だからといって、俺のところで働くどころか『ご主人様』とまで呼び、俺の欲求《よっきゅう》を満たすという体《てい》で色々と身体《からだ》を張ったサービスをしてくるのは、やりすぎではないかと言わざるを得ない。さすがは魔王、大した意地だと褒めたくなることもあるが。

「俺への恨《うら》みを晴らすなら、また決闘《けっとう》するっていう手もなきにしもあらずだがな」

「そんな方法ではつまらん。護符がない状態では、ご主人様に勝つどころか、組み伏《ふ》せられて、けしからんことをされてしまうからな。それもやぶさかではないが」

「けしからんことなら、すでに常日頃《つねひごろ》からされてるわけだが……」

「何か言ったか？」

「いや、何でもない。貞淑《ていしゅく》さは大切だぞ、レディとしてはな」

「護符を返してもらうには、ご主人様を籠絡《ろうらく》せねばならないからな。常に女を磨《みが》かねば」

魔王が微笑《ほほえ》みつつ、グラスを拭《ふ》き上げながら言う。そんな何気ない仕草だけでも妖艶《ようえん》なのだが、素直に感想を述べたことはない。

「鬼娘《おにむすめ》もここに通いつめてご主人様を籠絡しようとしているが、彼女も成長という意味では著《いちじる》しいものがあるからな。私も年上とはいえ、うかうかしてはいられない」

「対抗《たいこう》意識は燃やさなくていい。あいつは何ていうか、天真爛漫《らんまん》だからな。俺のことを、特にどうとか思ってはないと思うぞ」

「ふふっ……どうだろうか。ご主人様は鈍《にぶ》いというか、鈍いふりが上手だからな」

アイリーンは五年前、俺のギルドハウスで数日間遊んでいったあと、一度里帰りをしている。鬼族の住んでいる山岳《さんがく》地帯がアルベイン王国の西部にあり、そこで鬼族の頭領である父に、魔王退治の報告をしたそうだ。そして、半分だけ神酒《みき》を両親と親戚《しんせき》たちに振《ふ》る舞《ま》い、あとは残して持って帰ってきた。

以来、アイリーンは王都に自分で家を買い、フリーの立場で俺の振る仕事を受けて稼《かせ》ぎつつ、ほぼ毎日この酒場に飲みに来ている。鬼族は十歳で見た目が大人になるので、そこから酒を飲んでいいらしいのだが、彼女は王国の法律に準じて十六歳まで我慢《がまん》していた。

俺の酒好きは、彼女の影響《えいきょう》もある。酒の味に敏感《びんかん》なアイリーンに認めてもらえる酒を集めたり、ブレンドの仕方を研究していたら、どっぷりとその奥深さにはまってしまった。

アイリーンは今でこそ酒豪《しゅごう》になったが、初めて飲んだ日は酔ってしまい、それなりに色っぽい話もあった——それは置いておこう。未遂《みすい》に終わったし、今も特に進展はない。

と、詮無《せんな》きことを考えているうちに、どうやら客が来たようだ。

俺は魔王と視線を交《か》わし、酒場の店員と客としての振る舞いに切り替える。

ドアベルがカランコロンと鳴り響《ひび》き、灰色の外套《がいとう》を身に着け、フードで顔を隠《かく》した人物が店内に入ってくる。コツコツと木床《きゆか》を鳴らす足音——あれは女物の靴《くつ》だ。

彼女はカウンター席に座る。俺が一番奥で、四つほど離《はな》れた席だ。俺は白葡萄酒を口に運び、酒の味を愉《たの》しむ。今はまだ、それでいい。

『灰色の外套』は、この酒場にとっての特別な客であることをすでに示している。

だが、まだ『手続き』は残っている。それを確実にこなさなければ、彼女の持ち込んだ相談事は聞いてやれない。

接客モードに入った魔王に、外套の女性が話しかける。俺はさりげなく耳を傾《かたむ》けた。

「……『ミルク』をいただけるかしら。それがなければ、『この店でしか飲めない、おすすめのお酒』をくださいませ」

「かしこまりました。『当店特製でブレンド』いたしますか？」

「ええ、お願いしますわ。『私だけのオリジナル』で」

彼女は全ての合言葉を口にした。その瞬間《しゅんかん》、『依頼者』として認められる。

曜日に対応した色の外套を着て、今の合言葉を口にする。その条件を知るには、『他のギルドで依頼を断られ、俺のギルド員の接触《せっしょく》を受ける』か、あるいは『俺のネットワークを媒介《ばいかい》する人物に接触する』などの方法が必要になる。

しかし合言葉を言って依頼者と認められても、俺はあくまで傍観《ぼうかん》しているだけだ。どんな対応をするかは、受付役の魔王との会話を、客のふりをして聞くことで判断する。

酒をちびちびとやりながら、俺は決して怪《あや》しまれないように留意しつつ、二人の会話に注意を向けた。

「……もう、話してもいいのかしら？」

「はい。あなたはこの『銀の水瓶亭《みずがめてい》』にとって、大切な客人であると認められました」

「ふぅ……本当にこんなところにあるギルドが、私の依頼を達成できるのかしら。心配だけれど、仕方がないですわね。他のギルドには、とても頼《たの》むわけにはいきませんから」

女性は言いながら、フードを外す――そうして広がったブルネットの髪に、思わず反応してしまいそうになる。

かなりの――いや、この王都において、並ぶ者がいないほどの極上の美少女がそこにいた。年の頃は俺と同じか、少し年上くらいだろうか。少し気が強そうだがどこか品のある振る舞いは、誰かさんを思い出させる。

「率直に言いますわ。第一王女マナリナと、ヴィンスブルクト公爵の婚約《こんやく》を、破棄《はき》させてもらいたいのです」

「婚約を、破棄させる……あなたは、どのような立場でそれを望んでいるのです？」

第一王女マナリナといえば、御年《おんとし》十五歳で、今年十六歳になる。

王国の成人年齢《ねんれい》である十六になると同時に、父親である王が、王女の伴侶《はんりょ》を選ぶことがある。それは昔から続く王室の風習であり、有力な貴族と王族を結びつけることで、権力の地盤《じばん》を固めるという狙《ねら》いがある。

ヴィンスブルクトといえば、王政を補佐《ほさ》する立場の貴族たちが構成している元老院において、第一位に位置する名門である。王女を娶《めと》る資格は、身分という意味では十分に有しているといえるが――確か四十代半ばで、王女とは年齢差が開きすぎている。

「私は……お、王女の侍女《じじょ》ですわ。王女殿下《でんか》は結婚を望んでおられない。国王陛下の決定とはいえ、このまま従えば自害なされるのではないかというほど、思いつめているのです」

「それは……」

王女は王国を支える権力者の許《もと》に嫁《とつ》ぐことも、生まれながらに持つ義務である。

――しかしそんな常識的な反応を、魔王が返すわけもなかったりする。

「それは、望まない結婚であれば、断固拒否《きょひ》すべきですね。婚約破棄すれば良いのではないでしょうか」

「っ……で、できるというの⁉　わた……い、いえ、マナリナ殿下と、あのいけすかない男との結婚を、取りやめにできるのですね⁉」

いきなり詰《つ》め寄る、自称《じしょう》『王女の侍女』。もう大分ネタが割れてきた――というか、俺のネットワークも王族にまで届くようになったか、と我ながら感心する。

ジャン・ヴィンスブルクトは今の年まで未婚を貫《つらぬ》いているが、そこらじゅうに女を作り、他の貴族の細君や息女にも手を出し、子を産ませているという節操のない男である。

しかし、貴族の中では顔は利《き》くし、王には忠誠を示している。それも将来王女を娶り、自分の権力をさらに十全にするためのものだったと考えれば、まあ分かる話だ。

分かりはするが、面白《おもしろ》くはない。俺は魔王に「いつもの」とオーダーし、冷やしたエール酒の入ったジョッキを受け取った。

「……そこの男は何なんですの？　真面目《まじめ》な話をしている横で、かぱかぱとお酒ばかり」

「お嬢《じょう》さん、俺のことは気にしないでくれよ。ただの酔っ払《ぱら》いさ」

「昼間からお酒なんて……身体を壊《こわ》したら、あなたの大事な人が心配しますわよ」

「っ……げほっ。余計な心配だ、俺にはそういう相手はいない」

いきなり親身に心配されて、不意を突《つ》かれる。たった一言で「実は優《やさ》しいんだな」とか思ってしまうくらいは、俺も優しさに飢《う》えている。魔王は「優しい」とはちょっと違う。

「ふう……まあ、自分の身体ですから、好きにしていただくのが一番だと思いますけれど。話を元に戻《もど》しますわ。婚約破棄、できるんですのね？　このギルドなら」

「はい、私どものギルドに不可能はございません。依頼《いらい》を受けるにあたって、幾《いく》つか質問がございます」

「依頼を受けていただけるのなら、どんなことでもお話ししますわ」

最初こわばった顔をしていた自称侍女は、依頼を受けてもらえるか分からず緊張《きんちょう》していたのだろう。それが受け入れられたあとは、生来の穏《おだ》やかな気品が前面に出てきていた。

2　冷たいミルクと麒麟《きりん》乳酒の千年桃《せんねんもも》割り

外套の袖《そで》から覗《のぞ》いている、やんごとなき身分の人間だけが身に着けるだろう服の袖——それを見れば、彼女の素性《すじよう》など丸分かりなのだが、外套と一緒《いつしよ》に庶民《しよみん》の服を調達することができなかったのだろう。ここまで来るにも、大きな苦労をしたはずだ。

俺は魔王《まおう》にオーダーの紙を渡《わた》すふりをして、自称侍女への質問事項《じこう》を伝えた。魔王はそしらぬふりで目を通し、俺につまみを作って出したあと、質問を始める。

「では、一つ目です。マナリナ殿下が、破棄を望んでいる具体的な理由は何でしょうか？」

「……王女の知らないうちに陛下が婚約を決めたあと、一度話しただけの男性に嫁ぐというのは、それが義務だと分かっていても望ましくはないものですわ」

「確かに……私も、この方だと決めたお方と再会してからは、なるべく多く会話をするようにつとめ、相互《そうご》理解を進展させています」

何の話だ、と言いたくなるがここはぐっと堪《こら》える。魔王が俺に流し目をしてくるが、気づかないふりをしてエールをあおった。

「……ヴィンスブルクト公爵《こうしやく》は、女性の外面を褒《ほ》めることはしても、内面に興味を持たない。それに、マナリナ殿下ではなく、父君の国王陛下のおぼえばかりを気にしている。そんな方だから、話していても、心がひかれないのです。彼が手に入れてきた他の女性と価値を比べることを、悪気もなくされる方ですし……」

王族と貴族からしてみれば、それは王女のわがままだ、と言うところかもしれない。最高権力者である国王のことを常に意識し、娘である王女個人を見ない――それを王女が苦痛に思うことこそ、国王に対する不敬。そんな考えを持つ者が、国王に気に入られ、爵位を上げることもある。

俺が話したときの国王陛下は公明正大と言っていい人物だったが、そんな人物でも、自分に対して媚《こび》を売られているのか、それとも「真の忠誠」であるのかを、見定められないことはあるのだろう。国のためならば、有力な貴族と強いつながりを持っておきたいと思うのは自然なことだ――しかし。

彼の奔放《ほんぽう》な女性関係は確実に混乱を生むので、マナリナ殿下が婚約を破棄したいと言うなら、俺は反対しない。依頼を受けるにあたって異存はないということだ。

「殿下の心情は分かりました。では、現時点で、可能かどうかは度外視して、マナリナ殿下とその協力者の力を用いて、婚約を破棄する方法は存在しますか？」

「……存在は、します」

答える声には、力がない——方法が存在しても、絶対にできない、そう分かっているからこそだろう。

「王族は、他者からの要求を、決闘《けっとう》によって退けることができる。つまり、公爵と御前試《ごぜん》合を行い、勝つことができれば……王女は、婚約を破棄することができます」

アルベイン王国において、古くから伝わる風習。

決闘によって望まぬ要求を拒否する、その自由が全ての臣民に許されている。

決闘による意思決定の自由を奪《うば》うことは、戦いと栄光を司《つかさど》るアルベインの主神に逆らうことと同義であるとされている。国民の半数を信者とするアルベイン神教に背《そむ》くことは、国の頂点に立つ王族だからこそ許されないのだ。

しかし普通《ふつう》に決闘をしても、勝つことはできない。それは、自称侍女の思いつめた顔を見れば分かることだ。

「ヴィンスブルクト公爵の実力は、冒険者《ぼうけん》強度に換算《かんさん》すると、戦闘面だけの評価点は1200ほどだと聞いています。剣《けん》の評価が800点、魔法が400点。マナリナ殿下は……」

「マナリナ殿下の戦闘面の評価点は、700点ほどです。純粋《じゅんすい》に、剣術のみの評価で……」

貴族には冒険者強度など必要はないが、自分の実力を知るための指針として好まれ、ギルドから測定官を招いて測らせる者が多い。俺は冒険者強度が自分より低い者ならば、見ただけでだいたいの数値を把握《はあく》することができるが、普通は測定器具が必要だ。

ヴィンスブルクトはつい二週間前に測定しており、1231という数値を示していた。

公爵という立場などを鑑《かんが》みると、総合的な冒険者強度は6764となる。

そう、貴族の権力を含《ふく》めた力を換算しても、冒険者強度の数値上は強度1万のAランク冒険者にすら届かないのである。冒険者は依頼の中で戦闘の実力が必要とされる場面がほとんどであるため、個人の戦闘力を主に評価するからだ。

公爵としての権力自体も評価は大きいが、その指数は6000点である。戦闘評価と公爵としての評価を足した数値より低いのは、彼が女性関係で多くの人物から恨《うら》みを買っているから、それがマイナスになっているのだろう。

戦闘評価点に話を戻すと、100の違《ちが》いでも差は大きく、覆《くつがえ》すことはできないとされている。500も差があれば、数値が低い側が勝つには、パーティを組むしか方法がない。

剣術のみで戦闘評価700というのは、マナリナ殿下が素人《しろうと》よりは剣を嗜《たしな》んでいて、それなりの才能を持っていることを示しているが、剣だけでも800のヴィンスブルクトには、ほぼ勝ち目がないということを示していた。

しかしそれはマナリナ殿下が、何のバックアップも受けなかった場合だ。

俺は音を発することなく、詠唱《えいしょう》の準備を始めた。

この依頼を達成するために必要なことは把握できた。あとは実行に移すだけだ。

決して、自称侍女──マナリナ王女その人に、俺が何をしたのかを気づかれないように。

「店主、ミルクをくれ」

「かしこまりました。少々お待ちください」

「……ミルク？　少しは私の言うことを考えて、身体《からだ》を気にするようになったということですの……？」

不思議そうな顔をしている自称侍女。

俺はオーダーしたミルクの入ったグラスを受け取り、『なにげなく手をかざして』カウンターを滑《すべ》らせる。ミルクのなみなみと入ったグラスは、自称侍女の前で一滴《いってき》もこぼれずにピタリと止まった。

「お嬢さん、これはあんたの分だ。俺のおごりだ、飲んでくれ」

「っ……み、ミルクは、合言葉で……そんなつもりで言ったわけでは……っ」

「見たところ、まだ酒を飲める年じゃないみたいだしな。同じカウンターに座った縁《えん》だ」

「こ、こんなものっ……子供扱《あつか》いしないでくださいませ！　不愉快《ふゆかい》ですわ！」

子供扱いされたのかと、彼女が憤《いきどお》る──その反応は予想していたが、この場では色々と理由があって、ミルクが最適な選択《せんたく》だ。何とか、一口でも飲んでもらわなければならない。

「お客様、大変失礼しました……お飲み物をお出しするのを失念しておりました、どうかそちらのお客様のご厚意に甘えていただければ、こちらとしても幸いでございます」

魔王がかしこまって言うと、席を立とうとしていた自称侍女は、顔を赤くしたまま俺を見たあと――ミルクの入ったグラスを手に取った。

「……冷たい。本当をいうと、ちょうど喉《のど》が渇《かわ》いていましたの。席を立とうとしてごめんなさい、依頼の話を続けさせてくださいませ」

彼女が席に座り直し、グラスを持ち、口をつけ――ミルクを飲んだ。

本当に喉が渇いていたようだが、王女としての嗜《たしな》みか、二口しか口をつけなかった。

しかし、それでもかまわない。この時点で、依頼はほぼ達成されたと言っていい――俺の読み通り、彼女が『マナリナ王女本人』であるのなら。

「お客様に申し上げます。ご依頼については十分把握できました。私どもが提案しますのは、『ヴィンスブルクト公爵との決闘』により、婚約破棄《こんやくはき》する方法でございます」

「そ、それは……っ、彼女の力で、あの男に勝つことは……っ」

「必ず勝てるように、こちらで段取りをしておきます。王女殿下《でんか》には、何も心配せず、決闘の場に赴《おもむ》かれるようにとお伝えください」

「……本当に、そんなことが……あの男に、毒でも盛るというの？」

「『銀の水瓶亭《みずがめてい》』は、ご依頼の達成ののちに、禍根《かこん》を残すことは決してございません。王女殿下の今後に悪影響《あくえいきょう》を残すことはございませんので、ご安心ください」

まだ受付役をやらせて一ヶ月だというのに、魔王の説明は俺の意思を完全に反映していて、完璧《かんぺき》と言えるものだった。

「……分かりました。貴女《あなた》のこと、そして、この『銀の水瓶亭』を信じます。報酬《ほうしゅう》は……」

それについても、俺は魔王にすでに伝えていた。彼女の素性が王女であると察してから考えていたことだ――やつれたコーディの顔が思い浮《う》かんだということもあるが。

貴族が国王の権威《けんい》をかさにきて、騎士《きし》団を小間使いのように使っている――それでコーディは苦労している。自分の領地の魔物退治など自力ですべきことなのに、騎士団の力を借りている。雑魚《ざこ》散らしで戦わされるコーディの姿を想像すると不憫《ふびん》でならない。

「騎士団に対して、貴族が高圧的な干渉《かんしょう》を加えることのないよう、国王陛下に進言していただくこと。それが、当方の示す条件でございます。貴族の方々によって騎士団を冒険者の代わりに使われると彼らも疲弊《ひへい》しますし、冒険者たちの仕事も減ってしまうのです」

「騎士団……そうね、貴族の方たちがそんな無理を言っているのなら、王女殿下からきっとご進言をいただけるでしょう。それだけでは足りないから、前金を支払《しはら》っておきますわね。気持ちと思って、受け取ってくださいませ」

そう言って、『自称侍女《じしょうじじょ》』がカウンターに置いた、銀色のペンダント――それはアルベイン王家に伝わる、『王家のしるし』だった。

俺は思わず、そのペンダントを凝視《ぎょうし》してしまいそうになる。今回の仕事は王族にコネクションができるだけでも良かったのだが、いきなり国宝級のアイテムが出てきたからだ。

アルベイン王国内に五箇所《かしょ》ほどある、旧時代から残されている古代遺跡《いせき》。『王家のしるし』はその中に入るために必要となる、レアアイテムを追い求めている冒険者ならば垂涎《すいぜん》のアイテムだった――手に入るとしてももっと先になると思っていたのに。

「良《い》いのですか？　これを私どもに預けるということは……」

「王女殿下の人生を、あなたたちは望むように変えてくれるという。それならば、命に等しいものを代価として差し出すべきです。そうでなければ釣《つ》り合いませんわ」

喉から手が出るほど欲しいアイテム――しかし。

それをその場で取るよりは。俺は婚約破棄が成ったあとに、もう一度王女の話を聞いてみたいと思った。

俺は魔王にオーダーする。今の彼女にふさわしいものは、ミルクではない。

人生を決める一世一代の戦いのための、景気づけだ。

「……これは……よろしいのですか？　お客様」

「ああ、構わない。さっきはミルクなんて頼《たの》んで、子供扱いをしたようですまなかった」

「い、いえ。そのことは、私も大人げありませんでしたわ」

王女が俺に謝るうちに、魔王《まおう》は俺の指示で、表に出ていない材料を厨房《ちゆうぼう》に取りに行く。

そしてブレンドを済ませてから戻《もど》ってきて、王女の前にグラスを置いた。

「これは……？」

「あちらのお客様からでございます。こちら、酒精はお若い方でもお召《め》しいただけるよう弱くなっておりますので、ご遠慮《えんりよ》なくお召し上がりください」

グラスに満たされているのは、白と桃色《ももいろ》に分かれた酒。そしてその上には、情熱と勝利を示す、赤い小さな花びらが飾《かざ》られていた。その花言葉は『自称侍女』には必要のないものだが、『王女』ならば話は違う。

「『この店でしか飲めない、特別なお酒』でございます。麒麟《きりん》の乳を発酵《はつこう》させて弱い酒精をつくり、千年桃という果実で割り、国花の花びらを散らしてみました」

「……きれい……これ、本当に飲んでも……？」

魔王が頷《うなず》くと、マナリナ王女は酒の入ったグラスに唇《くちびる》をつける。そして、感嘆《かんたん》するようにグラスを見つめた。

「美味《おい》しい……初めは野暮《やぼ》な方だと思ったのに。繊細《せんさい》な味のお酒を知っていますのね」

俺は特に反応せず、野暮ながら美味《うま》いエール酒を飲む。

まだ彼女は、俺が依頼《いらい》を達成するために何をしたかなんて気づいていない――だから、俺にそこまで感謝する理由はない。

そう思っていたのだが、『麒麟乳酒の千年桃割り』は、俺が思っていた以上に、彼女の心を動かしてしまったようだった。

席を立った王女が、俺のところまでやってきて、グラスを差し出してくる。そこまでされて気づかないふりなどできるわけもない――俺は苦笑し、小さなグラスに対して大きなジョッキをかちりと合わせる。

「先ほどのミルクも美味しかったですが、このお酒が先に出ていたら、もっと心が動いていたと思いますわ」

「っ……い、いや、口説いてるわけじゃない。ただ、同じカウンターに座った縁で……」

「ええ、分かっていますわ。これは私が、一方的に言いたかっただけです……酔《よ》っ払《ぱら》いさん」

それまで横顔しかまともに見てなかったが、正面から見る王女の笑顔は、どんな言葉も無粋になりそうなほど魅力《みりょく》的だった。

3　第一王女と可憐《かれん》なる災厄《さいやく》

『王家のしるし』は成功の暁《あかつき》に受け取ることにして、依頼を受けてから三日後。

マナリナ王女がヴィンスブルクト公爵《こうしゃく》との決闘《けっとう》に勝利したという知らせが届いた。

なぜ、戦闘評価が相手より100低い彼女が勝つことができたのか。

俺が魔王討伐《とうばつ》までに最も頼《たよ》りにした魔法――強化魔法を利用したのだ。

強化魔法は飲食物に付与《ふよ》することもできる。これの利点は何かというと、対象者が気づくことなく、食べさせたり飲ませたりするだけで魔法をかけることができるのだ。

王女に強化魔法を付与したミルクを飲んでもらい、王女の戦闘評価を一時的に1000プラスした。身体能力を向上させる麒麟乳酒と、敵の魔法を軽減する力を持つ千年桃をブレンドした効果もあり、マナリナ王女は500点の評価差を悠々《ゆうゆう》と逆転して、ヴィンスブルクト公爵に剣のみで勝利したのだ。

彼女が勝利したところはギルド員が見届けた。マナリナ王女は長いブルネットの髪《かみ》を一つに結び、白銀の軽鎧《よろい》姿で決闘に臨《のぞ》み、余裕《よゆう》ぶっていたヴィンスブルクトのサーベルを一《いち》撃《げき》目で撥《は》ね飛ばし、戦いを見守っていた国王と貴族たちを大いに驚《おどろ》かせたという。

これは不正《ドーピング》ではなく強化《バフ》である。まだ弱い冒険《ぼうけん》者を育成するときにも使える手で、俺の店にはあらゆる能力を強化する酒とつまみが集められていた。

自称侍女が王城を抜《ぬ》け出してくるのは難しいだろうから、彼女とまた会うのは少し先になるだろうか。

「ディック、どうして王女様だって分かってたのに、言わなかったの？」

アイリーンは俺が回していた難度の高い依頼をこなして帰ってくると、その足でギルドに顔を出した。俺のギルドに所属してもらうと『魔王討伐隊の武闘《ぶとう》家が所属するギルド』と評判が立ちかねないので、彼女にはフリーの立場で仕事を受けてもらっている。

十七歳になり、『ばいんばいん』から『はち切れそう』まで成長した彼女は、相変わらずの脳筋武闘家なのだが、こう見えて料理が得意だ。それで、うちの厨房を手伝ってくれることがある。そんなわけで、彼女もある意味店員のようなものだった。

俺のできることの中には料理がそこそこできるというのも含《ふく》まれているので、店で雇《やと》っている料理番が休みのときは、二人で夜の部の料理の準備をすることがある。俺も年中二十四時間飲んだくれではないのだ。

「王女は素性《すじょう》を隠《かく》して来てるから、こっちも知らないふりをしなきゃ意味がないだろ」

「あ、そっかー。でもこれからどうなるんだろ。ヴィンスなんとか伯爵《はくしゃく》、ショックで寝込《ねこ》んじゃったっていうよね」

「伯爵ではない、公爵だ。彼は王女との結婚を急いだことで、関係を持っていた女性たちに離反《りはん》を起こされたようだな。自業自得《じごう》ではあるが、今頃《いまごろ》は酷い修羅場《しゅらば》だろう」

魔王は夜の開店までは休憩《きゅうけい》時間なのだが、自主的に手伝ってくれている。彼女は根菜の皮むきが上手《うま》く、アイリーンも対抗《たいこう》して頑張《がんば》っているので、俺は仕事が減って楽だった。

貴族と騎士団の間で板挟《いたばさ》みになっていたコーディだが、マナリナ王女が国王に進言してくれたおかげで、貴族からの干渉が劇的に減ったようだ。おかげで冒険者ギルドに回る仕事も増えて、景気が良くなったと『黒の獅子亭《ししてい》』のギルドマスターが言っていた。

「でも、マナリナ王女ってすごく美人だって噂《うわさ》だよね。成人してからは表の行事に出てくるようになるし、また結婚の申し込みがあるんじゃないの？」

「王女は誰《だれ》の求婚も受けることはあるまい。ご主人様の魅力を知ってしまったからな」

「何でそうなる……俺は横で飲んでただけだ。もう俺のことなんて、王女は忘れてるさ。というか、うちの店に来たのはあくまで侍女《じじょ》という体《てい》だぞ」

そう言いながら、王女の高貴さを感じさせる美貌《びぼう》は、未《いま》だにこの目に焼き付いている。

しかし、女性に対して鮮烈《せんれつ》な印象を受けたのは、マナリナに対してが初めてではない。

ミラルカと、初対面のとき。彼女が『荷物持ちにしても、冴《さ》えない男ね』と一言を発するまでは、俺は彼女に見とれていて、一緒《いっしょ》に旅ができることを嬉《うれ》しいと思いもした。

彼女は殲滅《せんめつ》魔法と小動物にしか興味がなく、男などそのへんのジャガイモにしか見えていない。それでも絶世の美少女であることに間違《まちが》いはなく、魔王討伐を終えてから、ミラルカは星の数ほど交際を申し込まれたと噂で聞いた。

しかし誰もその鉄壁《てっぺき》の守備を崩《くず》すことはできず、「あなたには私に興味を抱《いだ》かせる要素が、未来永劫《えいごう》見受けられないわ」の決めゼリフで全て切り捨ててしまったという。

一年前、俺とアイリーンの関係を勘違《かんちが》いされてしまってから、ミラルカとは会っていない。文句を言いながらうちの店を時々訪《おとず》れていた彼女を、懐《なつ》かしく思い出すこともある。

「そういえば、第一王女が通ってる学校って……」

「……ん？　何か言ったか、アイリーン」

「あはは、ううん、何でもない。ちょっと気になっただけだから」

「何だ……気になるな。教えてくれないと、他のことが手につかないぞ」

「むぅ、やはり鬼娘《おにむすめ》はご主人様の関心を引く技術に長《た》けているな。私も見習わなくては」

アイリーンの思わせぶりな言葉が気になって、そのあとも何度か尋《たず》ねたが、彼女は答えてくれなかった。

そうこうしている間に、準備中の札を出しているはずの店のドアベルが鳴る。

「あれ、お客さん入ってきちゃった？」

「俺が店員と知られるわけにはいかない。魔王、ちょっと行ってきてくれ」

魔王が応対に出るところを、俺とアイリーンは、厨房からそっと窺《うかが》う——すると。

外套《がいとう》を羽織り、フードで顔を隠した二人の女性。そのうち一人は、マナリナ王女——そして、もう一人は。

「お客様、今は準備中でございますが、いかがなさいましたか？」

「この『銀の水瓶亭《みずがめてい》』の責任者……ディック・シルバーを出しなさい。隠してもためにならないわよ」

一年前と、何も変わっていない。

常に俺に対して優《やさ》しくない、しかし聞き入ってしまう、耳に心地《ここち》よく響《ひび》く鈴《すず》のような声。

彼女がフードを脱《ぬ》ぐと、その下に隠されていた金色の髪が広がる。強すぎる魔法《まほう》の力を封《ふう》じ込めるためのピアスを見なくても、声だけで分かりすぎるほどに分かっていた。

ミラルカ・イーリス。二年前、十四歳のときに魔法大学の教授となり、その知性と美貌、そして変わらない苛烈《かれつ》な性格と、殲滅魔法の破壊《はかい》実験の凄《すさ》まじさから、『可憐《かれん》なる災厄』と呼ばれ続ける少女。

いや、もう少女といえるような容姿ではない——立派な女性だ。魔法大学の全ての男はまずミラルカに恋《こい》をすると言われるほど、彼女の美貌は十六歳になった今、憎《にく》らしいほどに完成しきっていた。こんな場末の酒場にいても、輝《かがや》かんばかりの存在感を持ち、昔のように腕《うで》を組んで立っていても、コンプレックスを克服《こくふく》して育った果実が腕に乗っている。

そんな彼女が、なぜ王女と一緒に俺に会いに来たのか。薄々《うすうす》と想像はついていたが、その燃えるような瞳《ひとみ》に込められているものは、俺に対しての攻撃《こうげき》的な感情だった。

4　誤解の終わりと王女の真実

「ミラルカ、なぜ、そこまでディック様を敵視するのです？」

王女がフードを脱いで顔を見せ、困惑《こんわく》した様子でミラルカに聞く。ミラルカはふぅ、とため息をつくと、事情の説明を始めた。

「私はマナリナと、あの公爵の決闘を見ていた。普通《ふつう》なら、マナリナがあの男に勝つことは、戦闘評価の差を考えれば不可能だったはず。でも、マナリナは短期間で強くなり、あの男を負かした。そんなことを可能にできるのは……ディック。あなたしかいないわ」

さすがに勇者パーティ同士では、気配を消しても感じ取られる。俺は腹をくくり、ミラルカの前に出て行った。王女は俺を見ると驚いていたが、はにかんで微笑《ほほえ》む。最初とはずいぶん印象が変わったものだ。

ミラルカは腕を組んだままで俺を見ている。その腕に乗った胸が凄まじい誘惑《ゆうわく》を仕掛《しか》けてくるが、俺は引力に逆らって、ミラルカの顔を見る努力をする。怒《おこ》っている、目が怖《こわ》い、しかし逃《に》げられない。

「王女を呼び捨てにするって、ミラルカ、彼女とはどういう知り合いなんだ？」

「私はマナリナの先生よ。彼女は魔法大学に通っているの……私のゼミに所属しているわ。彼女は魔法が使えないから、その指導をするところから始めているけれどね」

魔法にも才能があって、習得に一年かかる者もいれば、一日で覚える者もいる。マナリナ殿下《でんか》からは魔力をほとんど感じないので、魔法より剣《けん》の方に適性があるのだろう。

「素性を偽《いつわ》ったことはお詫《わ》びいたします……私の本当の名は、マナリナ・リラ・アルベインと申します。しかしディック様のご様子を見ると、やはりすでにお気づきになっていたようですね」

「あ……い、いや。今、ミラルカに言われて確信が持てただけだ」

「嘘つき。あなたはいつもそうだから、見ていていらいらするのよ」

刺《さ》さる言葉を容赦《ようしゃ》なく投げてくる——俺に美少女の罵倒《ばとう》が褒美《ほうび》であるという素養が少しもなかったら、再起不能なほど精神的ダメージを負っていたことだろう。

「ミラルカには、いつも魔法大学でお世話になっています。実は、このギルドのことを教えてもらったのも、彼女からで……」

「こんなことになると分かっていたら、教えなかったわ。ディック、あなたはもう少し理性があると思っていたけど、本当はけだものだったのね」

「け、けだものって……俺が一体何をしたっていうんだ」

本気で分からない俺を見て、ミラルカは「あなた馬鹿《ばか》？」という顔をする。この顔をされると死にたくなるので、できれば控《ひか》えめにしてほしいところではある。

「ディックがマナリナを勝たせるために使った方法には落とし穴があるわ。マナリナは、ヴィンスブルクト公爵より強いと広まってしまった。彼女がもう一度同じ強さを示さなければならなくなったら、ディックにもう一度会わなければならなくなる。まるで蟻地獄《ありじごく》ね、何も知らないマナリナをそんな方法で引き寄せて……この変態。変態ディック」

マナリナに俺がしたことを知られないまま、無事に依頼《いらい》を終える――その目論見《もくろみ》を、ミラルカは容赦なく破壊してしまう。

「あなたは蟻地獄の巣でマナリナを待ち構えて、その……う、動けなくなったところを、毒針で刺そうとしているのよ」

「ま、待て待て！　それは、俺が王女に下心がある場合の話だろ。俺はただ酒をおごって、調子はどうだと聞ければそれで良かったんだ」

「……どうだか」

なぜミラルカがここまで頑《かたく》なになっているのか、俺に対して攻撃的なのか。それには、思い当たる理由が一つある。

一年前、初めての酒で酔《よ》ったアイリーンを介抱《かいほう》していたところを、ミラルカは大いに勘違いしていて、俺とアイリーンが男女の関係にあると思っているのである。

ここで「お前に口出しされたくない」などと言おうものなら、ミラルカは多分……いや、大人になったからそんなこともないかもしれないが。

俺はミラルカの涙《なみだ》を見たことが三回ある。魔王討伐《まおうとうばつ》まで、ギルドハウスでの滞在《たいざい》を終えて実家に帰るとき、そして俺とアイリーンのことを見たとき。彼女を泣かせたときにダメージを受けるのは俺なので、何とか泣かせずにこの場をおさめたい。

――と思っていると。アイリーンが、いつの間にか気配を消して、ミラルカの後ろに回っていて。

何を思ったか、後ろから手を回してミラルカの豊かな胸を鷲摑《わしづか》みにした。

「きゃぁっ……!?」

「ふむふむ……これはこれは。ミラルカ、あたしよりおっきくなってない？」

「も、もうっ……アイリーン、あなたって人は、デリカシーがないんだから……」

アイリーンの手から逃《のが》れて、ミラルカは服を整える。そして頰《ほお》を紅潮させたまま、俺の方をうかがう――俺はどんな顔をすればいいのか分からない。

「……ディックは私になんて興味を持つわけないわ。だって、アイリーンと……」

話が一気に核心《かくしん》に向かう。その勘違いを正さなければと思いながら、時間が経《た》ってしまった――俺から言っても全て言い訳になりそうで。

しかしアイリーンは、あっけらかんと笑って言った。

「ああ、あれ？　あたしも初めて飲んだから、お酒が回っちゃってさ。ディックに背中をさすってもらってたの。そうだよね、ディック」

「あ、ああ……悪酔いして気持ち悪いからって、服を脱ぎ始めたときは驚《おどろ》いたぞ」

「酔ってたからあんまり覚えてないんだけど、そんなことしちゃってた？　ごめんねー」

口裏を合わせてるように聞こえるかもしれないが、それが真実だ。

でもアイリーンの肌《はだ》を見て、俺が彼女を意識したことは、言い訳できることじゃない。

ミラルカは俺たちを見ようとせず、不機嫌《ふきげん》そうな顔のままだ。やはり、嘘《うそ》をついていると思われただろうか。

そんな俺たちを取り成してくれたのは黙《だま》って話を聞いていたマナリナ王女だった。

「お二人が嘘をついているようには見えません。ミラルカ、信じてあげてはいかがですか」

「わ、私は……二人が、本当にそういう関係だったとしても、祝福しようと思っていたわ。

ディックとアイリーンはお似合いだから、何も不思議なことじゃないもの……」

ミラルカは昔からそうだった。いつも言葉は悪いが、旅の途中《とちゅう》からは俺たちのことを仲間だと思ってくれていた。

だが勘違いは勘違いとして、正さなければなるまい。アイリーンの名誉《めいよ》のためにも。

「アイリーンだって、相手を選ぶ権利はあるさ。勝手に俺とくっつけられちゃ、迷惑《めいわく》……」

そう言いかけたところで、空気が変わった。なぜか魔王、アイリーン、ミラルカ、そしてマナリナ王女までが、俺に視線の集中砲火《ほうか》を浴びせてくる。

「こういう性格だと分かってはいるけどね。もうちょっと自信持ってくれていいのに」

「常に思考が守りに入っているから、こんな体《てい》たらくなのよ。本当に冴《さ》えない男ね」

「なっ……何で俺が責められてるんだ。せっかく話が綺麗《きれい》にまとまりそうだったのに」

「ご主人様、こう言われるのも当然です。マナリナ王女殿下も呆《あき》れていらっしゃいます」

「い、いえ……私は、その……ディック様の、そのような奥ゆかしいところが、五年前にひと目見たときから……」

耳まで真っ赤になって、完全に恋する乙女《おとめ》の顔をして、マナリナ王女が言う。

「……五年前、って言ったか？　いや、おっしゃいましたか？　王女殿下」

「わ、私に敬語なんて使う必要はありません。呼び捨てにしてください、勇者ディック様。

私は五年前に父上に謁見《えっけん》するあなたを見てから、その名前を忘れたことはありません」

　五年前、国王陛下が謁見の間の隣《となり》でスタンバイさせていた姫《ひめ》。その姫君が第一王女マナリナその人であり、俺のことを見ていて、さらに好ましく思っていたなどと。

　そんな都合のいい展開が現実にあるわけがない。ないのに、起こってしまった——宝籤《クジ》で一等を当てるかのごとく。

「い、いや……俺は大したことはしてないし、ギルドマスターにしてもらえたのもお情けみたいなもので……っていう流れになってなかったか？　なってたよな？」

「えっ、謙遜《けんそん》してるけど、ちゃんと魔王討伐隊の五人目としてカウントされてたよ？」

「ただついてきただけと本気で思われていたら、たとえ経営が破綻《はたん》したギルドの後釜《あとがま》でも、ギルドマスターの位がもらえるわけないじゃない。ディックは本当におめでたいわね」

「ディック様は自分の功績を小さく見せて、常に謙遜なさっていました。でも、見ていれば分かることなのです。あなたが魔王討伐隊にとって、重要な人物であったということは」

　マナリナ王女の言葉に、魔王が頷《うなず》いている。バレバレだったとか、そういうのは本当にやめてほしい。バレてないと思っていた自分が恥《は》ずかしくて、穴があったら入りたくなる。

「この酒場で再会したときも、あなたは……お酒に逃げている情けない男性のように見せておいて、私の依頼について真剣に考えてくれていた。ミルクを出されたときは、私のような子供は相手をしないと言われているようで、悲しかった……でも、そのあとに素敵なお酒を出してくれた。私がどれだけ嬉《うれ》しいと思ったか、お分かりになりますか……？」

あの笑顔は今も覚えているが——あれが五年前からずっと再会を待ち望んでいた相手に向けられたものだと思うと、その意味が全く変わってくる。

マナリナ王女は、袖《そで》の中に手を差し入れる。そして、その中に忍《しの》ばせていた王家のしるしを取り出すと、俺の手に載《の》せ、包み込むように握《にぎ》ってきた。

「これは、今回のことのお礼です。本当は、これだけでは足りませんが……それは、今後もご相談に伺《うかが》う中で、ディック様のお役に立つことでお返しできればと思っています」

「……お、王女殿下がそうおっしゃるのなら……いや、敬語は抜《ぬ》きでいいんだったな。えと、もし王家がらみのことで力を借りることがあったら、よろしく頼《たの》む」

「はい。ディック様のお望みであれば、いかなることでも……」

そう言われても、俺は魔王の攻勢を凌《しの》ぐだけで苦労しているのだが——そこにマナリナ王女が参戦するとなると、さしもの俺もいつまで耐《た》えられるかというところだ。

「ねーミラルカ、ディックのことで怒ってもしょうがないよ？　わりといつもこんなだし」

「……勘違《かんちが》いをしていたことは謝るけれど、ディックがだらしないことに変わりはないわね。やはり、たまに訪問して引き締《し》めてあげるべきかしら」

アイリーンとミラルカの間にも、友情が戻《もど》った——あとはこれから始まるであろう、依頼達成を祝しての飲み会において、彼女たちの集中砲火をどうかわして生き残るかだ。

俺は魔王と一緒《いっしょ》に全員の飲み物を用意する。そして全員の分が揃《そろ》ったあと、全員の視線を受けて、仕方なく、本当に仕方なく、代表して音頭《おんど》を取った。

「じゃあ……再会とか、マナリナ王女のこととか、色々と祝して。乾杯《かんぱい》！」

『乾杯！』

5　五年越《ご》しの問いかけ

夜の部が始まったあと、俺は珍《めずら》しく客席に交じって、ミラルカ、アイリーン、マナリナと一緒に飲んだ。魔王がときどき給仕に来ては料理と飲み物を出してくれる——彼女なりの配慮《はいりょ》か、話に加わることはなく、主に他の客の相手をしていた。

「すぅ……すぅ……」

「ミラルカ……ディック……仲直りできて、良かったぁ……すやぁ……」

マナリナもアイリーンもさほど酒量を過ごしたわけではないが、その場の雰囲気《ふんいき》にも酔わされたのか、個室のテーブルに伏《ふ》して眠《ねむ》っている。

起きているミラルカの飲み物が切れたので、俺は彼女のグラスを手に取った。

「……これ以上飲むとマナリナを送っていけないから、ジュースでいいわ」

「明日《あした》に酒が残らないように、ハーブを使った飲み物を出そうか。すっきりするぞ」

「ええ、お願い。あなたはそういう気遣《きづか》いは、感心するほど回るわね」

褒《ほ》められているのか何だか分からないが――と苦笑しつつ、俺は厨房《ちゅうぼう》に入って手早くドリンクを四人分作り、席に戻った。

「……きれい。香《かお》りもいいわね……どんな材料を使ってるの？」

「まあ、飲んでみてくれ」

「当ててみせろっていうことね……んっ。これは……キュアベリー？」

「お、よく分かったな。キュアベリーなら酔い覚ましにいいと思ってさ。大学の教授だから、目も結構使うだろ」

「……あなたって、本当に……」

ミラルカは何か言いかけるが、途中でやめると、再びグラスに口をつける。白い喉《のど》がこくん、と動く――見てはいけないが、つい見とれてしまう。

「……ねえ。ディックは、どうしてそんなに目立ちたくないの？」

「ん？　大した理由じゃないが……」

「そんなはずないわ。あなたくらい気が回って、このギルドを簡単に再建してしまって、マナリナを助けて……そんなことをしてる人が、どうしてこんな回りくどい方法を選ぶの？　それなりの地位を得た方が、あなたの理想は簡単に叶《かな》うはずじゃない」

ミラルカは静かな光をたたえた目で、俺を見ている。ここで適当な答えを言うことはできない、そういう目をしていた。

「……これはたとえ話だと思って聞いてくれ。ある田舎《いなか》の山村に、物心ついたときからやたらと強くて、自分の強さに自覚がない子供がいた」

ミラルカは何も言わず、じっと耳を傾《かたむ》けている。そんな彼女の誠実さに改めて感心しながら、俺は話を続けた。

「その子供は、家族から力を使うなと言われた。それに従って大人しく過ごしていたが、あるとき村の近くに、普段《ふだん》は現れない魔獣《まじゅう》が姿を見せた。子供は、友達を逃《に》がすために自分一人で木の枝を拾い、我流で戦って魔獣を撃退《げきたい》した」

「……その子供は、怪我《けが》をしたりはしなかったの？」

「運が良かったんだろうな。全く、傷一つ負わなかった。しかし、一つだけ考えてもみないことが起こった」

「……その子は……一人になってしまったんでしょう」

ミラルカが言う。俺は何も言わない。彼女なら推察できるとも思っていたし、けれど実際にそう言われたとき、思ったよりも上手《うま》く笑うことができなかった。

「大人の狩人《かりゅうど》でも恐《おそ》れる魔獣をただの木の枝で倒《たお》すなんて、と、村の人間全てが、子供に対して腫《は》れ物《もの》に触《さわ》るように接するようになった。子供は村で孤立《こりつ》し、一日のほとんどを山で過ごすようになった。山にいれば、村人とのしがらみも何も関係ないからな」

そこまで話して、俺は自分のグラスに口をつけた。ミラルカは何を言えばいいのか、と考えている様子だった。そんな顔をさせてしまうこと自体が、正直を言えば本意ではない。

しかし彼女は気を取り直すようにドリンクを飲んだあと、酒のせいか、それとも店内の暑さのせいか、頬《ほお》を赤らめて言った。

「その子の不幸は、自分と同じような人たちと出会うのが遅《おそ》かったことね。使うべきところで力を使ったことを、私は評価するわ。何もせずに逃げるより、よっぽど勇敢《ゆうかん》じゃない」

「……いや、たとえ話なんだけどな」

「だから私も、たとえとして言っているだけよ。そして、あなたが目立ちたくない理由がとてもよく分かったわ。だから、こんな方法を選んだのね」

事前に準備をすれば、細心の注意を払《はら》えば、目立たずに済む。

しかし自分に与《あた》えられたものを活《い》かさず、日陰《ひかげ》で腐《くさ》っていくことは避《さ》けたい。それは矛《む》盾《じゅん》していると言われても、俺はそのやり方を選びたい。

「……ねえ、こういうときは、あなたにお酒を注《つ》いであげたりした方がいいと思うのだけど。あなただけでも、もう少し飲んだら？」

「ミラルカが俺に注いでくれるとは……明日は破壊《はかい》魔法が降りそうだな」

「軽口も、今晩だけは許してあげるわ。今日は全部忘れて飲みなさい」

そう言って、ミラルカは本当に自然に、珍しいくらい素直に笑った。

「……いつもそうなら、ほんと、向かうところ敵なしだな」

「あら、いつも敵はないわよ。魔法も他のこともそつなくこなすあなたには、苦戦するかもしれないけれどね」

今日のミラルカは上機嫌《じょうきげん》だ――毒舌《どくぜつ》がないと落ち着かないが、悪い気はしない。

それから俺は、ミラルカに注がれて酒を飲みながら何でもない話をした。会わない間、何をしていたか――全てではないが、一部だけでも話せている今を嬉しく思った。

6　魔王の籠絡《ろうらく》作戦　～膝枕《ひざまくら》～

みんなが帰り、店じまいをしたあとの深夜。店の二階に居候《いそうろう》をしている魔王が先に風呂《ふろ》に入り、俺も後から浸《つ》かって出てきた。

瓶《びん》に入ったレモン風味の炭酸水をグラスに注ぎ、氷室《ひむろ》から氷を取り出して入れると、一気に飲み干す。風呂上がりの水分補給は大切だ。

そしてソファに座り、息をついたところで——肩《かた》に手を置かれた。

「んっ……な、何だ。もう寝《ね》たんじゃ……」

そう言いかけて、俺は気が付く。ミラルカが来たりしたので失念していたが、それはすなわち、魔王がある行動を起こすということでもあった。

「依頼《いらい》が一段落したら、ご主人様を労《ねぎら》わなくては。そ、そのために……今回は、このような趣向《しゅこう》を用意したのだが……」

猛烈《もうれつ》によくない気配がする——寝るときに着るシャツの襟元《えりもと》に、白いエルフの姿のままの魔王の指がかけられる。

「あまり見たくないんだが……今どういう恰好《かっこう》してるんだ……？」

「見たくないとは挨拶《あいさつ》ではないか。私は、寝る前の服装をしているだけだぞ……？」

俺はそろそろと振《ふ》り返る。そこには——どこで調達したのか、それとも最初から持ち込んでいたのか。ネグリジェの上に、なぜかエプロンをつけている魔王の姿があった。胸のあたりに、可愛《かわい》らしいハートのマークがついている。

「な、なんで……エプロンって、どういう……」

「な、なぜと言われても……いつもご主人様が世話になっている、食料品店があるだろう。

そこの奥様が、男性はこういう恰好を喜ぶと教えてくれたのだ」

胸に手を当てて、どこか誇《ほこ》らしげにする魔王。しかしネグリジェの裾《すそ》は短く、白く艶《つや》やかな光沢《こうたく》を持つ足が眩《まぶ》しい――ハートを大きく盛り上げた胸も、とても直視できない。

「ふふっ……ご主人様は、鬼娘《おにむすめ》がミラルカ殿《どの》とじゃれているとき、目を輝《かがや》かせていたな。隠《かく》そうとしても分かるのだぞ？」

「お、俺が何を隠してるっていうんだ」

「ご主人様は自立が早かったから、母性に飢《う》えているのだ。正直に言ってもいいのだぞ？」

魔王の顔は赤らんでいる。もしかしなくても、俺が風呂に入っているうちに酒を飲んでいたのだろう。俺を誘惑《ゆうわく》するために。

「……俺は実の母親に、親離《おやばな》れが早いと言われた男だぞ」

「ならば、母親以外の女性に甘えたいのだ。しっかりした男性ほど、そういったことには弱いものだぞ。今そう思ったのだがな」

魔王はそう言って、俺の隣《となり》に座る。そして、俺の方をじっと見てきた。

「な、なんだ……？」

つい聞いてしまう俺を見て、釣《つ》れたと言わんばかりに微笑《ほほえ》むと、彼女は自分の膝をぽんぽんと叩《たた》きながら言った。

「ご主人様、膝枕をどうぞ。ご自由にお使いください」

「っ……い、いや……もう寝る時間だし、間に合ってるというかだな……」

「むぅ……せっかくこんな恰好をしたのだぞ。少しくらいいいではないか」

護符《ごふ》を取り返すために、俺を籠絡する。そんなことを言っていながら、もはや彼女は、ただ自分がしたくて懇願《こんがん》しているだけになっている。

エプロン、そしてネグリジェの裾から伸《の》びた柔《やわ》らかそうな太腿《ふともも》――そんなところに頭を乗せてしまったら、さしもの俺も理性が危《あや》うい。

「……少しくらい、いいではないか」

「に、二回言うな。分かった……少しだけだ」

そう答えた瞬間《しゅんかん》、魔王は嬉《うれ》しそうにする。俺はソファに寝て、魔王の膝に頭を置いた。

むにゅ、と絶妙《ぜつみょう》な弾力《だんりょく》で受け止められる。普通に感激してしまうのは、俺の女性経験のなさを表しているようで、表情が動かせない。

「……い、いいな……存外にいい。なかなか、悪いものではないな」

「酔《よ》ってるんだったら、後で酒を解毒《げどく》するぞ。今してやろうか？」

「む、むぅ……度胸をつけるために飲んだのに、それでは意味がないではないか……」

魔王は大胆《だいたん》なようで恥《は》じらい深い、それもこれまでの付き合いで分かったことだ。

しかしこんなところを魔王討伐隊《とうばつ》の面々に見られでもしたら、どうなるのだろう。やはり同居しているだけあってふしだらな関係になっていると思われたら——。

「……ご主人様、これで終わりではないぞ」

「ん……？」

魔王は俺の頭を抱《かか》えて、上を向かせる。

顔のすぐ前に、まるで双子《ふたご》の山のように豊かな膨《ふく》らみがあり、その間から、魔王は嬉しそうに俺を見ている——これは籠絡のための行為《こうい》だということを忘れてしまいそうだ。

「こうやって、いい子いい子……とするのに、強い男性ほど弱いらしいのだが……」

頭を撫《な》でられると、やたらと心地《ここち》良く感じる。しかし魔王の言う通りだと悟《さと》られては困るので、俺は片手で目を隠した。

「俺にも多少は効くが、それくらいで骨抜《ほねぬ》きになるほどは甘くないな」

「なかなか手強《てごわ》いな……私は、かなり思い切ったことをしているのだが……やはりご主人様には、もう少し趣向を凝《こ》らすべきか……」

そんなことを真面目《まじめ》に悩《なや》んでいる魔王には、正直、好感を覚える部分はある。

もう少しで切り上げなければと思いつつ、俺は魔王の膝枕から起き上がれずに、真剣《しんけん》に悩む彼女を微笑ましく見上げていた。

第二章　騎士《きし》団長コーディの依頼

1　光剣の勇者、訪問す

一週間後、ミラルカと王女、そしてアイリーンが、また夜の部で来店した。三人に入ってもらった個室席はカーテンで中が見えないようになっているが、カウンターから近いので、たまに会話の一部が聞こえてきていた。

「ミラルカ、最近大学はどう？　また派手な実験してたって話だけど」

「魔法で様々な材質の建物を破壊して、攻城戦《こうじょう》における効率的な破壊を研究しているわ。でも実行できる魔法使いは私だけだから、もっと汎用《はんよう》性のある実験をするべきかしらね」

「魔王を討伐してからも、『はぐれ』と呼ばれる魔物たちは残っていて、砦《とりで》を作っていたりするんです。ミラルカは付近の人たちが困っているときは、その砦を攻撃して……」

「オークやオーガ、トロルの類《たぐい》は繁殖《はんしょく》力が強いし、放っておくと危険なのよ。本当はギルドがやる仕事なんでしょうけど、依頼料が高すぎて頼《たの》めないということもあるみたい」

ミラルカも勇者らしく人助けをしてるんだな、と感心する。今の話を聞いていると、破壊実験のついでというように聞こえなくもないが。

「私の国の魔物《まもの》はもう暴れていないのに、まだ魔物の害が出ているのだな……」

「大分減ってはきたけどな。他の国境からこっちに入ってくる魔物もいるし、空からってのもある。その都度倒すしか方法はないな」

「そういうことか。空中を飛ぶ魔物といえば、最近王都の近くの森に火竜《かりゅう》が現れたそうだな。繁殖期になると、食料の少ない火山帯から飛来するとか」

火竜のつがいが飛来して、森で仕事をする人々が困っているという話は俺のところにも入ってきた。俺としてはギルドに依頼が持ち込まれれば対応するが、今のところそういう話にはなっていない。

「ご主人様は、火竜討伐には興味はないのか？」

「竜の素材はここらじゃ手に入りにくいからな……興味はある。しかし、そんな大きな功績を挙げると目立つからな。動くとしても手順ってものがある」

「手順……なるほど。火竜に苦しむ人々を、放置しておくというわけではないのだな」

「ヴェルレーヌさん、オーダー入りました～。『お客様』とお話はほどほどにして、お仕事してくださいね～」

夜の部になると、バイトで雇《やと》っているウェイトレスが出勤してくる。元はスラム街でスりをしていた少女だったりして、ギルド員としては盗賊《とうぞく》として登録されていたりもする。

「オーダー、承《うけたまわ》りました。お客様、それではまた後ほど」

「ああ。俺は適当に飲んでるよ」

ヴェルレーヌ＝エルセインというのが、魔王の本名である。王都の人々は『魔王』という呼称《こしょう》しか知らないので、本名を名乗っても魔王だと気づく者はいない。

「ねえ、アイリーン。あのエルフのメイド、いつの間にか普通《ふつう》に働いているけれど、あなたは何か思うところはないの？」

やはり気が付いたか——偽装《ぎそう》しても顔自体は変わらないので、ミラルカが看過するわけもない。

「話してみると分かるけど、ヴェルレーヌさんはいい人だよ。手伝ってくれてお店も助かってるし、ディックも喜んでるんじゃない？」

「……ふうん。ディックを陥《おとし》れようとか、そういう危険はなさそうなの？」

ミラルカの勘《かん》の良さにドキリとさせられる。ヴェルレーヌも、エプロン攻撃のことを思い出したのか、カウンターの中で心なしか頬《ほお》を赤らめていた。

「大丈夫《だいじょうぶ》じゃないかな、ディックに認められるように毎日頑張《がんば》ってるし」

「認められる……あ、あの、お二人とも。あのエルフの方は、ディック様に、好意を寄せていらっしゃるのですか？」

この時間まで王女が店にいてもいいのか、と心配になるが、今日はミラルカのところで泊《と》まり込みで勉強を見てもらうことになっているらしい。夜遊びには変わりないが、まあバレなければ問題はないだろう。

「うーん、どうなんだろ。ディックが預かってるものを返してほしいみたいだけどね」

「それを口実にして働いているというのに、ディックは気づいているのかしら……ときど抜《ぬ》けているところがあるから、ちゃんと言ってあげないと」

「ミラルカ、職業選択《せんたく》の自由というものもありますから、良《い》いのではないですか？　私もできるのならば、このお店でディック様と……」

「やっぱり……あなた、本当にディックのことしか考えてないのね」

「ご、ごめんなさい。公爵《こうしゃく》とのことでディック様がお力になってくれて、嬉しくて……」

あの女子会の席に呼ばれないだけ助かっているが、もし呼ばれたら色んな意味で逃《に》げられる気がしない。

そして酒に逃げかけたとき、店のドアベルが鳴り——焦《こ》げ茶色《ちゃいろ》の地味な外套《がいとう》を羽織り、顔をフードで隠した客が入ってきて、カウンターにいる俺のところへやってきた。

「隣、空いてるかな」

「ああ、空いてるぜ」

俺の店に来るときは、目立たないように——そう言われている客の一人。

『輝ける光剣・コーディ』。俺としてはいつ来てもらっても歓迎《かんげい》したい友人だ。

フードを脱《ぬ》ぎ、コーディは常にそうであるように、爽《さわ》やかに笑って見せた。その顔色も、前に店に来たときよりは、随分良くなっている。

「お客様、オーダーは何になさいますか？」

「冷たいエールをお願いできるかな」

「かしこまりました」

ヴェルレーヌは何も言わなくても、俺の分もエールのお代わりを出してくれた。ジョッキを合わせると、コーディは半分ほどを一気に飲み干す。

「ふぅ……美味い。この店のエールはやはり格別だね」

「他の酒場の仕入先とは違《ちが》うからな。エールも素材と作り手の腕《うで》で、味が大きく変わる」

「昔から凝り性《しょう》だね、ディックは。君ならどんな店をやっても、他とは違う特色を出せるんだろうな」

「俺が美味い酒を飲みたいだけだ。酒場のサービスを向上させるほど、本来の姿も見えにくくなるしな」

俺はコーディにはわりと包み隠《かく》さず喋《しゃべ》る。酒場としての偽装は、ギルドとしての優秀《ゆうしゅう》さを隠すため——そんなことは、他の人間には滅多《めった》に言わない。

コーディは残りのエールを飲み干すと、出されたつまみを口にし始める。そうやって飲んでいるところだけを見ると、騎士団長だというより、若い騎士が友人と飲んでいるようにしか見えないだろう。

「……王女殿下《でんか》のことだけど、あれは君の助けによるものなんだろう？」

「ミラルカも試合を見てたって言ってたから、騎士団長のお前も可能性はあると思ってたが……俺の魔法を知ってるやつには一目瞭然《りょうぜん》か」

「いや、魔法の気配は感じなかった。けれどあの『強化されている感じ』を見て、懐《なつ》かしいと思ったんだ。もう、完全に勘みたいなものだけどね」

「それで俺に会いに来たのか。まったく、律儀《りちぎ》なやつだな」

「ははは……でも、ミラルカもそうだったんじゃないかな。あんなものを見せられたら、ここに来ずにはいられないだろう。君が何をしているのかが気になってね」

コーディはそう言うが、日頃《ひごろ》から定期的に店に顔を見せている。貴族の小間使いがなくなったので、今後は店に来る機会も増えそうだ。

「ん……このつまみも美味《おい》しい。木の実を揚《あ》げたものかな？」

「火炎《かえん》クルミの素揚《すあ》げだな。そのままでも食べられるが、熱を通すとピリッとした辛《から》みが出てくるんだ」

「へえ……この辛みは癖《くせ》になるね」

俺も火炎クルミを口に運び、その辛みを味わう——この木の実の調理法としては、最もこれが適しているだろう。エールとの相性も抜群《ばつぐん》にいい。

しかし何を思ったのか、コーディは火炎クルミの入った小皿をじっと見ている。こういう顔をするときは、真剣な相談事を持ちかけてくるのだが——今回も例外ではなかった。

「ディック、一つ頼みたいことがある。できれば仕事を僕から持ち込むことはしたくなかったが、やはり君にしか頼めそうもないことなんだ」

「断る。と言いたいが……内容次第《しだい》だな。俺のギルドに不可能はないが、何でも屋ってわけじゃない」

俺はミラルカたちが聞いていないか窺《うかが》うが、彼女たちは近況《きんきょう》などの世間話をしていて、まだコーディが来店したことすら気づいていないようだった。

「それで、頼みたいことってのは？」

「僕の部下に、ティミスという女性騎士がいる。彼女は百人長を務めているんだけど、今回王都の東にある森に現れた火竜討伐に志願したんだ」

「百人長か……その、ティミスっていう騎士の戦闘《せんとう》評価は？」

「1840点。Cランクの冒険者《ぼうけん》に相当する数値だ」

騎士団では千人長になると、ようやくBランク冒険者に戦闘評価が並ぶ。

そして火竜討伐の難度は、Aランク冒険者が六人でパーティを組んで、ようやく達成できるかどうかとされている。つまりそのティミスという女性騎士は、このまま行けば確実に討伐に失敗し、下手をすれば命を落とすということだ。

「そんな無謀《むぼう》な志願をしたところで、許可しなければいいことだろ」

「それが……国王陛下直々に、僕に命令が下った。ティミスの希望には、できる限り応えてやってほしいと。彼女が昇進《しょうしん》のために努力するなら補助したいとおっしゃっているんだ」

「……あんまり聞きたくないんだが、そのティミスと国王の関係は？」

「国王の側室の娘《むすめ》なんだ。子供の頃から、ある程度武芸に長《た》けていて、槍《やり》使いとしては同期の士官の中では特に優秀だと思う。でも、少し功をあせりすぎているところがある」

火竜が現れたことは、功績を急ぐティミスにとって好都合だったということらしい。

「正室の嫡子《ちゃくし》……マナリナ王女にしか王位継承《けいしょう》権はない。だから、騎士として勲功《くんこう》を挙げようとしてるのか。しかし王の命令に従ってティミスを死なせたら、その方が問題だろう」

「ああ……だから、僕が火竜を倒してしまうことも考えた。しかし、僕は騎士団長だ。影武者《かげむしゃ》を用意しているわけでもないし、留守にすれば周囲にすぐ悟《さと》られてしまう」

「……まあ、そうだろうな」

「ティミスのパーティが、火竜討伐に必要な情報を求めて、この店にやってくるとしたら。君は、彼女を勝たせてあげられるだろうか？」

王女の決闘のときとは、難易度が遥かに違う――相手は人間でなく、火竜だ。戦闘評価にすれば、成竜ならば最低でも1万2千点。1840の騎士など、一撃《いちげき》で鎧《よろい》を破壊《はかい》され、二撃目で命に危険が及《およ》ぶだろう。

仮にティミスが部下を引き連れて行けば、火竜は集団の敵を一掃《いっそう》するため、必ずブレスを吐《は》く。そうすれば甚大《じんだい》な被害《ひがい》が出てしまう。

――しかし、火竜討伐にはコツがある。それを踏《ふ》まえれば、戦闘評価の差を覆《くつがえ》すことも不可能ではない。

「勝たせてやることはできる。そのティミスに、ギルド員を接触《せっしょく》させよう。部下を無駄《むだ》に犠牲《ぎせい》にしたくなければ、十二番通りのギルドの力を借りるようにと伝えさせる」

「……ありがとう。こんな無茶なことは、断られるのが普通だ。それなのに君は……」

「いや、無理なら普通に断るさ。絶対に無理なら受けない、それが俺の主義だからな」

「それでも、僕は恩に着るよ。ティミスを死なせないことを第一に考えると、僕は彼女の望みを叶《かな》えられない。同じ部隊に入って戦うとして、もし最後の一撃をティミスに譲《ゆず》ったとしても、火竜《かりゅう》の最後の暴走に巻き込まれる危険を消すことができないんだ」

それについてはコーディが冷静に分析《ぶんせき》できていて良かったところではある――彼の言う通り、火竜は追い込まれると最後の抵抗《ていこう》を試みて、暴れまくることが珍《めずら》しくない。

コーディの依頼《いらい》を受けると決まったところで、ミラルカたちが個室から出てきた。彼女たちはコーディを見つけると、軽く挨拶《あいさつ》をして、空いているカウンターの席を埋《う》めた。席は俺、コーディ、アイリーン、ミラルカ、マナリナの順だ。

「あ、コーディの顔色がよくなってる。気苦労がなくなったってこと？」

「いや、こいつはまた厄介《やっかい》ごとを抱《かか》え込んでるよ。マナリナのはからいで、多少は楽になったみたいだけどな」

「王女殿下、その節は大変お世話になりました。国王陛下に、貴族と騎士団の関係についてご進言をいただいたそうで……」

「あまりそういう話題ばかりも良くないわね、ディックは目立ちたくない病だから」

「病とは何だ……まあでも、ここでは国家規模の話はしないでもらえると助かるな」

「あはは、それにしても懐かしいよね。こうやって四人揃《そろ》うのって久しぶりじゃない？」

『奇跡《きせき》の子供たち』の最後の一人であるユマは、俺たちの中で最も忙《いそが》しくしていると言っていい。まだ十四歳だというのに、孤児院《こじいん》の院長と、大司教の後継者《こうけいしゃ》としての勉強で、ほとんど遊ぶ時間もないという。

しかしアイリーンとミラルカは、たまに彼女に会いに行っているそうだ。俺にも会いたがっているというが、そう聞いてから会いに行くのも照れるものがある。

「お客様、そろそろラストオーダーのお時間になりますが、いかがなさいますか？」

「あ、あの……ディック様、一つお願いしてもよろしいでしょうか。私のために作ってくださったように、『特別なお酒』を、また作ってくださいませんか……？」

「あ、ああ……まあ、別に構わないが。じゃあ、ちょっと待っててくれ」

俺は密かに店の厨房《ちゅうぼう》に入り、四人に出すための酒をブレンドした。

ミラルカには落ち着いた淑女《しゅくじょ》になってほしいとの願いを込め、月夜草から作ったリキュールと、ロイヤルパパインの実を絞《しぼ》った果汁《かじゅう》を合わせたものを。

アイリーンは強い酒が好きなので、酒精の純度を高めたドワーフの火酒で、永久凍土《とうど》産の結晶《けつしょう》氷割りを作る。マナリナには、アルベイン王国の伝統ある名酒の一つであるチェリー酒にクリームを合わせ、飲みやすくするためにシロップを足した。

エール酒が好きなコーディには、そのままお代わりを出す。俺も今日はエールで最後まで通すつもりだ。

「……ディック、どこでこんなレシピを覚えたの？」

「独学で色々試してるんだ。時間はあるからな……あ、そうだ。ミラルカ、念のために聞いておくけど、酒が飲める年だよな？」

「え、ええ……あっ……」

ミラルカが何かに気づいたような顔をする。ミラルカはまさに今日、ぎりぎり十六になっているはずだ。

「……あっ！　ミラルカ、今日誕生日じゃない？　ちょうど一年前って、まだお酒飲めなくて、来年になったら飲めるって言ってたよね」

「……え、ええ。そうだったみたい」

「良かった、偶然《ぐうぜん》だけどみんなで祝うことができるね。あ……もしかしてディックは、知っていたのかな？」

もちろん知らなかったのだが、ミラルカははっとしたような目で俺を見る。

可憐《かれん》なる災厄《さいやく》が、誕生日を祝われていると思い込み、俺の評価を爆上《ばくあ》げする——そんなことになったら、彼女はデレてくれるのだろうか。そんな甘い話は……。

「……あれ、ミラルカ、どうしたの？」

「っ……い、いえ、何でもないわ。ちょっと、目にごみが入っただけ……」

アイリーンに心配されて、ミラルカは目元をハンカチで押さえる。それでもなかなか涙《なみだ》が止まらないようで、うつむいたままで止まってしまった。

俺はミラルカ以外のみんなに視線を注がれる。コーディは自分のことになると、女性に対してからきし弱いくせに、人のことになるとわりとお節介なところがあり、「何か言ってあげなよ」という顔で見ている。アイリーンもそんな感じだ。

「……え、えーとだな、その、誕生日だったのなら、それは結構めでたいことだよな」

「うわ、すっごいあいまいな感じ。全力で照れ隠ししてる」

「ミラルカ、おめでとう。こんなときは、グラスを合わせて乾杯《かんぱい》するのでは……？」

王女殿下の言葉に、ミラルカは誤魔化《ごまか》しきれないと悟ったのか、まだ目が赤いままで顔を上げると、「何か文句があるの？」という顔で睨《にら》んできた。俺は苦笑する他ない。

「お客様、仕切りはお任せいたします」

「なにげに自分も飲もうとするんじゃない、勤務中だろ」

「酒場の店員ですから、賄《まかな》いでお酒を飲むというのも、風雅《ふうが》でよいのではないでしょうか」

店員の特権と言わんばかりに、高い酒をグラスに注《つ》いで持っているヴェルレーヌ。エルフの神秘的な外見もあいまって、やたらとサマになっていた。

2　若き女騎士と二人の護衛

　そして、二日後の昼下がり。依頼者であることを示す褐色《かっしょく》の外套《がいとう》を羽織って、一人の女騎士と、一人の虎獣人《とらじゅうじん》の女性、そして射手らしき二十代後半の男がやってきた。

　女騎士の容姿を見て、すぐに悟る——マナリナと、どこか面影《おもかげ》が似ている。しかし鎧を着て、槍を背負ったその姿は勇ましく、堂々と立派な胸を張って歩く姿は、武人としての誇《ほこ》りを感じさせる。おそらくは、彼女がティイミスだ。

　その隣《となり》にいる虎獣人は『刀』を持っている——はるか東方の国で特殊《とくしゅ》な鍛造《たんぞう》技術を用いて作られる、この国の主流である長剣《ちょうけん》とは一線を画する強度、切れ味を持つ武器。それは彼女の職業がソードマスターであることを示していた。

　カウンターに座っている俺を、女騎士と虎獣人は一瞥《いちべつ》するが、まだ客としか認識していない。そして女騎士の方が、ヴェルレーヌに問いかけた。

「ここは、『銀の水瓶亭《みずがめてい》』で間違《まちが》いありませんか？　私はアルベイン王国騎士団の——」

「お客様、こちらでは素性《すじょう》を明かされる必要はございません。ここはただ、お酒を楽しんでいただくための場でございます」

「は、はい……申し訳ありません、こうした場は慣れていないもので」

「オーダーはいかがなさいますか？」

「『ミルク』を。なければ『この店でしか飲めない、おすすめのお酒』をお願いします」

「かしこまりました。『当店特製でブレンド』いたしますか？」

「はい、『私だけのオリジナル』で」

合言葉が通り、女騎士はヴェルレーヌを静かに見つめる。ヴェルレーヌが微笑《ほほえ》むと、女騎士はふぅ、と安心したように息をついた。

「ああ、良かった。やっぱりここで良かったみたい」

「……ティミス様、やはりこんな場末のギルドに依頼など必要ありません。火竜は、私が一刀で斬《き》り伏《ふ》せてみせます」

「ライア、私もそう思っています。私とあなたが組めば、火竜など敵ではありません」

彼女たち二人のやりとりを聞いていて思う。これは、コーディが困るわけだと。

ティミスはCランク冒険者に相当する力しかないのに、火竜を倒《たお》せるという絶対的な自信を持っている。それはどうやら、同行している虎獣人の女性を信頼しているからでもあるようだ。俺の目から見ても、Aランクに相当する力がある――しかしそれは、戦闘《せんとう》評価6000程度ということになる。

Aランクが六人揃い、最大の連携《れんけい》効果を発揮すれば、パーティでの戦闘評価が火竜を上回る可能性が出てくる。しかし、ライアだけでは全く足りていない。もう一人の射手の男も、見たところBランク相当の腕《うで》しかないようだ。

「ライア様とそちらの男性は、ティミス様とはどのようなご関係ですか？」

「ライアとマッキンリーは、私の護衛です。何か問題でも？」

「いえ、問題はありません。依頼を受けさせていただく上で、ティミス様のパーティについて情報を教えていただくことも、必要なことというだけです」

まず騎士が護衛をつけているというのも違和感《いわかん》はあるが、それも彼女が国王の側室の娘《むすめ》であるからということだろう。

まずライアという獣人は、虎のような獣耳《けものみみ》を持ち、その身体《からだ》の一部が体毛に覆《おお》われているが、見た目はほとんど人間と変わらない。年齢は二十歳《はたち》ほどだろうか、髪《かみ》は短くしていて、片方に眼帯をつけている。

彼女の装備は前衛としては軽装備にも見えるが、それはスピードを殺さないためだろう。俊敏《しゅんびん》さを活《い》かして一撃離脱《りだつ》する、それがおそらく彼女の戦闘スタイルだ。

マッキンリーは中肉中背でそこそこ筋肉がついており、重量のありそうなクロスボウに似た形の武器——アルバレストを担《かつ》いでいる。アルバレストは普通《ふつう》のクロスボウで撃《う》てない大型の矢弾《やだま》を放つことができるので、弓矢では通じない火竜討伐《とうばつ》にも使える武器だ。

「この店を紹介《しょうかい》してくれたのは、私の信頼できる同僚《どうりょう》です。ですから様子を見には来ましたが、どうしても力を貸してほしいとは思っていません。あなた方が、火竜討伐をする上で有益な情報を持っているのならば、その限りではありませんが」

そのティミスが信頼できる同僚というのが、コーディの忠実な部下というわけだ。騎士《きし》団長が自分のために動いているなど、この血気盛んな女騎士は全く気が付いていない。

「お客様のご心配を解消する意味で申し上げますが、当ギルドの情報は常に有益です。そして、火竜討伐を確実に成功させたいと望むのならば、一つお約束をお願いいたします。私たちの指示には忠実に従ってください」

ヴェルレーヌは一歩も引かない。ライアの視線が鋭《するど》さを増すが、何も言わなかった。

ティミスも少し考えている様子だったが、ここで依頼をせずに帰るというほど、彼女は浅慮《せんりょ》ではなかった。

「私は必ず火竜を狩《か》らなければなりません。お父様の期待に応えるため、母のためにも」

「お嬢様《じょうさま》……」

ライアは心から主人の身を案じている。本来なら彼女がティミスの無茶を諫《いさ》めるべきなのだろうが、彼女の願いを成就《じょうじゅ》させることの方が優先されているのだろう。

「私どもに従ってくだされば、ティミス様のパーティ三名の生還《せいかん》と、火竜討伐の成功を保証いたします。半分ほどプランを説明して、そこで決めていただくこともできますが」

「……いいえ、情報には大きな価値がありますから、半分聞いただけで終わりというわけにはいきません。あなた方の誠意に、私も同じだけの思いを持ってお応えします。失礼なことを言ってすみませんでした」

「そのように言っていただければ、こちらとしても嬉《うれ》しく思います。そちらの席をどうぞ、お飲み物をお出しします」

ティミスも自信過剰《かじょう》なだけではなく、勝率を上げる方法があるなら知っておきたいと考える冷静さはある。彼女たちが指示に従ってくれるのならば、勝算は低くはない。

3　火竜《かりゅう》の生態と討伐指南

「まず確認させていただきますが、火竜の生態について、どれくらいご存じでしょうか？」

「生態など、知りようがないのではないですか？　元は危険な火山帯に生息する魔物ですし、観察するだけでも相応の危険が伴《ともな》います」

ヴェルレーヌはその答えを聞くと、羊皮紙のノートを一冊取り出す。そして、ティミスにその表紙を見せた。

「……『図説　火竜を討伐する方法』……？」

「っ……お嬢様を愚弄《ぐろう》しているのか。こんなノートが何の助けになる！」

ライアは思ったよりも熱くなりやすいようで、がたんと席を立ってヴェルレーヌに詰《つ》め寄る。しかし元魔王もさるもので、全く動じずにライアの視線を受け止める。

「このノートを執筆《しっぴつ》した人物……デューク・ソルバーは、間違いなく火竜研究の第一人者です。彼はこのノートを用いて、Bランク冒険者《ぼうけん》の力だけで火竜討伐を成功させています」

「……デューク・ソルバー……知らない名ですね」

「Bランク冒険者が火竜に勝つ……そんなことが可能なら、デューク・ソルバーはもっと有名になっているはず。そして、そのノートも公《おおやけ》に出回っているはずだ」

そのノートが公に出回るわけなどないのである——デューク・ソルバーという人物を探しても、見つかりはしないだろう。

「そのデューク・ソルバーって人は、一人で火竜を討伐できる力を持っているんじゃや？」

ここでマッキンリーが初めて口を開いた。寡黙《かもく》なので硬派《こうは》な口調かと思ったが、普通に若者らしい喋《しゃべ》り方だ。人というのは見た目によらない。

「だとしたら、彼の力を借りたい……と言いたいところだけど、それは無理ですかね。お嬢に功績を挙げていただくためには、その方法は使えない」

「マッキンリー、『様』をつけろ。ティミスお嬢様だと何度言えば分かる」

「ええはい、お嬢様です。性根《しょうね》が不躾《ぶしつけ》で申し訳ない」

ライアは生真面目《きまじめ》で、マッキンリーは適度に肩《かた》の力が抜《ぬ》けているようだ。彼は今になってようやくフードを外す。灰色と黒の中間の髪色をした、落ち着いた目をした男だった。

ティミスはリボンを取り出すと口にくわえ、黒く豊かな髪をかき上げ、後ろで結い上げる。そして真剣そのものの顔でノートを受け取り、ページを開いた。

そのページをめくる手が震《ふる》える。そして、止まらなくなる――。

「これは……こ、こんなことを、どうやって調べたというのです……？」

ティミスはあるページを開くと、隣に座るライアに見せる。それを見たライアの目が、大きく見開かれた。

「……火竜は、一日に三回、必ず決まった時間に水を飲む……水場は限られていて、ある特定の鉱物が含《ふく》まれている地下水しか飲まない。火竜は新しい鱗《うろこ》を作るために、鉱物を摂《せっ》取《しゅ》する必要があり……」

ライアは口に出して読まずにはいられない、という様子だった。それだけ内容に感銘《かんめい》を受けたのだろう。それは、横から見ていたマッキンリーも同じだった。

「こいつはすごい……デューク・ソルバー、一体何者なんだ。徹底的《てっていてき》に火竜を観察し、詳《しょう》細《さい》に生態を分析《ぶんせき》して、有用なヒントを割り出している。どうやってここまで調べあげたんだ」

デューク・ソルバーの評価が三人の中でうなぎ上りになっていく。こんなノートはデタラメだと言われてしまうとまた説得が面倒《めんどう》なので、ここまでは順調だ。

「お分かりいただけましたか。火竜の生態を知れば、討伐の成功率は大きく上がります」

火竜の生態は以前にも調べる機会があったが、今回の討伐作戦にあたって、実際にベルフォーンの森に飛来した火竜を見て情報を修正した。火竜が水を飲む時刻が少しずれていたのと、森の地形が多少変わっていたことをノートに反映してあるので、あのノートは今回の作戦専用のものとなっている。

しかしCランクのティミスがそのまま参加し、無傷で生きて帰れるほど甘くはない。戦闘評価1840の彼女を、評価3000――Bランクにまでは上げておく必要がある。

「店主、『とっておきの』ミルクをくれ。それと、もう一つだ」

「かしこまりました」

今回用意したミルクは、マナリナが飲んだものよりも一つ上のランクのものになる。

巨獣ベヒーモスのミルク。乳でありながら、ベヒーモスの凄《すさ》まじい生命力に由来する高い保存性を持ち、俺の強化魔法《まほう》を媒介《ばいかい》するミルクの中では最高のものである。これを使わないと、戦闘評価を1500上げることはできない。

「……ミルク？　他にお酒を頼《たの》んでいるのに……」

「お嬢様、酔《よ》っ払《ぱら》いなど気になさらぬ方が。今は依頼《いらい》の件に集中しましょう」

「あんたたちにもおごってやろう。カリカリしてちゃ、思うようにいかないもんだ」

俺はマッキンリーに『隠密《おんみつ》ザクロのシロップ漬《づ》け』で風味をつけたラムを、そしてライアには『サラマンダーの骨酒』、ティミスにはベヒーモスのミルクをそれぞれ出した。

テーブルの上を滑《すべ》ってきたグラスを見て、マッキンリーは『おお』と小さく声を上げ、ライアは何事かという顔をし、ティミスは——姉とは違《ちが》い、俺の方を見て笑ってみせた。

「私の年齢《ねんれい》を考えて、ミルクというわけですか。騎士団では、年齢など関係ありませんが」

「お嬢さんにはまだ酒は早いな。ミルクと一緒《いっしょ》に、クッキーでも食べるといい」

「……無礼な男だ。酒場ならば無礼講とでも思っているのか？」

「まあ、いいんじゃないですか。この店は信頼できそうだし、そこの客が毒を入れてくるってこともないでしょう。俺が毒味をしてもいいですが、どうします？」

「これがこの酒場の流儀《りゅうぎ》というならば、郷《ごう》に入っては郷に従いましょう」

ティミスは言って、ミルクに口をつける。これで第一段階は突破《とっぱ》できた——魔法をかけた俺にしか分からないが、彼女は元の彼女よりも、二倍ほど強くなっている。それでもこのパーティでは一番弱く、前衛で盾《たて》役を務めるには荷が重い。

しかし、そのためにクッキーをつけてある。火炎《かえん》クルミは、炒《い》り続けていると香《こう》ばしさが増し、辛《から》みが消える。その火炎クルミをペーストにして練り込んだマーブルクッキー——その味の良さもさることながら、調理によって食事効果がより強化される。

「んっ……美味《おい》しい。これはクルミのクッキーですか？　でも、食べたことがない味です。すごく香ばしくて、少しほろ苦くて……」

「お気に召《め》したようで何よりです、お客様」

にっこりとヴェルレーヌが微笑《ほほえ》む。ティミスが率先して口にするのならばと、護衛たちもそれに倣《なら》う——マッキンリーは少し嬉しそうに、ライアは厳しい顔のままだが、酒に口をつける瞬間《しゅんかん》だけは緊張《きんちょう》がゆるむ。

「うぉぉ、五臓六腑《ろっぷ》にしみわたる……すっきりした甘さだ。こういう酒もいいもんですね」

「……辛口で、なかなか良《い》い酒だな」

「ライア、そんなに一気に……いつも言っていますが、身体を壊《こわ》しますよ」

「恐《おそ》れ入ります、お嬢様。しかし、思ったよりもこのお酒が上質で……」

ライアの顔が赤らんできて、雰囲気《ふんいき》が柔《やわ》らかくなりつつある。虎獣人《とらじゅうじん》は酒を分解する力が強いはずだが、酔わないというわけではないようだ。

「……我々は、火竜討伐のために、このノートを読めばいいのか？」

「はい、基本的には。しかし一つご忠告しますと、このノートの方法で火竜を討伐できるのは、今回限りです。森の環境《かんきょう》は常に変化しますので」

「分かりました。一度でも討伐することができれば、それで十分です」

これで依頼は成立──というわけにはいかない。

俺は火竜の素材に興味があるので、火竜をただ倒《たお》してしまうのは惜《お》しい。

「もう一つ条件がございます。この作戦では討伐するのではなく、捕獲《ほかく》を試みます。ティミス様には火竜撃退《げきたい》の証拠《しょうこ》として、鱗を持ち帰っていただきます。捕獲した火竜の処遇《しょぐう》については、当ギルドにお任せください」

火竜を撃退さえできれば、ティミスの勲功《くんこう》は相当なものとなる。そして、騎士団は魔物の素材にはあまり興味を持たない──その予想通りに、ティミスたちはこの条件を飲んでくれた。無報酬《むほうしゅう》で仕事をするつもりはないので、これで俺の目的も達せられるだろう。

4　魔法文字と作戦開始

俺のギルドに依頼をしてから三日、ティミスたち三人はヴェルレーヌから火竜討伐作戦の説明を受け、事前に準備を整え、地図と駒《こま》を利用して再現される仮想作戦を、テーブル上で話し合いながら成功させるに至った。

「こんな作戦の予習の仕方があったとは……まるで双六《すごろく》をしているようです」

「双六というよりは戦戯盤《せんぎばん》ですね。火竜がどのように動くか、そのパターンは頭に組み込めましたよ。いやぁ、しかし実際に上手くいくのか……」

マッキンリーは作戦において重要な役目を担《にな》っている。Bランク相当の射手の命中率は絶対とは言えないが、彼が狙撃《そげき》ポイントに入り、ティミスが火竜の注意を引いて特定の行動を誘発《ゆうはつ》させ、遠距離《えんきより》から特殊弾《とくしゅだん》を撃《う》ち込む――それが作戦の要なのだ。

「もし火竜が想定通りに動かなければ、お嬢様《じょうさま》を守ることを優先する。これだけの情報を集めた研究が、全くの無駄《むだ》になるとは思いたくないがな……」

「いいえ、私を特別だとは考えないでください。私はこのままでは足を引っ張ることになります……火竜がどれほど強いのか、説明を聞くほどに実感できましたから。私がこれまで倒してきたオークや、低級な魔物とはわけが違うのですね……」

神妙《しんみょう》な顔で言うティミスを見て、ヴェルレーヌが彼女に尋《たず》ねた。

「ティミス様、お聞きしてよろしいでしょうか。なぜ火竜にこだわられるのです？」

「それは……騎士《きし》団の規定です。火竜相当の魔物を倒さなければ、副騎士団長の昇格審査《しょうかくしんさ》が受けられないのです」

「地位……ですか。ティミス様は副騎士団長となられて、どうするつもりなのです？」

「……私には会いたい方がいます。堂々と、正面からお会いすることができない相手ですが、私はその方を尊敬しているのです」

よもや色恋沙汰《いろこいざた》か――まあ、この年頃《としごろ》の少女なら無理もないか。思春期の衝動《しょうどう》に左右されがちな、そんなデリケートな時期だ。

「女性でありながら自ら剣《けん》を握《にぎ》り、結婚《けっこん》を迫《せま》る公爵《こうしゃく》と誇《ほこ》りをかけて決闘《けっとう》し、華麗《かれい》に勝利されたマナリナお姉様に、副騎士団長の叙勲《じょくん》式で一目お会いしたい……」

俺の予想はすぐに覆《くつがえ》される――ティミスが会いたいのがマナリナだったとは。

ティミスはマナリナの母親違いの妹である。正室の娘《むすめ》であるマナリナに、ティミスは複雑な気持ちを抱《いだ》いているのではないかと思ったが、むしろ深く尊敬しているようだ。

「……私がマナリナ殿下《でんか》の妹であるということは、隠《かく》してはいませんが。私の母は庶民《しょみん》の出で、国王陛下の庇護《ひご》を受けてはいますが、他の貴族出身の側室の方々から、嫉妬《しっと》を受けてしまっています。私が勲功を挙げることで、その状況《じょうきょう》を変え、母を守りたいのです」

理由の二つ目は、火竜《かりゅう》を倒してでも勲功を挙げたいという覚悟《かくご》に見合うものだった。

ティミスが姉に会いたいというなら、俺が会えるように計らうことはできる。ティミスの母親を取り巻く状況を変えることは一朝一夕《いっせき》では難しい――不可能ではないのだが。

「ティミス様の覚悟は、十分に伝わりました。討伐《とうばつ》作戦の決行は明日《あした》となります。本日は十分な休息を取り、明日の出発に備えてください。ご武運をお祈《いの》りしています」

「はい、先生！　……ではありませんでした、受付の方！」

「お、お嬢様……騎士らしく振《ふ》る舞《ま》おうとなさっていたのに、それでは努力の甲斐《かい》が……」

「ははは、いいじゃないですか。俺も久しぶりに、授業を受けている気分になりましたよ」

ティミスの年齢を聞くと、十四歳とまだ若い。それで百人長をやっているのは大したものだし、火竜討伐でつまずかなければ、きっと騎士団でも大物になるだろう。

――と、忘れるところだった。俺は三人に気づかれないように、カウンターを指で二回鳴らした。ヴェルレーヌはその合図に気づくと、俺の方にやってくる。

俺は彼女にオーダーの紙を渡《わた》すふりをして、ヴェルレーヌに『ある魔法』を託《たく》した。ヴェルレーヌは手に触《ふ》れると頬《ほお》を赤らめるが、何事もなかったふりをして酒とつまみを俺に出したあと、ティミスたちの前に戻《もど》った。

「こ、こほん。ティミス様、火竜討伐の前に、最後にしておくことがございます。そのお身体《からだ》に、魔法文字《ルーン》を書き込ませていただけますでしょうか」

「ルーン……それをすると、火竜討伐に有効なのですか？」

「はい。それがゆえあって、ティミス様の胸に近いところに書き込む必要がございます。専用の部屋がございますので、そちらにいらしていただけますでしょうか」

「……それはどうしても必要なことなのだな？　もし変なことをすれば……」

「ライア、大丈夫《だいじょうぶ》です。女性同士でしたら、そんなに恥《は》ずかしくありませんから」

筆を使うのでくすぐったいかもしれないが、すぐに終わると説明し、ヴェルレーヌはティミスを連れていく。

「……俺とライアさんは必要ないんですかね？」

「な、何を期待している。マッキンリー、お嬢様が文字を書かれる姿を想像などしたら叩《たた》っ切るぞ」

「い、いや……何となく気になっただけですよ。そんなに睨《にら》まないでくれませんかね」

魔法文字は特殊な塗料《とりょう》で書かれるが、数日で消えるので問題はない。自分で指示したことながら、俺も心配性《しんぱいしょう》だと思ってしまう――だが、約束したのだからしょうがない。

俺はティミスを絶対に死なせないと言った。魔法文字は、そのコーディとの約束を守るための保険だ。

ところで文字を書く過程がどんなふうになっているか、俺は施術室《せじゅつ》での二人の会話を魔法で聞くことができるので、ちょっとだけ耳を傾《かたむ》けてみたいと思う。

『んっ……あ……くすぐったい……』

『動いてはいけません、この塗料は一度肌《はだ》につくと、一定の時間が経《た》たないと取れませんので……そう、いい子ですね……』

『……恥ずかしいです、受付の方……私、受付の方と違って、騎士をしているので筋肉がついてしまって……』

『筋力は強くなるうえで必要なものです。この若さでよく頑張《がんば》って鍛《きた》えられましたね。運動をすると胸から落ちるというのに、健《すこ》やかに発育されていますし』

『剣を振るうにはじゃまなので、もうこれ以上大きくなってほしくないのですが……そういった相談も、このギルドでは受けていたりしますか？』

『私のご主人様は大きくすることには定評がある方ですが、小さくする方法は存じ上げないようです』

『そ、そうなんですね……大きくする場合はどうするのですか？』

『神の右手、悪魔《あくま》の左手という技を用います。胸を大きくする過程で女性を忘我《ぼうが》の境地に誘《いざな》うので、ご主人様は『忘我の五人目』という異名で呼ばれており……』

『す、すごい……そんな方がこのギルドに。デュークさんといい、すごい人たちの集団なんですね……』

俺がいないと思って、ティミスにデタラメを吹《ふ》き込み続ける魔王。どこからそんな妄想《もうそう》を仕入れてきたのかを、あとで時間をかけて赤裸々《せきらら》に告白させてやらなければなるまい――

ライアとマッキンリーは、静かに決意する俺を不思議そうに見ていた。

翌日。ティミスたちが火竜討伐を始める時間、俺は店のカウンターにいた。

朝6時半、開店までは時間がある。ヴェルレーヌは開店の準備をしつつも、俺の前に黒エールをことりと置いた。通常のエールより上質な黒エールだが、生産量が少ないので、仕入れられたときしか飲めない。

ジョッキに口をつけて、泡《あわ》ごと冷たいエールを喉《のど》に流し込む。俺にとってはもはや酒は水替《が》わりである――医療《いりょう》魔法さまさまだ。

「……ふぅ」

「ご主人様、今回はいつもより、『仕込み』を入念にされていたようだな」

「作戦の指南と同じだけ、食事効果の定着が重要だった。あとは、三人が上手《うま》くやるさ」

「……ご主人様。昨日の夜のご主人様よりも、『魔力が減っている』ように見受けられるのだが。それは、気のせいと思った方がいいのだろうか」

ヴェルレーヌも元魔王だ、魔力の大きさが変わればすぐ気づかれる。俺は笑い、何も答えなかった。

「ご主人様と戦ってから、五年……『奇跡《きせき》の子供たち』とは恐《おそ》ろしいものだな。今の、理由あって魔力を減らしているご主人様の力でも、私は……」

「……ヴェルレーヌ、少しいいか。俺は『いつものように飲んだくれてる』。『一時間』くらいしたらまた声をかけてくれ」

亜麻色《あまいろ》の髪《かみ》を持つエルフは、言葉の意味を少し遅《おく》れて理解する――そして微笑《ほほえ》む。

「心配せずとも、ご主人様が『心ここにあらず』であろうとも、その間に護符《ごふ》を盗《ぬす》むことなど考えはしない」

「……ああ。信用してるぞ……」

「……悪戯《いたずら》はするかもしれんがな。開店するまでは、私とご主人様の二人きりだ」

「ほどほどにな……俺がショックを受けない程度に……」

飲んだくれが一瞬《いっしゅん》意識を落とす、それだけのことだ。

ちょうどそのとき、ティミスたちが火竜討伐を始める時間であっても――それはただの偶然《ぐうぜん》だ。

◆◇◆

――火竜討伐隊の朝は早い。

ベルフォーンの森を訪《おとず》れたティミスたちは、事前に予習していた通りの地形であることに感嘆《かんたん》したが、すぐに気を引き締《し》めて目的の場所を目指した。

(ノートの内容も、盤上での演習も、しっかり覚えている。私は絶対、上手くやれる)

目指す場所が近づく中で、ティミスはデューク・ソルバーのノートの内容を思い返す。

繁殖期《はんしょく》のあいだ、オスの火竜が森を離《はな》れ、火山帯の巣の様子を見に戻る時期がある。今はそれに相当しており、火竜のつがいのうち、メスの火竜だけがこの森に残っている。

メスの火竜は森の中にある洞窟《どうくつ》に巣をつくり、卵を産む。産み落とされた卵からは、すぐに幼竜が生まれる。火竜は卵を胎内《たいない》で育て、卵が孵《ふ》化《か》する直前に産むのである。

母竜は産卵後の体力を回復するため、森の動物を捕食《ほしょく》し、幼竜に餌《えさ》を与《あた》える。幼竜は三ケ月ほどで背中の羽が開くようになり、飛び上がって親竜の背中に乗ることができるようになる。その頃には火山帯での餌不足の時期が終わり、彼らは火山帯に帰っていく。

火竜は本能に基づいて行動しているだけである。しかし人々が為《な》すすべもなく、生活の場としている森を追われるわけにもいかず、時に戦うことも必要となる。

(捕《ほ》獲《かく》……撃退するだけで難しい火竜を。でも、やってみせる……!)

朝6時34分。

この時刻に、火竜は洞窟から出て、採餌《さいじ》と給水のために移動を始める。

6時36分、火竜が水場に到着《とうちゃく》する。ティミスたちはその前に、水場が見える位置に到着し、偽装《ぎそう》するための草のむしろを取り付けたマントを被《かぶ》って、茂《しげ》みに潜《ひそ》んでいた。

ティミスはそのとき、胸のあたりに違和感《いわかん》を覚える——そして鎧《よろい》の中から、ひゅるん、と何か小さなものが飛び出してきた。

「きゃっ……な、なに……？」

「明かり虫……？　お嬢様《じょうさま》の鎧に入り込んでいたのでしょうか」

「胸に入り込んでるなんて、なんてうらやま……あ、いや、なんでもありません」

マッキンリーは口を滑《すべ》らせかけ、ライアに睨まれる。ティミスはふわふわと浮《う》かんでいる、光る小さな虫のようなものをしばらく見ていたが、あまり気に留めないことにした。

やがてノートに記されていた時刻通りに。空から翼《つばさ》をはためかせて火竜が降りてくる。

ズシン、と重々しく地面を震《ふる》わせて着陸すると、人の五倍ほどの巨体《きょたい》を持つ火竜は、岩の間から流れ出した水が溜《た》まっている池に首を伸《の》ばし、水を飲み始めた。

「まず私が出て、火竜の注意を引きます。二人とも、手筈《てはず》通りに頼《たの》みますよ」

三人は頷《うなず》き合う。ティミスはからからになる喉を、ライアの差し出した水筒《すいとう》に口をつけて潤《うるお》したあと、何度もノートを見て予習した通り、茂みから飛び出していった。

火竜が気づき、振り返る。そして槍《やり》を構えたティミスを視界に入れたあと、大きく口を開く——発見した敵を威嚇《いかく》するために、咆哮《ほうこう》を放とうとしているのだ。

「——マッキンリー、今ですっ！」

すでにマッキンリーはアルバレストを構え、狙《ねら》いを研《と》ぎ澄《す》ませていた。

彼が狙うのは——大きく開いた、火竜の口。経験に基づいて軌道《きどう》に補正をかけ、引き金を引き、射出する。ティミスが横にステップして射線を空けると、放たれた弾《たま》は何にも阻《はば》まれることなく、火竜の口に着弾《ちゃくだん》した。

「やったか……っ！」

「グガォッ……ガフッ、ゴフッ！」

マッキンリーは『銀の水瓶亭《みずがめてい》』で預かってきた幾つかの弾丸のうち、一つを放った。そこに入っているものは、『沈黙弾《ちんもくだん》』——火竜の咆哮を封《ふう》じる弾。

見上げるような身の丈《たけ》を持つ巨大な火竜が、一発の弾に翻弄《ほんろう》される。そのときには、すでにライアが飛び出していた——肉食獣《にくしょくじゅう》そのものの速さで駆《か》け抜《ぬ》け、刀を一閃《いっせん》する。

「——はぁあっ！」

「グォオォッ……！」

ライアの一撃《いちげき》で足の鱗《うろこ》を削《けず》られ、火竜がたたらを踏《ふ》む。危険を感じた火竜は、翼を大きくはためかせて浮き上がる。

火竜は高度を上げて、飛んで逃《に》げていく。その移動先すらも、彼女たちが事前に学んでいた通りで、追跡《ついせき》は難しいことではなかった。

5　荒《あら》ぶる火竜と明かり虫

デューク・ソルバー著『図説　火竜を討伐《とうばつ》する方法』。

その第二章には、討伐作戦の順序が事細かに記されている。

まず第一に、火竜は給水の際に隙《すき》ができる。火竜は視覚にすぐれているが、視野は広くはない。後ろから接近しても、火竜が完全に振り返るまでは気づかれない。

その一文から始まり、全てが恐ろしいほどに記述通りだった。まるで、火竜がデュークの筋書き通りに動いているかのように。

ティミスたちはノートに記されていた獣道《けものみち》を利用し、最短距離《きょり》で火竜の移動先に先回りをした。火竜が着陸する瞬間、ティミスは盾《たて》を構え、火竜の頭に体当たりを仕掛《しか》ける。

「――えぇいっ！」

「グォォオッ……！」

ガゴッ、と重々しい音が響《ひび》き、火竜が一歩後ずさる。

本当に、目眩《めまい》を起こしている——そうティミスが理解したときには、ライアが刀を抜いて火竜に斬《き》りかかっていた。

「仕留めさせてもらう……っ！　はぁぁっ！」

隙だらけの火竜とはいえ、渾身《こんしん》の斬撃《ざんげき》を入れても鱗を切り裂《さ》くというわけにはいかない。

しかし確実に効いている、ライアはそう信じて斬撃を浴びせ続ける。

「私もっ……やぁぁっ！」

ティミスは槍で火竜の脇腹《わきばら》を突《つ》くが、傷一つつけられない。それでも打撃は通っているというノートの指南を信じ、槍を引いて下半身をひねり、再び全力で突き込む。

「グガァァオッ……！」

火竜が再び後ずさる——そこに、マッキンリーが弾丸を撃《う》ち込んで追い打ちをかける。

火竜の動きを鈍《にぶ》らせるために、麻痺《まひ》毒と睡眠《すいみん》毒を混入した弾頭は、初めは鱗に阻まれて弾《はじ》かれたが、次に放った弾頭が、ライアの刀によって鱗の削れた部位に突き立った。

「いける……このままなら、火竜に勝てる……！」

マッキンリーは手応えを覚え、次弾を装塡《そうてん》する。

そして狙いをつけようとしたとき、彼らにとって予想外の出来事が起こった。

「グォォアァァァァッ！」

目眩を起こしているはずの火竜が、張り付いて攻撃《こうげき》を重ねるティミスとライアを弾き飛ばそうと、翼を強引にはためかせて暴れたのだ。

「きゃぁっ……！」

「──お嬢様っ！」

ティミスが風を受けて、構えが崩《くず》れる──そして無防備になったところに、無差別に振《ふ》り回した火竜の尾《お》が襲《おそ》いかかる。

「っ……！」

ライアは瞬時の判断で、ティミスにぶつかるようにして突き飛ばし、地面を転がる。

しかし火竜の尾を回避《かいひ》しきることはできなかった──ライアの脇腹が切り裂かれ、一瞬遅《おく》れて、彼女は凄《すさ》まじい激痛に襲われる。

「なんてこった……くそっ！」

マッキンリーは冷静さを失い、破れかぶれで放った弾頭は暴れる火竜に弾かれる。

目眩を起こしていた火竜が我に返る。その瞳《ひとみ》には燃えるような怒《いか》りが宿り、鱗が赤熱する──火竜の周囲の空気が熱によって揺《ゆ》らめき、陽炎《かげろう》を起こす。

火竜の一撃を侮《あなど》っていたわけではない。しかしその想像以上の苦痛が、ライアに死というものを実感させる。

彼女は刀を突いて立ち上がる。片手で傷を押さえた状態では、火竜の攻撃を一撃も受け止めることはできない、そう知りながら。

「お嬢様、お逃げください……ここは、私が……！」

「盾があれば、一度は止められます。ライア、貴女《あなた》はそのうちに逃げてください！」

「っ……無茶ですっ！　火竜は怒り、荒ぶっている……次の攻撃は何倍もっ……！」

「それでもです。私は貴女を、死なせるわけにはいかない……やぁぁっ！」

ティミスは盾を構え、体当たりを仕掛けてくる火竜に向き合う。

——もう少しで、勝つことができたかもしれない。

そうできなかったのは、火竜も生き物であり、子を守るために必死に戦っているからだ。

(お母様……お父様。申し訳ありません。私は、ここで……)

『——諦《あきら》めるなっ！　今日まで学んだことを忘れたのか！』

「っ……!?」

どこからか、声が聞こえた。勇ましく、鼓舞《こぶ》するような声。

ティミスの心に生への執着《しゅうちゃく》が戻《もど》る。彼女は槍を捨て、盾を両手で構える——そして。

「グオォォォォォッツ……！」

火竜の大気を震わせるような唸《うな》り声《ごえ》。それを聞きながら、ティミスは全身全霊《ぜんれい》を込めて、盾を信じて構え続けた。

川の水が流れる音が聞こえている。

あたたかな光が差し込んでいる。見上げた空に浮かぶ太陽の位置は、まだ昼前であるこ

とを示している。討伐作戦が始まってから、まだ、さほど時間が過ぎていない。

最初は、上手くいった。逃げていった火竜を追いかけ、戦い——そして、窮地《きゅうち》に陥《おちい》った。

「っ……ライア！　マッキンリー！」

跳《は》ね起きるようにして、ティミスは仲間たちの名前を呼び、周囲を見回す。

地面に置いてある槍と盾。そして——すぐ近くにライアが倒《たお》れており、マッキンリーは

潜んでいた茂みの近くで、うつ伏《ぶ》せに倒れ込んでいた。

「ライア……あぁ……良かった。本当に、無事でよかった……っ」

「……お嬢……様……」

ライアのおびただしく出血していた脇腹の傷が、今は塞《ふさ》がっている。

虎獣人《とらじゅうじん》の回復力は高く、たいがいの傷はすぐに塞がる。それにしても、あまりにも早す

ぎる――しかしライアが無事であったことに、ティミスは安堵《あんど》し、涙《なみだ》していた。

「……騎士《きし》は……涙を見せてはなりません。武人たるもの……常に、心を動かさず……」

「はい……分かっています、ライア。ごめんなさい……」

ライアは自分はもう大丈夫《だいじょうぶ》だと示すように、わずかに微笑《ほほえ》みを見せる。

そしてティミスは、今さらに戦慄《せんりつ》を覚える。

あの火竜が、どうなったのか。その答えは、彼女の後方にあった。

振り返って、心臓が止まりそうになる。しかし、状況《じょうきょう》を理解すると、安堵と、理解できないという気持ちが同時に沸《わ》き上がってくる。

デューク・ソルバーの討伐計画の続きはこうである。

火竜が川辺に移動した場合、十分に弱らせれば、火竜を罠《わな》にかけることができる。

川辺には、『森の狩人《かりゅうど》』が仕掛けた罠が残されている。弱った火竜をその上に誘導《ゆうどう》すれば、『拘束《こうそく》の鎖《くさり》』という名の罠が発動し、火竜を捕《と》らえることができる。

(『拘束の鎖』に、火竜がかかって……マッキンリーが、麻痺睡眠弾を……いえ、違《ちが》う……それだけでは、説明がつかない)

しかし事実として、ティミスの視線の先には、鎖によって身体《からだ》を拘束され、眠《ねむ》っている火竜の姿があった。だが、ティミスが拾い上げた盾は、火竜の突進《とっしん》をまさに受けるというところだったのに、全く傷がない。彼女自身、突進を受け止めたという手応えはなかった。

マッキンリーが火竜の捕獲《ほかく》を成し遂《と》げたのなら、彼が倒れていることに説明がつかない。

（この森には……私たち以外に、誰《だれ》かがいた……？）

混乱を深めながら、ティミスはふと視線を巡《めぐ》らせ――あるものを見た。

「明かり……虫……？」

ティミスの鎧《よろい》の中から出てきたもの。ライアが、森に生息していると言っていた。

「……まさか……」

ティミスは鎧の上から胸に手を当てる。そこにあるはずの魔法文字《ルーン》――それがどうなっているのか、すぐにでも確かめたい。しかし外で肌《はだ》をさらすことはできず、今は断念する。

火竜討伐の助けになると、書き込まれた魔法文字。

それが、自分たちが窮地に陥ったとき、救うためのものだったとすれば。

『森の狩人』が仕掛けた罠も。マッキンリーが撃ち込んだものより、数多く火竜に撃ち込まれた麻痺睡眠弾も。先ほどの火竜の突進から、ティミスを救ったのも。ライアの傷を癒《いや》したのも――全て。

「……デューク・ソルバー……貴方《あなた》なのですか……？」

明かり虫は最後にティミスの視界に現れると、まるで幻《まぼろし》のようにふっと消え去る。

あとには川の流れる音と、森の動物たちの声が響くのみ。

ティミスは迷いを感じはしたが、ライアの攻撃によって一枚だけ剝《は》がれて落ちた火竜《かりゅう》の鱗《うろこ》を拾い上げる。そして、胸に抱《いだ》いて祈《いの》る——未熟な自分の身に余るものであっても、これは、大切な贈《おく》り物《もの》なのだと思いながら。

そしてティミスは、ノートの中のある記述を思い出した。


火竜討伐は、多くとも四人のパーティで行うべきである。五人以上で戦おうとすると、火竜は数の不利と見て、飛行して逃走《とうそう》し、姿を隠《かく》してしまう。四人までなら火竜は地上戦に応じる。絶対に四人というわけではないが、三人以下の場合は、四人目を補助役としてでも加えるべきである。これは経験上の持論であるため、あしからず。


『四人目』がこの場にいたのかどうか、それは定かではない。しかしティミスは信じることにした。自分たちを救ってくれた幻の四人目が、きっといたのだと。

「……デューク様……」

彼ではないのかもしれない。しかし、彼だとしか考えられない。

姉に対する憧憬《しょうけい》に似ているが、それとは異なる感情が、若き女騎士の胸を焦《こ》がしていた。

6　王女姉妹《しまい》

何か柔《やわ》らかいものが、俺の後頭部を支えてくれている。

誰かが俺の髪《かみ》を優《やさ》しく梳《と》かすように触《ふ》れている。こうしてもらうのは、これで二度目だ。

「……寝《ね》てる間に手出しするとは、さすがは元魔王《まおう》だな」

目を開けると、予想した通りに、亜麻色《あまいろ》の髪のエルフの悪戯《いたずら》な微笑みがそこにあった。

彼女は眠っている俺の体勢を変えて、膝枕《ひざまくら》をしてくれていたようだ。

「私に後のことを任せたのだから、これくらいのことをする自由はある。もっとも、ご主人様が起きていてくれなければ、私が奉仕《ほうし》する意味は薄《うす》いのだがな」

「籠絡《ろうらく》なんてしなくても、俺が寝てるうちに、護符《ごふ》を探すって手もあるぞ」

「そんな野暮《やぼ》な真似《まね》はしない。私という女は、最初に決めたことは曲げないのだ」

ヴェルレーヌは俺の毛づくろいでもするかのように、優しい目をしたままで髪に触れてくる。膝枕も心地《ここち》よくて、また眠ってしまいたくなるほどだが——そんなことをしては、雇用主《こようぬし》と雇《やと》われ店主という関係を逸脱《いつだつ》してしまう。

「初めのうちは、寝込みの隙《すき》を狙《ねら》うことも考えたがな。魔王であった私がそんなことをしては、王の資質を疑われてしまう」

「……もう十分働いたから、返せとか言わないのか？」

「長命なエルフにとっては、ここに来てからの時間は瞬《また》くように短い。それこそ、ご主人様の老後の世話までして、ようやくある程度長い時間を過ごしたと思うのだろうな」

「あまり自分が爺《じい》さんになったときのことは考えたくないが……さすがに俺も、そこまで返還《へんかん》を先延ばしにはしないぞ。なんなら、今でも……」

そう言いかけたところで、ヴェルレーヌは指で俺の唇《くちびる》を塞いだ。それ以上は言うなというように首を振る。

「ご主人様に言っておくが、私はとても負けず嫌《ぎら》いなのだ」

「ま、まあ、それは……ヴェルレーヌは強いし、自分に誇《ほこ》りというか、芯《しん》を持ってるしな。それは、分からんでもない」

「ふふっ……嬉《うれ》しいことを言ってくれる。褒《ほ》めてくれるとは珍《めずら》しいな」

「っ……お、おい、ヴェル……」

名前を呼び掛《か》けたところで、俺の顔に思い切り柔らかいものが押し付けられた。エプロンドレスごしにでも分かる、豊かな膨《ふく》らみ——それが、俺の顔の型でも取るのかというほどに押し付けられている。

「んぅ……なかなか刺激《しげき》が強いものだな。ご主人様はどうだろうか……？」

俺は喋《しゃべ》れるわけもなく、そのまま息をすると、ヴェルレーヌが何やら艶《あで》やかな吐息《といき》を漏《も》らす。たまらなくなって、俺は何とかヴェルレーヌの身体を押《お》し戻そうとする。

「ご、ご主人様。さ、触《さわ》っているのだが……急にされると、私も戸惑《とまど》うというか……」

「うぉっ……こ、これはその、事故というか……」

顔に押し付けられたものを押し戻そうとすれば、必然として触れる部分は決まっている。

ヴェルレーヌは身体を起こし、胸を庇《かば》いつつ困ったような顔で俺を見ていた。

「む、むぅ……男性を懐柔《かいじゅう》するというのも、やってみると難しいものだな。もっと上手《うま》くやれた暁《あかつき》には、ご主人様から護符を返してもらいたいものだが……」

「そっちの方面で頑張《がんば》らなくても大丈夫だけどな。俺はわりと今でも懐柔されたぞ」

「そうなのか……？　私だけが動揺《どうよう》しているようで、何か悔《くや》しいのだが……」

ヴェルレーヌは俺を膝枕したままで言う。そのままでいるのもどうかと思ったが、身体を起こそうとすると寂しそうにするので、もう少しこの姿勢に甘んじることにした。

「そ、それで……どうだったのだ？」

「何の話だ？　……ああ、さっきまで寝てる間、何をしてたのかってことか」

「私はご主人様の魔法を代行したのだから、ご主人様が何をしていたのかは分かっている。ティミスたちに気づかれはしなかったか？」

「『明かり虫』って言われてたから、大丈夫だ。まあ、一見すればそんな感じだしな」

さらっと言ったつもりだったが、ヴェルレーヌは口元を押さえて笑った。

「よもや、その『明かり虫』が、ご主人様の写し身……SSランク級の冒険《ぼうけん》者強度を持っているなど、彼女たちは想像もしていないだろうな」

そう――俺がヴェルレーヌに頼《たの》んでティミスに付与《ふよ》した魔法文字は、『小さき魂《スモールスピリット》』という魔法を発動させるためのものだ。

俺の力の一部を分けて分身を作り出すのだが、それをごく小さな光の玉にすることもできる。すると見た目が明かり虫に似ているので、悟《さと》られずに済んだわけだ。

『スモールスピリット』には、俺の意識を移して自分で操作することができる。ティミスの胸に書かれた魔法文字から発生し、飛び出したあと、俺は彼ら三人を見守っていた。

スモールスピリットが持つ力は、俺の力の一部――冒険者強度にして、5万相当。戦闘《せんとう》評価2万5千、回復魔法や補助魔法を含《ふく》めた他の評価が2万5千という内訳だ。

「その様子を見ると、作戦は成功したのだな。捕獲した火竜の様子を見に行くのか？」

「いや、火竜についてはうちの連中に任せる。前から考えてたことがあってな」

「ほう……もしティミスたちが窮地《きゅうち》に陥《おちい》ったら、彼らに救助させることも考えていたのか」

「それは絶対になしだ。そこまですると、今回《いらい》の依頼の趣旨《しゅし》に反する」

俺は言ってようやく身体を起こすことを許された。まだヴェルレーヌは物足りなそうだが、いつまでもこの姿勢に甘んじているわけにはいかない。

「……まあ、俺ももう少し我慢《がまん》するべきだったんだがな。あと少しだったんだ、本当に」

「ご主人様が介入《かいにゅう》したということは、彼女らのパーティは壊滅《かいめつ》しかかったのだろう。それでも冷静に見ていられるようなら、私はご主人様に対する認識を変えなければならない。ご主人様が冷徹《れいてつ》な観察者であっても、それはそれでそそられるものもあるのだがな」

「難しいもんだな。火竜のランダムな動きを吸収するために、もう少し研究を重ねたい」

「研究……あのノートを、さらに完全なものにするというのか？　あれだけでも、資料としては完璧《かんぺき》に近いと言うのに。まだ足りないというのか……？」

完璧であったなら、俺はただ見守っているだけで、ことを完遂《かんすい》できたはずだ。

『銀の水瓶亭《みずがめてい》』はどんな依頼にも応じ、こともなく達成するために、事前にやれることは全てやっておかなければならない。

幸いにも、これから火竜を長期に渡《わた》って観察する環境《かんきょう》が手に入る予定だ。そのために、ある協力者の力が必要なのだが——と考えたところで、店のドアベルが鳴った。

まだ開店前だが、緑色の外套《がいとう》を被《かぶ》った男が店に入ってきて、俺の隣《となり》に座る。

「毎度どうも、ウェルテム商会です。酒と食料の納品にあがりやした」

ヴェルレーヌは男の出した納品書にサインをして戻《もど》す。男の名は、ジョイス・ウェルテム。俺の店に出入りしている商人だ。

主な仕事は、酒と食料の販売《はんばい》――というのは、表向きの話だ。ウェルテム商会の裏の顔は、普段王都に流通しない希少な物品を商う『希少物商』である。

ジョイスは俺の隣に座るとラム酒を頼み、そして言った。朝でも関係なく酒というのは、他人のことは言えないが、彼のいつもの習慣である。

「旦那《だんな》、例の話ですがね。管理人もすでに雇って、環境の整備を始めさせてます」

「ああ、火竜と幼竜は信頼《しんらい》できる人間に運ばせる。食料なんかは充実《じゅうじつ》してるのか？」

「ええ、私も行ってみたんですがね、あれはなかなかいい場所ですよ。なんだって火竜は、人間のいる森を選んで、あの森を選ばなかったんだと思うくらいです」

「人間の方が、火竜よりあとに森にやってきたんだろうな。だが、特定の森でなければならない理由はないはずだ。環境的には、それほど差はないからな」

「そうだといいんですがね。それにしても旦那、考えやしたね。人の近づかない森をまるごと管理して、火竜を放牧するとは……こんなこと、普通は実現できやせんよ」

俺とジョイスの話を聞いて、ヴェルレーヌが目を見開いている。しかし彼女はすぐに事情を理解すると、何も言わずに納入された物品の確認を続けた。

王都に帰還《きかん》したティミスは、店の夜の部になってから顔を出した。

そして、他の客が聞いていないことを確認したあと、持ち帰ってきた鱗をヴェルレーヌに見せる。俺はいつものごとくエールを飲んでいた。

「火竜は、このギルドの方が運んで行きましたが……どちらに運ばれたのですか？」

「それについては明かすことはできませんが、今回の火竜は討伐《とうばつ》——殺されるわけではありません。あの森から移動させた時点で、『撃退成功《げきたい》』とさせていただきます」

「は、はい。森の近くで暮らす人々も、安心できると思います……」

ティミスも、ライアも、マッキンリーも。三人とも、この店に入ってきてからの態度が変わっている。

何か、かしこまっているような。少し砕《くだ》けたところのあったマッキンリーすら、その顔は真面目《まじめ》そのものだった。

「今回の依頼の報酬《ほうしゅう》について、厳密に決めていなかったと思うのですが……私は、どんなものであっても、必ずお支払《しはら》いできればと思っています。このギルドに依頼を持ち込んで良かった、そう心から思います」

「……私たちは火竜と戦ったが、そこまでの打撃を与《あた》えられなかった。しかし、火竜は倒《たお》れ、『森の狩人《かりゅうど》』の罠《わな》にかかった。未《いま》だに、何が起きたのか分からない……しかし……」

無念そうなライアの言葉を、マッキンリーが引き継《つ》ぐ。

「俺たちが未熟だと知っていて、それでも依頼を達成できるように導いてくれた。デューク・ソルバーという人が、俺たちを見ていてくれたような気がしてならないんです」

――彼女たちに、そこまでデュークが神格化されてしまうというのは想定外だった。

実際、俺は彼らを見ていた――というか、ティミスに襲《おそ》いかかる火竜《かりゅう》に目つぶしを食らわせ、ひるんだところに魔法弾《まほうだん》でダメージを与え、罠の上に誘導《ゆうどう》して捕獲《ほかく》し、マッキンリーの持っていた残りの麻痺《まひ》睡眠弾《すいみんだん》を代わりに撃《う》ち込んでおいた。

そこまでしてバレないということも、やはりない。しかし唯一《ゆいいつ》の救いは、デュークが架《か》空《くう》の名義であるということだ。三人が俺に辿《たど》り着くことは、絶対にない。

「報酬は……私の持てる全てでお支払いします。ですから、お願いします。デューク様に、一目お会いさせてください。直接会って感謝の気持ちをお伝えしたいんです……！」

――絶対にないというのに。

ティミスが目を涙《なみだ》で潤《うる》ませながらヴェルレーヌに訴《うった》える。ヴェルレーヌはそれでも俺の方に視線を向けたりはしない、それは彼女の俺に対する優しさであろうか。

「私も自分の未熟さを痛感した。デューク殿《どの》に鍛《きた》えなおしていただき、お嬢様《じょうさま》を守るために強くならなければ……私はデューク殿に会えるのならば、何でもする……！」

「俺もお願いします、このギルドに入れてください！　ただ働きでも構いません！」

彼らは自分たち以外の力で火竜が倒されたとき、真っ先にデュークがやったのだと思うくらいには、彼に対する敬意を抱《いだ》いていた——つまり、俺に対しての敬意を。

そしてティミスはデュークに会えなかったらものすごく落ち込んでしまいそうな、言うなれば片恋《かたこい》の状態にまで、デュークへの敬愛を募《つの》らせてしまっている。鈍《にぶ》い俺でもそれくらいは分かってしまう。

「私の命は、デューク様の教えのおかげでここにあります。この火竜の鱗《うろこ》も、デューク様に捧《ささ》げるべきものです……彼に、一目でも会ってお礼を……っ」

ティミスが必死に訴えるのを、ヴェルレーヌは優《やさ》しく微笑《ほほえ》んだままで聞いていた。

「……では、ティミス様。あなたが自分の力で強くなり、副騎士《きし》団長となることができた暁には。それを祝うために、あなたの前に姿を現すようにお願いしておきましょう」

「っ……ほ、本当ですか……？」

「ええ。ですが、決して無理をなさらないでください。急がずとも、あなたはまだ若い。デューク様もきっと、ゆっくり待っていてくださいますよ」

「ああ……デューク様が待っていてくださるのなら、私、必ず強くなります……！」

ティミスは涙を拭《ぬぐ》いながら、誓《ちか》いを新たにする。これから彼女は、着実に腕《うで》を磨《みが》いていく道を選ぶだろう。

ヴェルレーヌに感謝しなくてはならないところなのだが、もう一段階クリアしなければならない関門がある。

カランコロン、とドアベルが鳴る。店に入ってきたのは――ミラルカとマナリナだった。振《ふ》り返ったティミスが、すぐに気づく。そこにいるのが、自分の敬愛している姉だということを。

「お姉様……マナリナお姉様、どうしてこちらへ……？」

「久しぶりですね、ティミス。あなたがいると聞いて、ディック様に呼ばれて来たんです」

「……ディック？　ディック様とは、どなたですか？」

姉に会いたいというティミスのために、今日会えるようにミラルカとマナリナに連絡《れんらく》していたのだが――そのおかげで、正体バレの危機に陥ってしまった。

「そちらの席の方です。ディック様は、私の恩人で……」

「ディック……そのような名前だったのか。デューク・ソルバーかと思ったこともあったが、やはり違《ちが》うのだな」

「そ、そうか……そうだよな。気前がよくて良《い》い人なんだけど、やっぱりただの酒好きなお客さんだよな」

二人が正体に気づかず、俺は内心で安堵《あんど》する。ミラルカは全てを察しているようで、俺の方を見ると、ふぅ、とため息をついた。

「気前のいいディックさん、お酒をいただけるかしら？　あなたのおすすめでいいわ」

「っ……あ、ああ。まとめておごってやるから、向こうのテーブルにでも座ったらどうだ？」

「ディック様……いえ、分かりました。今日は、妹と一緒《いっしょ》にご馳走《ちそう》になります」

俺の気持ちを察してくれて、マナリナは妹を連れて、カーテンで仕切られたテーブル席に歩いていく。ライアとマッキンリーも今日はテーブル席に座り、他の客に交じって飲んでいた。主人であるティミスが姉に会えたことを、ライアは自分のことのように喜んでおり、マッキンリーは一人酒でも、何か満ち足りた顔をして飲んでいた。彼が俺のギルドに入りたいというのは、どうやら本気のようだ。

残された俺を、ヴェルレーヌはしばらく仕事をしながら見ていたが、たっぷり間を空けてから言った。

「お客様、ティミス様に正体を明かすときには、責任を取る必要が出てきそうですね」

こんなときだけお客様扱《あつか》いするヴェルレーヌ。俺はカウンターに突《つ》っ伏《ぶ》して、空になったエールのジョッキを振る。白旗を振るような気持ちで。

「王女姉妹《しまい》を心酔《しんすい》させてしまうとは……『幻《まぼろし》の五人目』が、この国を陰《かげ》から支配する日も遠くありませんね」

「そんなつもりはなかったんだが……俺には女心が分からん」

「お教えしてさしあげましょうか？『女心が分かる方法』というノートでもお作りいたしましょうか」

「……暇《ひま》があったらぜひ頼《たの》みたいところだな」

皮肉を言う気にもならない俺を見て、ヴェルレーヌが嬉《うれ》しそうに笑う。ティミスたちの席からは、再会を喜ぶ姉妹の声が聞こえてきていた。

後日、俺はミラルカを連れて火竜の放牧場となった森に向かった。

放牧場の管理人としてジョイスが雇《やと》ったのは、ドラゴンマスターの経験がある老人だった。ジョイスはそれを知らず、竜の知識がある人間というだけで募集《ぼしゅう》をかけ、大当たりを引いていたのだ。老管理人は俺たちを快く迎《むか》え、竜がいる巣へと案内してくれた。

ティミスたちが戦ったメスの火竜は、ドラゴンマスターによって警戒《けいかい》を解かれ、幼竜の近くにいても俺たちを攻撃《こうげき》してはこなかった。

「火竜の幼体ってのは、めちゃくちゃ可愛《かわい》いんだ。だから、見せてやろうと思ってな」

「ふぅん……そうなの。竜の子供が、可愛いとは思えないけど……」

洞窟《どうくつ》の中に木の枝などを敷《し》き詰《つ》めた巣が作られ、人間の赤《あか》ん坊《ぼう》くらいの大きさの幼竜が三匹《びき》いて、ピイピイと鳴いている。丸っこい身体《からだ》でよちよちと歩いてくると、巣の端《はし》っこによじ登り、ミラルカの足元にべち、と落ちた。

幼竜はそれでも起き上がり、ミラルカの足にすがりつき、ピイピイと鳴く。

「おお、かなり懐いておられますな。この子は三匹の中でも警戒心が強いのですが」

「……かっ……」

「そうなのか……ミラルカ、どうした？」

ミラルカは何も答えないまま、幼竜を抱《かか》え上げる。そして腕の中で大人しくしている幼竜を撫《な》で始めた。

「……可愛い。育ててあげたい……こんなに可愛い生き物がいたなんて……よちよち、いい子でちゅねぇ」

幼竜は喜ぶようにピイピイと鳴き、ミラルカはもうデレデレになっている。

可愛い生き物が好きだというから、見せてやろうかと気まぐれを起こしただけなのだが、どうやら想像以上に喜んでもらえたようだ。

「……はっ。あなた、私とあなたの間に子供ができて、こうやって可愛がっている姿を想像したりしていないでしょうね。そんなことをしたら殲滅《せんめつ》するわよ」

「俺もそこまで命知らずじゃないぞ……って、何で機嫌《きげん》が悪くなるんだ」

「う、うるさいわね……ああごめんなさい、驚《おどろ》かしちゃいまちたか？　怖《こわ》いお兄ちゃんがいるから、向こうで遊びましょうね」

赤ちゃん言葉で幼竜をあやしつつ歩いていくミラルカ。その後ろを、もう二匹の幼竜がピイピイと鳴きながらついていく。

その姿を見て意外に母親に向いてるのかもしれないと思うあたり、俺がミラルカに怒《おこ》られても無理はないかもしれない。

少し離《はな》れた場所から、母竜はミラルカと遊ぶ子供たちを、ときどきくるる、と喉《のど》を鳴らしながら見守っていた。

第三章　王都高台の幽霊屋敷《ゆうれいやしき》

1　情報部員と少女司祭

『銀の水瓶亭《みずがめてい》』には情報収集を専門とするギルド員がいる。彼、そして彼女らは、常に町の噂《うわさ》に耳をそばだて、情報屋と接触《せっしょく》しては、俺の許《もと》に王都内の情報をもたらしてくれる。

他の冒険《ぼうけん》者ギルドはいずれも情報収集部門を持っているが、トップギルド『白の山羊《やぎ》亭《てい》』の情報部を除いて、一応部門として存在している程度である。情報は依頼《いらい》の獲得に直結するから、ここで手を抜《ぬ》いていると依頼不足になることもある。

俺のギルドでは、他のギルドでもできる仕事はなるべく取り合ったりはしない。情報部員の報告をもとに依頼を掘《ほ》り起こし、俺のギルドだけができる仕事を優先して実行する。もしくは、条件を満たして合言葉を知った人物の依頼を受けるわけだ。

今日も夜の部になると、飲んだくれている俺のもとに、情報部員が報告にやってきた。

「ヴェルさん、きんきんに冷やしたエールお願いしまーす」

「お疲《つか》れ様です、リーザさん」

カウンターの俺の席の隣《となり》に座り、エールを受け取って美味《おい》しそうに飲んでいるのは、情報部員のリーザである。もともとは十二番通りの界隈《かいわい》で情報屋の小間使いとして働いていた少女だが、その才能を見込んで俺がスカウトした。

彼女はミラルカと同い年で、ショートカットがよく似合い、右耳だけピアスをしている。そのピアスは聴力《ちようりよく》を強化するためのもので、情報部員ご用達《ようたし》の魔道具《まどうぐ》である。俺が作り方を習って自作したのだが、なかなか気に入ってもらえている。

「あ、座ってから言うのもなんですけど、隣空いてますか？」

「ああ、空いてるぜ」

「えへへ、ありがとうございます。相変わらずですね、マスター……いえ、常連さん」

とってつけたような訂正《ていせい》の仕方に苦笑しながら、俺はエールを喉に流し込む。そしてヴェルレーヌが出したつまみを口に運んだ。今日入ったばかりの新鮮《しんせん》なチーズだ。

リーザにも勧《すす》めてやると、彼女は嬉しそうに口に運ぶ。乳製品が好きなので、この『雲羊のチーズ』はたまらないだろう。普通《ふつう》の羊のチーズとはコクと旨《うま》みがまるで違う。

「ヴェルさん、聞いてくださいよ。今日、町でこんなことがあってですね……」

リーザは世間話をしているように見せて、俺に情報収集の結果を報告してくれる。

マナリナとの婚約《こんやく》を破棄《はき》されたヴィンスブルクトが、懲《こ》りずに他の王女との婚約を申し込もうとしたが、第三王女はまだ幼すぎて却下《きやつか》されたこと。

騎士《きし》団を便利屋のように使っていた貴族が、それができなくなって冒険者ギルドに依頼を持ち込むようになったということ。

その貴族がギルドに持ち込もうとした依頼というのが、購入《こうにゆう》した格安物件の屋敷に死霊《しりよう》が出るので、退治してほしいというものだったということ。しかし依頼を断られたので、貴族は諦《あきら》めて屋敷を手放し、今は空き家となっているらしい。

「あ、それとですね……マナリナ様がまた国王陛下から結婚《けつこん》を勧められたそうですが、きっぱりと断ってますね。これは、ある人物の影響《えいきよう》なんだそうです」

「ふふっ……それは興味深いですね。そちらのお客様も、隅《すみ》におけないようで」

将来的に女王として即位《そくい》するのなら、絶対結婚しなければならないわけではないが、もし俺に操を立てていたりなんかしてしまったのなら、一度それとなく意識調査することが必要だろうか。そんなことを言っていたら、またミラルカにさげすんだ目で見られそうだが。

「そうそう、聞きました奥さん？」

「奥さん……私のことですか？　確かに私は、ご主人様のおしかけ妻のつもりではございますが。もしや私のご機嫌を取ろうとなさっているのですか。リーザさんは優秀《ゆうしゆう》ですね」

「そこまで考えてなくてノリだったんですけど、ありがとうございまーす」

勝手に奥さんにするな、と喉から出かかるが、俺は隣席《りんせき》で一人飲んでいる体《てい》なので、黙《だま》っているしかない。

「ええとですね、王都の教会区のはずれに、孤児院《こじいん》があるじゃないですか。そこの孤児院の院長さんが、今寝《ね》込んじゃってるみたいで、子供たちが心配してるんです。そこの孤児院の年長の子が院長さんの代理をしてるんですけど、結構大変みたいですね」

「それはお気の毒に……その院長をされている方は、何かご病気をされたのですか？」

「それが、原因不明みたいです。ちょっと前から不調だったみたいですけど、今は特に深刻で……あ、ユフィール・マナフローゼっていう女性の方なんですけどね」

ユフィール・マナフローゼ。その名前を、俺はとても久しぶりに聞いた。ふわりと柔《やわ》らかく笑う、少しぶかぶかな女僧侶《プリエステス》の服を着た少女の姿を思い出す。

「長い名前なので、短くして呼んでください」と言われ、アイリーンがつけた愛称《あいしょう》。名前の頭の音を取って「ユマ」――『沈黙《ちんもく》の鎮魂者《ちんこん》』と呼ばれる、魔王討伐《とうばつ》隊の一員だ。

ユマが病気になった。ミラルカが知らなかったということは、ここ最近体調を崩《くず》したということになる。

「ユフィールさんのお父上は、アルベイン神教会の大司教なんです。大っぴらにギルドに依頼を出すわけにいかないみたいですけど、どんな方法を使ってでも、娘《むすめ》さんの病気を治したいと思っていらっしゃるそうで……今は、お母さんが看病をしているそうですよ」

リーザは俺とユマの関係について知っているので、それも込みで俺に情報を伝えてくれているのだろう。

「ではでは、私はこれで。今日はもうくたくたなので、うちでゆっくり寝たいです」

「ええ、またのお越《こ》しをお待ちしております」

ヴェルレーヌに送られ、リーザはほろ酔《よ》いながらしっかりした足取りで店を出て行った。

この近くには『銀の水瓶亭』によって買い上げられた集合住居があり、そこがギルド員の寮《りょう》となっている。いわば社員寮というやつだ。俺は店の二階を住居にしていて、ヴェルレーヌも一緒《いっしょ》に住んでいる。

「……お客様、聞きましたか？　リーザさんが、私のことを『奥さん』とおっしゃっていましたが。酒場の店主として勤めるあいだに、若妻の艶《つや》が出てきたということでしょうか。お客様は、どう思われますか？」

店主と若妻に何か関係あるのか不明だが、ヴェルレーヌはとにかく嬉しかったようだ。

前の膝枕《ひざまくら》の一件から、彼女は護符《ごふ》を返してもらうためという名目で、俺を陥落《かんらく》させるべく機会をうかがっている。下手をすると彼女が俺の内縁《ないえん》の妻になってしまいかねないので、油断せずにいきたいところだ。

そして翌日。俺は店の昼下がりの休憩《きゅうけい》時間に、裏口から出て、ある場所へと向かった。

首都には南北に走る十二の通りがあって、一番西から順番に番号がつけられており、それぞれ特色が異なっている。

一番通りは『教会区』に隣接している。徒歩で教会区に行くには遠いので、王都を巡回《じゅんかい》している馬車に乗り、一時間ほどで到着《とうちゃく》した。

教会区は文字通り、アルベイン神教会の施設《しせつ》が集まった地区である。人々が礼拝に通う礼拝堂、そして僧侶《そうりょ》たちが修行に励《はげ》む修道院——幾つもの建物を横目に俺は歩き続け、その孤児院に辿り着いた。

孤児院の隣には礼拝堂がある。ユマはここで司祭をしながら、孤児院の院長も兼《か》ねているのだ。そして大司教になるための修行もしているとなれば、疲労《ひろう》で倒《たお》れても無理はない。

孤児院の庭では、子供たちが遊んでいる。それを見守っていた若い女僧侶が、俺のところに歩いてきた。

「こんにちは。こちらに何かご用向きでしょうか？」

「ここの院長に会いたいんだが、面会はできるか」

「院長先生でしたら、今日はそちらの礼拝堂にいらっしゃいます。しかし、最近はご体調がすぐれないとのことで、ご面会は……」

「俺はユマ……ユフィールさんの、古い友人なんだ。ミラルカ・イーリスも知ってる」

「ミラルカ・イーリス……『可憐《かれん》なる災厄《さいやく》』のご友人であらせられるのですか……!?」

女僧侶は驚きを顔に出す。こんなことで説得できるのかと思ったが、ミラルカの名前は強力だった。ここに出入りしているそうだから、この女僧侶も面識があるようだ。

「で、では、ユフィール様にお伺《うかが》いしてまいります。しばしお待ちください」

女僧侶は慌《あわ》てて礼拝堂に向かう。ユマならば、俺が来たと気づいてくれるだろう。

予想通りに、戻《もど》ってきた女僧侶に案内され、俺はユマのいる礼拝堂に案内してもらった。

中に入ると、神像の前で祈《いの》りを捧《ささ》げる女司祭の後ろ姿が目に入る。

天窓から降り注ぐ光の中で、彼女は静かに祈り続けている。近づいていいものかと思うが、意を決して歩き始めると、女司祭が後ろを振《ふ》り返った。

そして、昔と変わらない笑顔を見せる。彼女は片手を上げ、小さく動かして挨拶《あいさつ》をした。

「ディックさん、お久しぶりです。神託《しんたく》があって、あなたが来るのは分かっていました」

「それはすごいな……どういう神託だったんだ？」

「……それは秘密です。神様のご意思は、簡単に他の方に教えていいものではないのです」

口元に人差し指を当てて言う。相変わらず小柄《こがら》だが、やはり年齢《ねんれい》相応に身長は伸《の》びて、もう子供っぽいとばかりも言っていられない。白を基調とした司祭の服は、彼女の身体《からだ》の柔らかな曲線を、ふんわりと浮《う》かび上がらせている。

「……ちょっと痩《や》せたか？　長いこと会ってなくて、そういうこと言うのもなんだけど」

「くすっ……ディックさん、私が寝込んでいたこと、知っていて来てくれたんですよね？」

「お見通しか。まあ、使いの者を見舞《みま》いに行かせたりなんかしたら、ミラルカあたりに薄《はく》情者《じょうもの》と言われるからな」

「ありがとうございます。ディックさんは昔から優《やさ》しいですよね、いつも他人に興味がないっていうふうなのに」

「他人に興味がないなら、ギルドなんてやらないさ。俺はただ、目立ちたくないだけだ」

お決まりのセリフを言うと、ユマは楽しそうに笑う。

しかし、こうして話していても一見元気そうに見えるが、違和感《いわかん》があることは否《いな》めない。ユマといえば何か。今の彼女は、あまりにも毒気がなさすぎるのだ。俺が知っているユマは、こんなに絵に描《か》いたような聖女ではない。

「孤児院、うまくいってるか？」

「はい、受け入れ人数がもういっぱいになってしまったので、お父様に相談してもう一つ孤児院を作ろうと思っています」

「今でも忙《いそが》しくて、大変じゃないか？　あまり根を詰《つ》めすぎると身体に悪いぞ」

ユマらしさといえば、『鎮魂』。しかし今の彼女からは、その言葉が出てくる気配がない。

それはおかしいことなのだ。あれほど鎮魂にとりつかれた彼女が、久しぶりに会った俺の魂《たましい》をお鎮《しず》めしたい、と言わないなどと、あきらかに異常だ。いや、普通は言わないのかもしれないが、俺の知っているユマは普通ではない。

「仕事や修行も大事だけど、たまには楽しいことをしてもいいんじゃないか」

「……でも、王都は平和ですから。私の魂を震《ふる》わせる出来事は、起きてはくれないのです」

しゅん、としているユマ。

やはりそうだ——彼女に元気がない理由は、鎮魂ができてないからだ。

「王都に戻ってきてから、その……できてないんじゃないか？　『鎮魂』」

「っ……ど、どうしてそれを……？」

「いや、見てれば分かるよ。あれだけ鎮魂したいって一日中言ってたのに、今はごく普通のことしか言わない。そんなのは、ユマらしくないからな」

「……王国は平和になりましたし、慰霊《いれい》などのお仕事はまだ任せてもらえませんから、冒《ぼう》険《けん》をしていたときと違《ちが》って、ち……鎮……鎮魂……は、できなくなってしまったのです」

ユマは『鎮魂』という言葉を口にすることにすら躊躇《ちゅうちょ》するほど、鎮魂に飢《う》えている——口にしたら我慢《がまん》できなくなる、おそらくそういうことなのだ。

「……でも……ああ……そんなふうに言われてしまったら……思い出してしまいました。ディックさんの魂をお鎮めしたい……ほんの少しで構いませんから……」

「ま、待て……俺はまだ生きてる。生前に魂を鎮めるって、どういうことになるんだ？」

「強制的に神の国へ……神聖魔法《まほう》……昇天《しょうてん》……」

「っ……ゆ、ユマ、落ち着け。俺の魂はいつか、俺が天寿《てんじゅ》を全《まっと》うしたときに鎮めさせてやる。だから今はちょっとお預けというか……っ」

目がとろんとして、俺にじりじりと迫《せま》ってきていたユマの目に光が戻る。

——やはり、痩せている。俺は安堵《あんど》のため息をついたあと、礼拝堂の席に腰《こし》かけ、革《かわ》のザックからユマのために持ってきた土産《みやげ》を出した。

「礼拝堂は飲食禁止か？　それなら、場所を変えるけど」

「いえ、大丈夫《だいじょうぶ》です……ディックさん、私のために……？」

「ああ。とりあえず、滋養強壮《じようきようそう》のために……酒ではないから、安心して飲んでくれ」

俺はコルクで栓《せん》をした瓶《びん》を出して開けると、割れないように運んできたグラスに中の液体を注《つ》いだ。

『安らぎの雫《しずく》』。エルフが独自に調合した薬用の飲み物で、希少な生薬のエキスを調合し、飲みやすいように風味をつけてあるものだ。

ユマは俺の隣《となり》の席に座ると、グラスを受け取る。そして、そっと唇《くちびる》をつけた。

「んっ……あ……濃厚《のうこう》そうなので、苦いかなと思いましたが。甘くて飲みやすいです」

「薬でも、味は大事だからな。まあ、上等なポーションだと思ってくれ」

「はい……身体が少し温まってきました。気持ちも、とても落ち着きます……」

疲《つか》れているほど即効《そっこう》性があると言われているので、ユマにはよく効いたようだった。

安らぎの雫を飲むと食欲《しょくよく》が出るので、肉を食べることが禁じられている僧侶でも食べられるバゲットサンドと、果実のジュースを出す。

「これも良かったら食べてくれ。うちの店では結構人気がある軽食なんだ」

「……はい。お薬を飲んだら、はしたないですが、少しおなかがすいてしまいました」

ユマはサンドウィッチの包み紙を剝《む》くと、はむ、とかぶりつく。あまりレディの食事を見ているのもなんなので、俺は神像に視線を移した。

「んむ……美味《おい》しい。ディックさん、懐《なつ》かしいですね。魔王討伐の旅をしていたときも、こんなふうに食事をしたことがありました。そのときは、ディックさんが近くの農家で苺《いちご》をもらってきてくれたんですよね」

「苺か……そういえば、ユマの好物だったな」

「ディックさんからもらったあのときから好きになったんです。ん……でも、このジュースも甘酸っぱくて美味しいです」

ユマが嬉しそうに俺を見ながら葡萄《ぶどう》ジュースを飲む。俺は後で食べようと思っていたバゲットサンドを取り出し、彼女の視線をくすぐったく思いながらかぶりついた。

2　いわくつきの屋敷《やしき》と大司教夫妻

ユマに会ったあと、彼女にしてやれることを思いつき、早速《さっそく》ある場所に向かった。

教会区から北に向かうと、王都を見下ろすことができる高台に上ることができる。そのあたりは、貴族の邸宅《ていたく》が幾《いく》つか建っているのだが、そのうち一つに用があった。

リーザが言っていた、死霊《しりょう》が出るという屋敷。高い塀《へい》に囲まれ、建物は年季が入っているが、造りがしっかりしていてそれほど老朽化《ろうきゅうか》しているようには見えない。

一階に八部屋と食堂、浴室。二階には十二部屋ある大邸宅である。王都で暮らす他の貴族の屋敷と比べてみても最大クラスの規模だ。

これが金貨千枚という破格で売り出されており、持ち主は一週間も経《た》たずに退去して、不動産屋にその都度代金が支払《しはら》われているという。そこも引っかかる部分ではあるが、相場の二十分の一という安さなので、次々と買い手が現れるのも無理はない。

しかし屋敷を壊《こわ》して建て直すということもできなくはないのに、なぜ購入《こうにゅう》した貴族は手放し、近寄ろうともしないのだろうか。よほど恐《おそ》ろしい目にでも遭《あ》ったということか。

「……それにしては、全く死霊の気配を感じないな」

思わず独りごちる。死霊は昼でも夜でも関係なく現れるものだが、その家からは邪悪《じゃあく》な気配を感じない。

何らかの理由で昼間は死霊が集まらず、夜になると問題が発生するのか。それについては、この地区で情報収集を担当しているギルド員を呼び寄せ、聞いてみることにした。俺が自分で調査してもいいのだが、それよりは今回も『依頼解決《いらい》』の形をとるべきだろう。幸いにも、ユマの父親である大司教からの依頼という形をとることができそうだからだ。


――そして、二日後。


俺はギルド員に命じて、大司教の側近に『銀の水瓶亭《みずがめてい》』の情報を与《あた》え、大司教に俺たちのギルドへの依頼を検討してもらうように仕向けたのだが、その結果が早速出た。

夜の部の営業が始まって間もなく、巨体《きょたい》の男性と、一人の女性が入ってくる――二人とも外套《がいとう》を身に着けており、色は曜日に合わせて黄土色だ。地味な色が多いのは、印象に残りにくい色を選んでいるからだ。

彼らはカウンターにいるヴェルレーヌのところにやってくる。大男はフードを被《かぶ》ったままだが、その中の顔を見ると、だいたい五十代といったところだろうか。白い髭《ひげ》をたくわえており、浅黒い肌《はだ》に鋭《するど》い瞳《ひとみ》をしている。伴《ともな》っている女性は男性が大柄《おおがら》すぎて、対比で子供のように見える——その容貌《ようぼう》からして二十代ほどだろうか。整った顔だちをしていて、柔《やわ》らかい微笑《ほほえ》みを浮かべている。

この女性の雰囲気《ふんいき》に似た人物に、心当たりがある。ユマ——ユフィール・マナフローゼ。彼女の血縁者《けつえん》というか、もしかしたら……。

「……『ミルク』を所望《しょもう》したい。もしくは、『この店でしか飲めない、おすすめの酒』を」

「かしこまりました。『当店特製でブレンド』いたしますか？」

「酒が欲しいと言ったが、ゆえあって飲むことができない身分でしてな。酒精を抜《ぬ》きにして『私だけのオリジナル』をお願いしたい」

酒が飲めないのに、合言葉を知っていて口にした——そこで俺は、その二人が何者であるのかを悟《さと》る。

「それでは、お酒を用いずに飲み物を作らせていただきます」

「すみません、主人も私も、職業柄お酒を口にすることができなくて……無粋《ぶすい》なことをして申し訳ありません」

どうやらこの二人は夫婦《ふうふ》らしい。それで、女性の方はユマに似ている——となると。

「私はグレナディン・マナフローゼと申します。娘《むすめ》のことで、ご相談に上がらせていただきました」

「グレナディンの家内のフェンナと申します。こちらのお店で、娘の病気を治療《ちりょう》する方法を教えていただけるとお伺《うかが》いして……」

まさか、ユマの父——大司教グレナディンさんと、その妻であるフェンナさんの二人が、直々にやってくるとは。

娘の体調を、それほど案じているということだろう。大司教とはいうが、巨体に筋骨隆々《りゅうりゅう》という拳闘士《けんとうし》のような外見で、僧兵《モンク》上がりなのではないかと想像がついた。どうやらユマは、母親似のようだ。

「では、合言葉も確認させていただきましたので、早速本題に入りましょう。娘さんというのは、ユフィール様という方のことですね。魔王討伐《とうばつ》隊で功績を挙げた、勇者の一人と聞き及《およ》んでいます」

「娘は天性の才能があったのです。迷える魂を導き、穢《けが》れた地を浄化《じょうか》する能力にかけては、この国に……いや、世界に並ぶ者はいないでしょう」

「子供の頃《ころ》から、親の手がかからない子でした。魔王討伐を成功させ、孤児院《こじいん》を開いてからも、運営は上手《うま》くいっていたのですが……最近、少しずつ食欲が落ちてきていて、ため息も増えているんです。それで心配していたら、突然倒《とつぜんたお》れて……お医者様も原因が分からず、しばらく療養せよとしか言ってくださらないのです」

フェンナさんは瞳を涙《なみだ》で潤《うる》ませ、ハンカチで押さえる。グレナディンさんは妻を案じつつも、ヴェルレーヌの出した『聖域梨《なし》の清水割り』を口にする。その名の通り、アルベイン神教の聖地のある山で採れる梨の果汁《かじゅう》を、同じ山で採取される湧《わ》き水で割ったものである。教会の関係者には特に受け入れられやすい飲み物だ。

「娘は仕事が充実《じゅうじつ》していると言っていたし、私の跡《あと》を継《つ》ぐために努力を重ねていた。そんな娘が体調を崩《くず》すには、やはり医者では診断《しんだん》できない病に冒《おか》されているとしか……」

「お願いします……っ、ユフィールを、娘を、どうか、どうかお救いください……！」

神に仕える人々が、このうらぶれたギルドに救いを求めている。しかしそれは、このギルドならどんな依頼でも達成できると聞いたからこそだろう。

二人とも、藁《わら》にもすがる思いでここに来た。そして俺は、ユマを自分が関与《かんよ》したと知られずに元気にしてやりたい。目指すところは、ユマの両親と一致《いっち》している。

「かしこまりました。このギルドには、不可能はございません。ユフィール様が体調を崩されている原因をたちどころに把握《はあく》し、必ずや回復させましょう」

「……かたじけない。神の恵《めぐ》み、癒《いや》しの魔法を使うことができる我々が、娘一人助けられないなどと……あまりにも不甲斐《ふがい》ない限りです。それでも私たちは、娘を失いたくない」

原因は分かっているし、俺なら必ずユマを元気にしてやれる。

そのためには、あの死霊が出るという屋敷に、ユマたちに出向いてもらう必要がある。

「娘さんの体調を案じられるお気持ち、お察しします。ですが、ご安心ください。ユフィール様には一日か二日外泊《がいはく》していただきますが、それで彼女の体調は回復します」

「むぅ……娘は私が言うのも何ですが、仕事熱心です。子供たちの許《もと》を離《はな》れることを、受け入れるかどうか……」

「ユフィールには私から言っておきます。娘がどちらに行くかは、お伺いしても……？」

「王都の中ですし、もしご心配でしたら、いつでも連絡《れんらく》がつくようにいたします」

嘘はついていないが、幽霊《ゆうれい》屋敷で宿泊するとなったら、逆に心配をかけてしまう。そこは、伝えずにおいた方がいいだろう。

しかし間違《まちが》いなく、ユマはあの屋敷に死霊が出るとしたら、『沈黙《ちんもく》の鎮魂《ちんこん》者』たる所以《ゆえん》を最大限に発揮し、並ぶ者のない浄化能力を見せてくれるはずだ。そうすることでストレスが解消され、彼女の体調は回復すると確信していた。

大司教夫妻が帰っていったあと、俺は別の席で飲んでもらっていたミラルカとアイリーンを呼び寄せた。二人はカウンターに座り、ヴェルレーヌから事情の説明を受ける。

「そう……ユマはそんなに体調が悪いのね。前に会ったときは元気だったけれど、そういえば少し頬《ほお》が痩《や》せて見えたわ」

「うーん、ここはあたしたちが何とかしてあげたいよね……」

「はい。そこで、お二人にお願いがございます。ユフィール様と一緒《いっしょ》に、ある場所で外泊をお願いできますでしょうか」

「外泊……？　ユマと、アイリーンと、私で？」

「あ、そっか。お仕事で疲れたときって、温泉地に行って静養したりするもんね。ユマちゃんも疲れてるから、連れていってあげよっか。うんうん、それいい！　お酒お代わり！」

アイリーンはテンションが上がったらしく、上機嫌《じょうきげん》で酒を頼《たの》む。俺はエールを飲みながら、炒《い》った『知恵《ちえ》の豆』をかじっていた。あとはミラルカたちに任せる、といった気持ちでいるわけだが――。

いつの間にかミラルカが席を立っており、肩《かた》に手を置かれた。

「そちらの酔《よ》っ払《ぱら》いさんは、何を他人事《ひとごと》のような顔をしているのかしら？」

「い、いや……お嬢《じょう》さん方、友達同士で外泊なんて、楽しそうじゃないか。俺のことは気にせず楽しんで……」

「えー……あそっか、今はお客さんなんだ。じゃあ『お客さん』に言っておくけど、酒場で飲むお酒もいいけど、たまには場所を変えるとまた格別だよ」

「お、俺はこの店で飲むのが一番落ち着くんだよ」

「あ、ちょっと心が動いた。そんなに無理しなくてもいいからね、いつ来ても私たち歓迎《かんげい》するし。あ、でもこんなこと『お客さん』に言ってもしょうがないか。あはは☆」

もう普通《ふつう》に誘《さそ》ってるようなものなのだが、しらばっくれざるを得ない。しかしミラルカは俺の肩に手を置いたままだ。

「その外泊先について、後で詳《くわ》しく説明してもらおうかしら……ねえ、酔っ払いさん」

「ご説明については、こちらで承《うけたまわ》ります。もちろん『ご主人様』も同席されますので、ご心配なく。今は、ゆっくりとお酒をお愉《たの》しみください」

ヴェルレーヌがブレンドした酒をミラルカに出す。彼女はすっかり、俺の作ったブレンドがお気に入りになっていた。『気に入っている』とは一言も言わないのだが。

「ん……美味しい」

「ミラルカ、一緒にお出かけなんて初めてじゃない？　あたし、もう楽しみで楽しみで」

「……そうね。お疲《つか》れ様の旅行くらい、しておいた方が良かったかしら。その点においては、なかなか気の利《き》いたことをすると思わなくもないわね」

死霊《しりょう》が出るという屋敷《やしき》だが、ミラルカとアイリーンなら特に怖《こわ》がる理由もない。

――というか、出てもらわないと困るのだが。ユマ一人で宿泊させるのもなんなので、彼女の友人である最強のメンバーを揃《そろ》えてみたわけだが、どう転ぶのだろう。

まかり間違って屋敷を破壊《はかい》されたりしたら困るので、俺も見守るべきだろうか。

「え、温泉じゃないの？　北西の高台にあるお屋敷？　ふーん……そこってお風呂《ふろ》広いの？　いっぱいお酒置いてある？」

「……何か気になるのだけど、まあいいわ。責任を取ってもらえばいいだけだから」

ミラルカが俺を横目で見ながら言う。じゃあ責任を取らせてもらおう、とは言わずに、俺はまだ十分に冷えているエールを喉《のど》に流し込んだ。

3　三勇者の外泊と仮面の執事《しつじ》

閉店後、ミラルカとアイリーンに、ユマと一緒に宿泊してもらう屋敷について説明した。

ギルドで購入した屋敷を保養施設《しせつ》として使おうと思うのだが、使い心地《ごこち》をリサーチしてほしい――そんなふうに頼んでみたのだが。

「その屋敷に何かあるということでしょう？　ユマを連れていくってことは……」

「あ、分かっちゃった。もしかして、おばけが出るとか？」

「二人はやはり勘《かん》が鋭いな。ご主人様、どうやら説明を省くことは難しそうだぞ」

店が終わるとヴェルレーヌが魔王《まおう》口調に戻《もど》るが、ミラルカとアイリーンは慣れたものだった。ヴェルレーヌの正体と、本来の性格については二人もよく知っている。

「事情は分かったけれど……ディック、あなたが事前に泊《と》まってくればいいじゃない」

「それだと意味がないんだ。ユマが体調を崩してる理由を、解消してやらないと」

「え、何々？　ユマちゃんがそこで外泊すると、どうして元気になるの？」

「ユマといえば、『鎮魂したい』が口癖《くちぐせ》みたいなものだったから、そういうことでしょうね。つまりその屋敷には、何かろくでもないいわれがあるということよ」

天才教授は俺の目論見《もくろみ》を見事に看破してしまった。しかし俺とユマの二人で行くわけにはいかないので、何とか二人に来てもらわなくては。

「ユマちゃんがそのお屋敷に行くと鎮魂できるの？　迷える魂《たましい》が住みついてるの？　わー、なんかゾクゾクしてきちゃった」

「あなたほど強くても、そういう類《たぐい》の話は苦手なの？」

「そういうミラルカこそ大丈夫《だいじょうぶ》？　悲鳴を上げて、お屋敷を吹《ふ》き飛ばしちゃったりして」

「急に驚《おどろ》かされるのは苦手だから、それ以外でお願いしたいわね。でも、そういうものは空気を読まないって相場が決まっているから……何を笑ってるの？　ディック」

「いや、そういえば魔王討伐の途中《とちゅう》に、アンデッドの住む洞窟《どうくつ》を通ったなと思ってさ。足元からレイスが出てきて……」

「っ……や、やめて。レイスは身体《からだ》に触《さわ》られるとひんやりするから、嫌《いや》なのよ。あれって精気を吸っているんでしょう？」

レイスは霊体の魔物なので、壁《かべ》や地面を通り抜《ぬ》けられる。いきなりミラルカの足元から出てきて彼女が悲鳴を上げ、近くにいた俺に抱《だ》きついたということもあった。

そんな彼女を友情の名のもとに幽霊屋敷に送り込むことに対し、俺も罪悪感がないわけでもない。

「ご主人様は、女性だけの外泊に同行してもいいものか葛藤《かっとう》しているようだな」

「ちょっ……そんな『男子ってしょうがないわね』みたいな解釈《かいしゃく》をしてくれるなよ」

「でもディックがいないと、私たちだけじゃご飯の用意とか大変だし」

「俺は炊事係《すいじ》ではないんだがな……分かった、もうストレートに打ち明けるぞ。俺はユマにばれないように、ユマの抱《かか》えてる悩《なや》みを解決してやりたいんだ」

「伏《ふ》せる必要がないから却下《きやつか》するわ。普通に私たちをもてなしなさい」

何か当初とは別の方向に話が向かっている——俺が別荘《べっそう》に彼女たちを案内し、もてなすという話になっている。

「どうしてもというのなら、正体を隠《かく》してみてはどうだろうか？　ご主人様ならば、魔法で声を変えるくらいのことはできるだろう」

「その手があったか。それなら、ユマに気づかれずに事を運べるな」

「ねえねえ、どうしてバレたらだめなの？　ミラルカは分かる？」

アイリーンが純粋《じゅんすい》に疑問を口にすると、ミラルカは俺を見てなぜか楽しそうにする。

「この人はいいことをしたと思われるのが苦手なのよ。褒《ほ》められたくない病ね」

「ご主人様の性格をどう表現していいものかと考えていたが、なかなか適切な表現だな」

「でもディックだって、褒められるとほんとはすごく喜んでるよ。そういうとこ、ちょっと可愛《かわい》いよね」

「ご主人様がたまに可愛いことをすると、愛《め》でてしまいたくなる……あれはいいものだ」

「愛でるって……一体何をしているの？　この人をあまり甘やかすのはどうなのかしら」

三人の話に入り込むことができず、俺は針のむしろに座った気分で、とりあえず酒に逃《に》げた。元から酔わない方だが、ますます酒が回らないのが困りものだ。

数日後、ユマが休みを取ることを承諾《しょうだく》したので、ミラルカとアイリーンに誘いに行ってもらった。

俺はと言えば、ユマたちが泊まりに来る日の朝からギルド員と共に例の屋敷に入り、客を迎《むか》える準備をしていたのだが——そのときから既に、この屋敷の異常に気がついていた。

住人がいなくなってしばらく経《た》つのに、埃《ほこり》が溜《た》まっているということもなく、清掃《せいそう》が行き届いている。食材はさすがに何もないので、ギルド員に頼んで運び込んでもらったが、厨房《ちゅうぼう》もそのまま使えるほど手入れされていた。

『死霊』が屋敷のハウスキーパーをしているなどという考えが浮《う》かんだが、確証はない。清掃人が入っていないことは確かめているので、奇妙《きみょう》なことが起きていると思わざるを得ないが——専門家のユマが来てくれれば、死霊のしわざかどうかはっきりするだろう。

そしてその日の夕方、ミラルカとアイリーンがユマを連れて屋敷にやってきた。

俺は別荘を管理する執事を装うべく、日頃《ひごろ》は着ない正装をして待っていた。そして、屋敷の玄関《げんかん》の前で、三人を出迎《でむか》えた。

「……その仮面は何？　ふざけてるの？」

「いえ、わけあって素顔を見せられないのです。ミラルカお嬢様《じょうさま》、どうぞお気遣《きづか》いなく」

顔を隠すために俺が選んだ方法とは、仮面で目元を隠すことであった。貴族のあいだで家来にファッションとして仮面を着けさせるという趣向《しゅこう》が流行《はや》ったことがあるので、そこまで俺の行動は奇異ではないはずだ。

「うわ、かっこいい。ディ……じゃなくて、執事さん、今日はよろしくお願いね。美味《おい》しいお酒、準備しておいてくれた？」

「はい、お酒も用意しておりますし、お酒がだめな方でも楽しんでいただける飲み物を用意しております」

「それは良かったです、私は教義に従わなければなりませんので、お酒はお料理の味付け程度でしか身体に入れられないのです」

ミラルカとアイリーンもそうだが、ユマは司教の服ではなく私服姿だ。魔王討伐《とうばつ》の旅の途中も寝《ね》るとき以外は僧侶《そうりょ》服を着ていたので、新鮮《しんせん》な印象を受ける。

そして仮面の効果で、俺の声は年季の入った執事らしさを醸《かも》し出している。まずユマにばれないかどうかだが――。

「あなたがこちらを管理されている方ですね。今日はよろしくお願いいたします」

「はい、セバス＝ディアンと申します」

「セバス＝ディアンさんですね。私はユフィール・マナフローゼと申します」

アイリーンは何か言いたそうな顔だが、知らぬふりをしてくれている。ミラルカの視線が刺《さ》さるようだが、名乗ってしまったら押し通すしかあるまい。仮面の執事として。

「今回はミラルカ様からご予約いただき、ありがとうございます」

「ええ、今日はよろしくお願いね。ユマ、彼はおもてなしのスペシャリストだから、どんなことを申しつけても大丈夫よ」

「えっ、いいの？　じゃああたし、後で肩《かた》と足を揉《も》んでもらおうかな」

アイリーンは特に裏表なく言っているのだろうが、俺も仮面執事とはいえ、中身は何の変哲《へんてつ》もない一人の男である。身体に触《ふ》れるのは、執事としてのサービスとはいえ、さすがに遠慮《えんりょ》してしまう――それは役得でしかないからだ。

「……アイリーンさんがしてもらえるのなら、私もしてもらおうかしら。変なところを触るなんてことはありえないものね、あなたほど優秀《ゆうしゅう》な執事なら」

「はい、お嬢様方がご不快になるようなことは決していたしません。アルベインの神に誓《ちか》わせていただきます」

「私がアルベイン神教の人間ということをご存じなのですね。神はいつでも、アルベインの民《たみ》を優《やさ》しく見守っておられます」

ユマは胸に手を当てる。それは、祈《いの》るときの仕草だ。

この簡易な祈りですら、邪気《じゃき》を払《はら》う効果を発生させる。俺は周囲の空気が、若干《じゃっかん》軽くなったように感じていた。やはり、この屋敷には何かある。

「……お鎮《しず》めする魂の気配……邪気の残滓《ざんし》……ほんの少しだけ感じますが……いえ……」

「ユマ、どうしたの？」

「いえ、何でもありません。よくあることなのですが、こちらのお屋敷には無害な魂だけを感じます。そういった魂は、天界にお送りしなくともよいことになっていますから」

——さすがだ。俺は何の気配も感じられなかったのに。

さっきユマは、確かに『邪気の残滓』とつぶやいた。この屋敷には、無害な魂がいるだけでなく、まだ何かがあるということだ。

「それではまず、お部屋にご案内させていただきます。夕食の準備ができるまで、ごゆるりとおくつろぎください」

俺は恭《うやうや》しく一礼し、屋敷の扉《とびら》を開けた。三人は玄関ホールの広さに声を上げる。

「わー、おっきいお屋敷……こんなにおっきいと大きい声出したくなるよね」

「その気持ちは分からないでもないわね。私の家と比べても、一回りは大きいかしら」

「私は屋根裏が好きなのですが、屋根裏部屋をお借りすることはできますか？」

ユマは屋根裏や地下など、霊が住み着きやすいところに好んで行きたがる。俺も事前に調査して何もなかったが、ユマなら何かを感じ取るのだろうか。

「屋根裏にも部屋はございますが、本日はお三方ともに、同じ部屋をご用意しております」

「そうですか……では、あとでお屋敷《やしき》の中を見て回っても良《い》いでしょうか？」

「ええ、どうぞご自由にご覧ください。美術品のある部屋もございます」

屋敷の二階にある部屋のうち、二つは美術品を飾《かざ》るための部屋だった。それすらも置いていってしまったわけだから、前の住人がいかに慌《あわ》てていたかがよく分かる。

「ユマ、この屋敷に来て少し元気が出たようだけど、あまり無理はしないようにね」

「はい。ご心配ありがとうございます、ミラルカさん」

「まずはセバスさんに『おもてなし』してもらおうよ。せっかくのお休みなんだし。あと、後でみんなで一緒《いっしょ》にお風呂《ふろ》に入らない？」

「っ……わ、私は……皆《みな》さんと比べると、その……」

「気にすることはないわ、ユマはまだ十四歳だもの。私も十四歳のときは……」

二年前のミラルカは確かに成長途上で、今のユマと比べても同じくらいだった。しかし成長期には個人差があるので、それほど気にしなくてもいいと思う。

「……あなたがいるのを忘れていたわ。セバス、今のは聞かなかったことにしなさい」

「重々承知しております、お嬢様方」

「ユマちゃん、そういうことは気にしないで一緒に入ろうよ。久しぶりにゆっくりしよ？」

「は、はい……では、そうさせていただきます」

俺は二階の客室に三人を案内すると、ディナーの準備をするために部屋を辞する――はずだったのだが。

「セバス、どこに行くの？　アイリーンに言われていたことをもう忘れたのかしら」

「っ……い、いえ、忘れてなどおりません。大変失礼いたしました」

客室は寝室《しんしつ》と談話室に分かれており、談話室にはテーブルと椅子《いす》が置かれている。俺はミラルカとアイリーンに一番摘《つ》みの『リプルリーフの葉』で淹《い》れたお茶を、嗜好品《しこうひん》の類《たぐい》を禁じられているユマには、両親に出したものと同じ聖域梨《なし》の清水割りを出した。

「じゃあ……セバスさん、お願いしちゃおっかな」

アイリーンは腕《うで》を回して筋肉をほぐしてから、座ったままで肩を空ける。ここから始めてくれということらしい。

魔王《まおう》討伐中も、彼女たちに疲労《ひろう》が溜まってしまったとき、回復魔法を使いながら指圧をしたことがあった。そのことを思い出しながら、両肩に手を置いてグッと押し込む。

「んっ……」

「……アイリーン、声が出てるわよ」

「えっ？　あ、そ、そっか……だってディ……セバスさんが……んぁっ……」

彼女はいつ『ディック』と口走ってもおかしくないので、ここは全身全霊《ぜんれい》を込めて癒《いや》しの時間を味わってもらい、夕食の時間までぐっすり休んでもらうしかない。

「お客様、大変恐縮《きょうしゅく》ですが、うつぶせに寝ていただけると施術《せじゅつ》がしやすいのですが……」

「……う、うん、分かった。じゃあ、飲み物は置いといて、順番にしてもらおっか」

「ま、まあ……セバスは執事《しつじ》だから、変なことはしないでしょうし……」

「はい、決してそのようなことはいたしません。アルベインの神に誓わせていただきます」

絶対何もしないから、と言いつつ、王国最強の女武闘家《ぶとう》を寝室に招き入れる俺。しかも仮面をつけているなどと、怪《あや》しいことこの上ないのだが。

「……わ、私は……神にお仕えする身なので、男性の方に触れていただくのはその、だめなのでっ……こ、心に決めた方しか……」

「ユマちゃん、それは大丈夫《だいじょうぶ》。だって、セバスさんはねえ……」

「アイリーン、いいから先に行ってきて。セバスの仕事は後が詰《つ》まっているから」

では今すぐに夕食の準備に戻《もど》りたいのですが、と言いたいところをぐっとこらえて、俺は場所をベッドルームに移し、うつぶせに寝そべったアイリーンを前にして覚悟《かくご》を決める。

夜に死霊《しりょう》が出るとしたら、今身体を休めておいてもらって悪いことはない。三人ともを眠《ねむ》りの世界にいざなうべく、俺は無心となり、ひととき癒しの施術師と化した。

4 癒しの施術と屋根裏の少女

アイリーンとミラルカは、施術中に深い眠りに落ちてしまった。最後のユマはまだ緊《きん》張《ちょう》しているが、彼女も疲《つか》れが溜まっているだろうから、施術させてもらうことにする。ベッドに座ったユマの身体には触れず、手をかざして回復魔法を使う。やはり、アイリーンとミラルカと比べて、多《た》忙《ぼう》を極《きわ》めるユマが最も疲労が溜まっていた。小さな身体《からだ》で頑《がん》張《ば》っているのだと思うと、施術にも熱が入る。決して触れないようにしなくてはならないが。

「……とても心地《ここち》よいです。セバスさんは、回復魔法を使われるのですね」

「お客様をおもてなしするために必要なことは、一通り会得《えとく》しております」

俺の回復魔法を受けたことのあるユマなら、気づいてもおかしくはないところだが。幸いにも、彼女は気づいている様子はなかった。

「私の大切な友人……いえ、仲間の方にも、回復魔法を使われる方がいます」

「……さようでございますか」

「はい。その人はいつも、そっけない態度だったりするんですけど、本当は誰《だれ》よりも周りの人のことを考えているんです。私は僧侶なのに回復魔法が使えなくて、それでもその人は怒《おこ》らなくて、いつも魔法で私たちを癒してくれました。私もその人のことを見ていて、こんなふうに、誰かを癒せる人になりたいって……」

ユマが言っているのは、おそらく俺自身のことだ。

彼女がそんなふうに思ってくれていたなんて知らなかったし、正直を言って嬉《うれ》しく思うが、今の俺にできることは、ただ執事のセバスとして、ユマに応えることだけだ。

「その方も、きっとユマ様を尊敬していらっしゃいますよ。僧侶というのは、人々の心を安らげる素晴らしい仕事ですから」

「そ、そうでしょうか……私、まだ未熟で、全然できてなくて……」

「それだけ一生懸命《けんめい》でいるユマ様を、私も僭越《せんえつ》ながら応援《おうえん》したいと考えました。私だけでなく誰もが、そう思われるのではないでしょうか……では、施術は終わりです」

「あ……は、はい。すごく身体が軽くなりました、ありがとうございます……っ」

ユマは立ち上がって、頭を下げてお礼を言う。

礼をした拍子《ひょうし》に肩のあたりまで伸《の》ばした髪《かみ》が揺《ゆ》れて、ユマははにかみながら両手で髪を撫《な》でつける。そのあどけない仕草は、昔の彼女と大きく変わってはいなかった。

「では、私は夕食の準備に取り掛《か》からせていただきます」

「ありがとうございました。私は、お二人が起きるまでゆっくりしていようと思います」

「ええ、どうぞおくつろぎください。それでは失礼いたします」

そう言って部屋を出たところで、俺は廊下《ろうか》の奥から誰かの足音を聞いた。

この屋敷には俺と三人以外、誰もいないはず。しかし、確かに聞こえた。

俺は足音が聞こえた方角に向かう。二階にある十二部屋のうち、ミラルカたちの客室は東側にある。

西側には、誰も使っていない部屋があるだけのはず。ドアを開けてみても誰の姿もなく、美術品のある部屋も入ってみたが、人の姿はなかった。

一つ考えうるとしたら――屋根裏部屋。

屋根裏部屋に上がる階段が、屋敷二階の西側にある。

屋根裏も地下も調査を終えている――しかし夜が近づいて、何らかの変化が起きたのか。

死霊が現れるという屋敷。その理由を目の当《ま》たりにすることになるのかと、多少の緊張を覚えながら、俺は屋根裏部屋に続く階段を上がっていく。

そして扉を開け、屋根裏部屋に入る――窓から夕日が入り、室内の一部を照らしている。

――その夕日を背にして、何者かが立っている。

「……何者だ？　この屋敷に、どうやって入った」

その人物が、こちらに歩いてくる。黒いドレスを着た少女——銀色の長い髪にヘッドドレスを身に着けたその姿から、俺は彼女の素性《すじょう》を想像する——おそらくは、貴族。

「……初めてお目にかかります。私は、この館をかつて所有していた一族の者です」

スカートの裾《すそ》をつまんで一礼する、貴族の挨拶《あいさつ》。俺の推測は当たっていたようだ。

この屋敷の、かつての所有者。彼女がなぜこの屋根裏にいるのか、俺とギルド員が屋敷の中を調査していたときは、どこにいたのか。

尋《たず》ねたいことは山ほどあるが、それよりも、何よりも。

まるで絵画の中から飛び出してでもきたかのような、人間離《ばな》れした少女の美しさが、俺の意識を奪《うば》っていた。

5　過去の住人と聖女の覚醒《かくせい》

さらりとした銀色の髪を編み込みにしたその少女は、夕日の中でもそれと分かる、左右違《ちが》う色の瞳《ひとみ》で俺を見ていた。青と金色——金色の瞳は、魔族しか持たないはずなのだが。

「この屋敷を所有してた一族って……何年前の話だ？」

「十年ほど昔になります。シュトーレン公爵《こうしゃく》家というのですが、ご存じありませんか？」

アルベイン王国の貴族の頂点に立つ三つの公爵家が、ヴィンスブルクト、オルランズ、そしてシュトーレンである。俺もその名前はもちろん知っている。

俺がこの屋敷を買うとき、権利書には二つ前の所有者までしか記載《きさい》されていなかった。王国の法律ではそこまでしか遡《さかのぼ》って記載する義務はない。

「俺は売りに出されていたこの屋敷を買い取らせてもらった者だ。ディック・シルバーという……今はわけあって、この屋敷に来てる客にはセバスと名乗ってるがな」

「はい、事情は理解しています。この屋敷で起きた出来事は、全て把握《はあく》しておりますので。それは、かつてこの屋敷に暮らしていた者に許された権限ということで、ご容赦《ようしゃ》ください。悪用する気はありません」

屋敷のどこにいても、彼女には事情が知れてしまう。限られた範囲《はんい》の情報を収集する魔法は普通《ふつう》に存在するので、不思議なことではない。

屋敷一帯にその効果を広げるとなると、家のあちこちに魔法文字《ルーン》が書き込まれているか、それともこの屋敷の敷地一体が、巨大《きよだい》な魔《ま》法陣《ほうじん》の中にあるということも考えられた。事前の調査で気づかなかったので、高度な隠蔽《いんぺい》が施《ほどこ》されていると考えられる。

「シュトーレン家は、なぜこの屋敷を手放したんだ？　あんたは、なぜ一人でここにいる」

「私はベアトリス・シュトーレン……シュトーレンの名を頂いた者です。それ以上は、申し上げられません」

「何か事情があるのか。さっきの質問に答えてもらってないが、シュトーレン家の人間は、この屋敷《やしき》に自由に出入りできるのか？」

「いいえ……私は、『どこからも出入りなどしていません』」

「……それはありえない。俺たちは、昼のうちにこの屋敷を隅々《すみずみ》まで見て回った。それとも、どこか隠《かく》れられるような場所が別にあったっていうのか」

「私はずっとここにいました。ここだけでなく、この屋敷のどこにでも、私はいます」

――ゾクリ、と背中に冷たいものを感じる。

どこからも侵入《しんにゅう》しておらず、この屋敷のどこにでもいて、屋敷内の情報を把握している。

その荒唐無稽《こうとうむけい》にも思える発言の意味を、そのまま汲《く》み取るとしたら……彼女は。

「私は、この屋敷を見守らなくてはならない……たとえ一族が捨てた場所であっても、責任を放棄《ほうき》するわけにはいきませんから」

「責任……？」

それは何かと問いただす前に、俺は気づいた。

ベアトリスの姿が、薄《うす》く透《す》けていく――そこでようやく俺は、彼女が普通の人間ではないと気が付いた。

「あんたが、この屋敷に姿を現す霊……そういうことなのか？」

「……はい。不浄《ふじょう》なる者を浄化する力を持つ僧侶《そうりょ》の方が、ご一緒《いっしょ》に来られていますね」

「彼女は、無害な魂《たましい》を昇天《しょうてん》させることはないと言ってる。ベアトリス……あんたを見つけても、すぐさま鎮魂《ちんこん》したりなんてことにはならないよ」

「……彼女の持つ力は、抑《おさ》え込まれているように感じます。もし解放されたら、私の前にも、天へと続く道が示されるに違いありません。私はまだ、消えるわけにはいかない」

「事情があるのなら、話してくれないか？　この屋敷に死霊が出るっていう噂《うわさ》は、本当なのか。あんたとは、違うように思えるんだが……」

ベアトリスの姿は徐々《じょじょ》に薄れていく。自分の意志では姿を保つことができないようだ。

「私はこの屋敷を残しておきたいだけです。いつでも、家族が戻ってこられるように」

その言葉を最後に、ベアトリスの姿は見えなくなる。

屋敷の中の手入れが行き届いていた理由は、これで察しがついた。ベアトリスがこの屋敷を、一族が戻ってこられるように維持《いじ》していたのだ。しかし、この屋敷を捨てたシュトーレン公爵家の人間が、今さら戻ってくることなどあるのだろうか。

もう一度、ベアトリスに会わなくてはならない。俺はミラルカとアイリーンに事情を説明し、専門家であるユマに相談してもらうことにした。

夕食の時間になると、ユマがミラルカとアイリーンを起こして連れてきてくれた。既《すで》に外は日が落ちて、室内は魔法を利用した明かりで煌々《こうこう》と照らされている。十人ほどが一緒に席につけるダイニングテーブルの端《はし》に、ミラルカとユマが並んで座り、向かいにアイリーンが座っていた。

「ユマちゃん、このお屋敷に無害な魂がいるって言ってたよね。それって今でも感じる？」

「はい、今でも私たちを見ていらっしゃいます」

「常に見られているというのは、いい気分はしないわね……何とかならないものかしら」

ミラルカにはベアトリスに会ったことを話しているが、事情が分かっていても落ち着かなそうだ。アイリーンは全く気にしておらず、羊のローストにワイン仕立てのソースをかけたものを、美味《おい》しそうに口に運んでいる。

「はむっ……うーん、美味しい。整体もしてもらってすっきり爽快《そうかい》だし、美味しいものを食べて、お酒を飲んで、あとはお風呂《ふろ》だよね～」

「……大丈夫《だいじょうぶ》かしら。お風呂といえば、一番無防備になる時間だし……不意を突《つ》かれたりしたら、つい魔法を使ってしまうかもしれないわ」

「一緒に入れば大丈夫、あたしがちゃんと見ててあげるから。普段でも、髪を洗うときとか、後ろに何かいそうな気がしたりするもんね～」

「ちょ、ちょっと……意味もなく警戒心《けいかいしん》を煽《あお》らないで。何もいないに決まってるわ」

ミラルカは今は気にする必要がないのに後ろをうかがう。そして安全を確かめたあと、野菜スープを口に運んだ。彼女は小食のようで、肉もパンも少なめにしか口にしていないが、アイリーンに合わせて酒はそこそこ進んでいる。

「お客様方、この屋敷には多少『いわれ』がございますので、夜間に部屋を出られるときはくれぐれもお気を付けください」

「っ……このタイミングで言わないで。わざとなら大したものね、褒《ほ》めてあげるわ」

「ミラルカ、スプーンを持つ手が震《ふる》えてるんだけど……あれ、もしかしてほんとに怖《こわ》い？」

「こ、怖いなんて一言も言っていないでしょう。ユマがいれば何が出ても関係ないわ」

ミラルカがユマに話題を振《ふ》ったが、ユマがなかなか返事をしない。彼女は水の入ったグラスを両手で持ったまま、小さく唇《くちびる》を動かしている。

「……鎮魂……でも、無害……邪気《じゃき》を感じないので、鎮魂は……いけないこと……したい……鎮魂したい……」

「えっ……ユマちゃん、いけないことしたいの？　それって例えばディックに協力してもらう必要があるやつ？」

「……はい？　私、今何か言っていましたか？」

もう完全に目がいけないところに行ってしまっていたのだが、ユマには全く自覚がないようだった。

「これは重症《じゅうしょう》ね……早く何とかしないと、ユマの心がもたないわ」

「えっ……こ、心ですか？　私の心が、どうなってしまっているんですか？」

「んーとね、すっごく溜《た》まってるんだと思う。これだけ溜まっちゃうともうね、イライラしちゃったりするよね。ユマちゃんは内に溜め込むタイプだから、一気に発散しなきゃ」

「は、はい……私、何かを溜めてしまっているんですね。どうしたらいいんでしょうか」

「答えは明白よ。そこのセバスを、何も考えずに鎮魂して昇天させてあげなさい」

「お、お嬢様《じょうさま》……何か失礼がございましたでしょうか、神の国に招かれるほどにご不快な思いを……？」

「だ、だめです、私が昇天させてさしあげたいのは……い、いえ、何でもありません……」

やはりユマは俺――セバスではなくディックだが――を昇天させたいらしいが、なんてどう聞いても人聞きが悪い。そんな想像をしてしまうのは心が汚《よご》れているからだろうか。

「ユマちゃんの昇天って気持ちよさそうだよね、アンデッドを昇天させたときもそんな感じだったもんね」

「また変なことを言い出して。アイリーンにはアンデッドの気持ちが分かるというの？」

「いえ、何も変なことではありません。アイリーンさんのおっしゃる通りです」

「……ユマ？」

ユマの目がまたとろんとしている——俺に迫《せま》ってきたときと同じ。今のユマには、鎮魂に関係する話は刺激《しげき》が強すぎるのだ。

「魂をお救いするということは、現世への執着《しゅうちゃく》から解き放たれるということですから。そのときに感じる感覚を、教義としては『法悦《ほうえつ》』と表現しています。これは、魂を導く僧侶も、その一端《いったん》を味わうことのできる感覚です。しかし最も大きな法悦を感じる瞬間《しゅんかん》とは、魂同士が引き合っていると感じるお相手を、お導きする瞬間なのです。私がただ一度、魂の引力を感じた方というのは……」

「ゆ、ユマ……落ち着いて、とてもよく分かったから、とりあえず深呼吸をしなさい」

「はっ……あ、あれ？　ミラルカさん、私今一体何を……」

「さすがのあたしも気づいちゃったよ……ユマちゃん、もうギリギリなんだね」

「ぎ、ギリギリ……そうなんでしょうか。セバスさん、私はギリギリなのですか？」

「と、とんでもございません。素晴らしい教えを説いていただき、ありがとうございます」

俺を昇天させたときに法悦を味わうというが、法悦って一体どんな感覚なんだろう。ユマの様子を見る限り、とても教育によくない感覚のような気がする。

ある意味で波乱に満ちた夕食の時間は終わり、俺は夕食の片付けを終えたあと、屋敷の一階の廊下《ろうか》から中庭を見ていた。

すっかり日が落ちているが、外にも魔法の明かりをともした柱が立っており、視界は確保されている。だが、死霊《しりょう》が現れる気配はない。

今、三人は入浴の時間だ。屋敷の一階の東側に浴室があり、俺はそこから少し離《はな》れた位置にいるが、何かあったらいつでも浴室に駆《か》けつけられるように準備をしている。

この屋敷を買った貴族は、例外なく短い期間で退去している。

ベアトリスからその理由を聞けていれば――そんなことを考えながら、何もなかったはずの庭に視線を送る。

「……お出ましか……！」

全く気配がなかったというのに、庭に幾《いく》つかの人影《ひとかげ》が見える――あれは、死霊。人の姿をしているが、ほとんど薄れて見えないゴースト。黒いもやのような、決まった形を持たないガスト。

そしてミラルカが苦手だと言っていたレイス――その数は、こうして見ている間にも少しずつ増えていく。

「——きゃぁぁあっ！」

「っ……！」

絹を裂《さ》くような悲鳴が上がる。声が聞こえたのは浴室から——非常時ということで仕方なく、脱衣《だつい》所に踏《ふ》み入る。

「お嬢様方、いかがなさいましたかっ……おおっ⁉」

「か、身体《からだ》を洗っていたら、下からいきなりっ……」

ミラルカは裸《はだか》のままで飛び出してきている。まさに身体を洗っている最中だったのか、身体中に石鹸《せっけん》の泡《あわ》がついている——そのおかげで、大事な部分がかろうじて隠れていた。

「ひゃぁぁ、ひゃっこいっ！　このぉっ、当たらないからって調子に乗ってっ……！」

浴室の中では、アイリーンが湯煙《ゆけむり》の中で、迫りくるゴーストたちに蹴《け》りを繰《く》り出していた。しかし彼女の言う通り、『鬼神化《きしんか》』するか魔法の武器を装備していなければアンデッドに有効打を与《あた》えることができず、アイリーンの攻撃《こうげき》は手ごたえなく空を切っている。

腰《こし》に一枚タオルを巻いただけの姿の彼女を見て、当然上半身も視界に入るが——俺はプロとして心を動かさず、この事態を打開できるはずのユマに視線を送る。

しかし彼女は、床《ゆか》にぺたんと座り込んだままだ——久しぶりのことで、すぐに鎮魂する

とはいかないのか。

「お嬢様方、ここは危険です！　一度脱出《だっしゅつ》して、態勢の立て直しを……」

「っ……待って、セバスさん！　ユマちゃんなら、きっとやってくれるから！」

「そうよ……ユマ、あなたの力を貸して！　こんなとき、いつもあなたなら、私たちを助けてくれたでしょう……！　立ちなさい、ユマ！」

アイリーンとミラルカが叫《さけ》ぶ。しかし放心したように座り込むユマに、死霊たちが近づいていく――。

もし触《ふ》れるようなことがあれば、俺がユマの代わりに死霊を吹《ふ》き飛ばす。

そう決意した直後のことだった。ユマに近づくゴーストが、浄化《じょうか》されて消滅《しょうめつ》する。

「こんなに多くの迷える魂《たましい》が……王都じゅうから、ここに集まってきている。どうして今まで気づかずにいられたのでしょう……お鎮《しず》めする魂が、こんなにもあふれていたのに」

ガストだろうが、レイスだろうが、ユマには関係がなかった。

彼女の裸身《らしん》を覆《おお》う光は、浄化の光。本来ならば、どんなに熟練した僧侶《そうりょ》であっても、呪《じゅ》文《もん》の詠唱《えいしょう》を経て不死者の浄化を行う――しかし、ユマは違《ちが》う。

『沈黙《ちんもく》の鎮魂者』。そう呼ばれる所以――ユマは詠唱を必要としない。

それでいて、その浄化の力は常軌《じょうき》を逸《いっ》している。アンデッドだらけの洞窟《どうくつ》でも、一体を浄化しようとして、洞窟の全域を浄化してしまう。

だからこその、冒険者強度《ぼうけん》10万1180。不死者を浄化する、その一点のみで、SSSランクの評価を受けた少女――それが、ユフィール・マナフローゼだった。

「さあ、お鎮めしてさしあげましょう……神様が用意した約束の地で、誰《だれ》もが原始の姿に戻《もど》るのです。生まれたばかりの無垢《むく》な赤子のように」

ユマはただ、両手を組み合わせて祈《いの》っているだけだ。しかし際限ない浄化の力が、全ての障害物をお構いなしに、どこまでも、どこまでも広がっていく。

「ど、どこまで浄化を……ユフィールお嬢様っ、お身体に差しさわりはっ……！」

あくまで執事《しつじ》口調で問う俺に、ユマはにっこりと微笑《ほほえ》みかけ、そして答える。

「……アイリーンさんがおっしゃった通りです。鎮魂《ちんこん》は、とても気持ちが良《い》いことなのです。ずっと忘れていました……どうして我慢《がまん》していられたのでしょう。これは私が生きていくために、必要なこと……とても、とても大切なこと……ああ……でも、本当にお鎮めしてさしあげたいのは……」

――そのとき俺は、ユマの浄化の力に触れた。アイリーンとミラルカも、同じ気分を味わったのかもしれない。

彼女の力は、不死者を打ち払《はら》い、天国に送るためだけのものではない。

生者の魂すらも、鎮める。まるでユマの手で、直接魂を撫《な》でられているようだった。

それを恐《おそ》ろしいとも思わず、ただ心地《ここち》良いと思った。ユマが言っていた通り、鎮魂する側もされる側も、同じだけの感覚を味わうのだ。

気が付けば、外から入り込んできていた死霊の姿はどこにもなくなり、床下から湧《わ》いてくる気配もなくなった。静寂《せいじゃく》に包まれる中で、ユマは——額に少し汗《あせ》をかき、肌《はだ》が紅潮していたが、疲《つか》れてはおらず、むしろ一気に生気が戻り、生き生きとしていた。

「さあ……ベアトリスさんの魂は、これからお話しして鎮めてさしあげなければいけません。セバスさん、屋根裏部屋に行きましょう。彼女はそこで待っています」

ユマはそう言うが、俺は彼女の方を見られなかった。

ついに再び覚醒《かくせい》した聖女に、こんなことを言うのは無粋《ぶすい》かもしれない。しかし一糸まとわぬ姿である彼女が、そのことに気づいたときのためにも、俺はしばらく目をそらしたままでいようと誓《ちか》っていた。

6 執事の葛藤《かっとう》と召喚契約《しょうかんけいやく》

ユマの鎮魂によって死霊が浄化され、静かになった屋敷《やしき》の廊下に出る。窓から見ても、中庭に姿を見せていた死霊の姿はどこにもない。

そしてユマは鎮魂する相手を選ぶことができるため、この一帯を浄化しながらも、ベアトリスを問答無用で天国に送るということはなかったようだ。

「お待たせしました、セバスさん」

「は、はい。本当ならば、この屋敷の問題ですから、私が一人で赴《おもむ》くべきですが……」

着替《きが》えを終えた三人が出てくる。全員心なしか顔が赤くなっているが、ここは気づかぬふりをするのが紳士《しんし》というものだろう。

「そんなに遠慮《えんりょ》しなくていいよ、あたしたちもその幽霊《ゆうれい》の人を見てみたいし」

「あんなふうに驚《おどろ》かされたりしなければ、私も幽霊くらいで動じたりはしないわ。さあ、連れていきなさい」

ミラルカは落ち着いたようだが、あからさまに胸をかばっている。寝間着《ねまき》が他の二人より大人びていて、ネグリジェの上からガウンを羽織っている状態だ。なるほど、その状態で手を外してしまうと、この薄手《うすで》の生地では形がくっきり見えてしまうかもしれない。

「ところでミラルカ、そのネグリジェって今日のために用意してきたの？」

「こ、これは普段《ふだん》から着ているものよ。どうして王都の中の外泊《がいはく》くらいで、新調する必要があるのかしら」

「大人の女性っていう雰囲気《ふんいき》で、素敵です……私なんて、子供っぽい恰好《かっこう》ですし」

ユマのパジャマは短い袖《そで》の柔《やわ》らかそうな生地のシャツに、ショートパンツというシンプルなものだ。しかしその子供っぽい服だからこそ、実は彼女もそれなりに五年間で成長したのだな、というのがよく分かる。司祭の服を着ていると、着やせして見えるようだ。

「それではお嬢様方、屋根裏部屋までご案内いたします」

ユマとアイリーンが先に歩き始め、二階に上がっていく。ミラルカは俺の隣《となり》を歩きつつ、二人に聞こえないくらいの声で話しかけてきた。

「ユマは鎮魂に集中していて気づかなかったみたいだけど、あなたが裸を見たことには変わりないわよ」

「くっ……ユマがセバスに見られたと思うよりは、俺の正体を明かした方が……いや、どっちもショックを受けることに変わりないか」

真剣《しんけん》に悩《なや》む俺を見ているうちに、不機嫌《ふきげん》そうだったミラルカは「はぁ」とため息をつき、俺の肩《かた》をぽんと叩《たた》いた。

「私から言うのはお節介《せっかい》だから、何も言わないけれど。まあ、せいぜい悩むといいわ。悩む必要のないことをね」

「ど、どういうことだ……というかお前のことも見たんだけど、それは無罪放免《ほうめん》なのか」

「記憶《きおく》ごと殲滅《せんめつ》してあげる……と言いたいところだけど、今回だけは大目に見てあげる。

ユマが元気になったのは、あなたがここに連れてきてくれたからだもの」

ミラルカは言って、俺を置いて先に行く。善行を積んだからこその役得と自分で言うつもりはないが、ユマが元気になったことで、ミラルカも寛容《かんよう》になってくれたようだ。

三人に追いつき、俺が持っているマスターキーで屋根裏部屋の扉《とびら》を開けると、そこにはユマの言う通り、ベアトリスの姿があった。

「ベアトリス様、こちらがアイリーン様、ミラルカ様、そしてユマ様でございます」

「ご紹介《しょうかい》いただきありがとうございます、セバスさん。先ほどはこちらの都合で話を切り上げてしまい、申し訳ありませんでした」

俺の執事口調に疑念を呈《てい》することなく、彼女は丁寧《ていねい》に受け答える。俺たちのことを警戒《けいかい》してはいないようだ。

「うわ～……すっごいきれいな女の子。人間離れしてるって、こういうことを言うのかな」

「あなた……その目の色を見ると、魔《ま》族だと思うのだけど。もしかして、あなたが死霊を呼びよせていたの？」

俺が聞こうと思っていたことを、ミラルカが言ってしまう。しかも俺が考えていたより、一歩踏み込んだ質問だった。

「……私のことは、セバスさんから聞いているようですね。私はベアトリス・シュトーレンと申します」

「シュトーレン公爵《こうしやく》家の家名を……では、その目はどういうことなの？　シュトーレン公爵が、魔族とつながりを持っていたということ？」

「つながりを持っていた……ということではありません。シュトーレン様は、この屋敷である魔法の研究をしていたのです」

「魔法……それってもしかして、召喚魔法か？」

まだ研究途上《とじよう》だが、人間が魔族を召喚し、使役《しえき》するという魔法がある。成功率は低いが、場合によっては高位の魔族を呼び出すこともあるらしい。

「はい。私はシュトーレン様の抱《かか》えていた召喚魔法士によって召喚されました。『レイスクィーン』という種族になります」

「レイス……あなたが？　あの、地面から出てきて驚かせてくる魔物なの……？」

「それなら、さっきのユマちゃんの浄化で消えちゃうような……」

「私は召喚されたときの契約によって、シュトーレン家の一族として迎《むか》え入れられたのです。それから、人間に害意を持ったことはありません……ですから、ユマさんに見逃《みのが》していただけたのでしょう。先ほど、私の魂にも、ユマさんの力が触れていきましたから」

『レイスクィーン』は、下位のレイスとは全く違う種族に見える。

アンデッドだが意思を持っていて、会話もできる。そういう存在もいるのかと、俺は感心していた。まだ魔族の研究は完全ではなく、未知の種族がいるということだ。

「これで、このお屋敷に死霊《しりょう》が集まってくる理由が分かりました。『レイスクィーン』さんは、レイスの女王ですから、不死者を集めてしまうのです」

「……それでシュトーレン公爵は、ここにベアトリスを残して退去したのね。召喚して契約しておいて、勝手なことをするものだわ」

「それでも契約は契約です。私は、このお屋敷を守るようにと言われています……ですから私は、消えるわけにはいきません。どうしても退去してほしいとおっしゃるなら、戦わなくては……」

ベアトリスの身体《からだ》を青白い魔力が包み込む。

どうやら、魔法を使うことができるようだが――彼女の身体は、夕方もそうだったように、魔法を使おうとするだけで薄《うす》れて消えかかっていた。

「不死者《アンデッド》は、生命力と魔力がほぼ同一だったと思うのだけど……その状態で魔法を使ったら、あなたは消えてしまうわよ」

「それでも私は、この屋敷を守らなければなりません。たとえ消えても……」

このままでは、ベアトリスを浄化して終わることになる。そうすれば、この屋敷に死霊が集まることがなくなる。しかしそれでいいのか、という思いがある。

ベアトリスを死なせずに、彼女と戦わずに済む方法。それを考えて、俺は一つ、試してみるべきことを思いついた。

「ベアトリス様、一つご提案があるのですが……ベアトリス様は、魔族なのですね？」

「はい、希少な種族ではありますが」

「魔族を支配しているのは魔王のはずです。人間との契約より、魔王の支配力の方が優先されるのでは……？」

「魔王様がこちらに赴かれなければ、私の契約を上書きすることはできないと思います。あの方は、魔王討伐《とうばつ》隊の方々との盟約で、自国から出ることを禁じられているそうです……ですから、私の契約を解くことはできません」

──つまり、それは。

魔王がここに来ることさえできれば、召喚時の契約を破棄《はき》し、ベアトリスを魔王の支配下に置くことができるということだ。

俺の代わりに、同じことに気が付いたミラルカがベアトリスに説明する。

「改めて名乗るのも遅《おそ》いけれど、私たち三人は魔王討伐隊の一員なのよ。だから、ベアトリス……あなたを解放するために、極秘で魔王をここに連れてくることができるわ」

「あなた方が、魔王討伐隊……『可憐《かれん》なる災厄《さいやく》』『沈黙《ちんもく》の鎮魂者』『妖艶《ようえん》にして鬼神《きしん》』のお三方なのですか？」

「あははー……やっぱりそれって、けっこう知れ渡《わた》っちゃってるんだ……」

アイリーンは二つ名が恥《は》ずかしいようで赤面している。彼女の武闘《ぶとうぎ》着姿を見た誰《だれ》かが『妖艶』と評したのだろうが、自分では妖艶は言いすぎだと思っているそうだ。

俺は宿泊《しゅくはく》準備のためにディックとしてこの屋敷を訪《おとず》れているので、ベアトリスが気づいている可能性もあるのだが――不死者は日が高い時間帯に出現しても弱体化するので、彼女はディックとしての俺を見ていなかったのかもしれない。

「ユマに結界を敷《し》いてもらえば、死霊を引き寄せる力も遮断《しゃだん》できるわ。それなら、屋敷の所有者が変わっても共存できると思うのだけど……セバスもそうしたいみたいだし」

「ミラルカお嬢様《じょうさま》のおっしゃる通りです。よろしければこれからも、このお屋敷を、お客様をおもてなしするために使わせていただければと」

ベアトリスはしばらく返事をせず、驚いている様子だった。

彼女は何も言わないうちに、瞳《ひとみ》から涙《なみだ》をこぼした。

契約に従い、戻《もど》ってくるはずのないシュトーレン家の人間を待ち続けた。そんな年月の中で彼女がどれほどの孤独《こどく》を味わったのか、俺は想像することしかできない。

「……本当に……ずっと人間に迷惑《めいわく》ばかりかけてきた私を、このまま浄化《じょうか》せずにいていただけるのですか？」

ユマはベアトリスの前に進み出る。彼女は何もしなくても、浄化の力で身体が包み込まれている――しかしそんなユマに近づいても、ベアトリスは祓《はら》われることはなかった。

「あなたがどれだけ純粋《じゅんすい》にご主人様を待ち望んでいたか、私にもよく分かりました。あなたの魂《たましい》はまだ天国に召《め》されるべきではありません」

「……あ……あぁ……っ」

ずっと感情の波を抑《おさ》えてきたベアトリスが、その場に膝《ひざ》をついて顔を覆《おお》う。

ユマも床《ゆか》に膝をついて、彼女を正面から抱《だ》きしめる。

レイスクィーンを、司祭《ビショップ》が慰《なぐさ》めている。その得難《えがた》い光景に、俺はユマを連れてきて良かったと思う。

ベアトリスはしばらく泣いていたが、そのうちに落ち着いて、再び立ち上がった。

「お恥ずかしい姿をお見せしました。人前で泣いたことなどなかったのですが……」

「泣いちゃうと魔力が減っちゃうみたい……ベアトリスちゃん、大丈夫《だいじょうぶ》？」

「……このようなお願いができる立場ではないと承知しておりますが、精気の補給をさせていただけませんか。もう一度朝が来たら、消えてしまうかもしれませんので」

レイスに精気を吸われることを、ミラルカは大の苦手としている。アイリーンもひやっこいと言っていたし、ユマから精気を吸って直接聖なる力を取り込んでしまったら、さすがにひとたまりもなく浄化されてしまいそうだ。

残る選択肢《せんたくし》は俺しかない――いや、アイリーンか。しかし彼女は俺を見て親指を立てる。

「セバスさんっていっぱい魔力がありそうだから、精気も少しくらい大丈夫だよね」

「女性同士ということで、私が魔力を供与《きょうよ》するべきなのでしょうけど……ごめんなさい、ひんやりするのは苦手なのよ」

「お気遣《きづか》いいただきありがとうございます。セバスさんさえよろしければ、少し分けていただいてもよろしいでしょうか……？」

精気を吸うといっても、手で触《ふ》れて吸うとかそれくらいのことだろう。それくらいなら何も問題ない。吸われても一日経《た》てば回復するので、減るものでもない。

「ええ、私の魔力でよろしければ、存分にご利用ください」

「……では、また後ほど。少し、準備をしてから参ります」

ベアトリスの姿がふっと消える。精気を吸うにも準備が必要ということだろう。

「これで一段落ね……やっとゆっくり休めるわ」

「ミラルカ、ユマちゃん、お部屋で話さない？　ユマちゃんも元気になったことだし」

「はい、ぜひ。セバスさん、ベアトリスさんのこと、よろしくお願いします」

久しぶりに仮面を外し、風呂《ふろ》に入ったあと、俺は部屋で落ち着いていた。

長い一日がやっと終わる。あとはベアトリスに魔力を提供するだけだ。

準備をしてから来ると言っていたが、どんな準備なのだろう。考えながら、俺は葡萄酒《ぶどうしゅ》で喉《のど》を潤《うるお》したあと、ベッドに仰向《あおむ》けに寝転《ねころ》がる。

そうしてしばらく立つと、部屋の中に人の気配が生じた。

ドアが開かなかったので、ベアトリスが壁《かべ》を抜《ぬ》けてきたのか、と身体を起こす。

そして目の前にあるものを見て、俺の思考は完全に停止する。

カンテラの明かりの中で、恥じらうように自分の身体を抱きながら立っているのは、ベアトリスだった。

しかし彼女は黒いドレスを身に着けていない。ヘッドドレスはそのままだが、ミラルカが着ていたものよりもさらに布地が薄い、透《す》けるようなネグリジェを身に着けていた。

「べ、ベアトリス様……お召し物はどうされたのですか、上着を着なければ……っ」

俺は跳《は》ね起きて言うが、ベアトリスは青と金色の瞳を細めて微笑《ほほえ》むばかりだった。

おそらく浮遊《ふゆう》して移動できる彼女だが、一歩ずつ進んで俺に近づいてくる。そして、胸を覆っていた手を外す――カンテラの明かりの中、薄すぎる生地越《ご》しに、人間と変わらない色づきが見えてしまう。

「殿方《とのがた》から精気を吸うのは初めてなのですが……セバスさん……いえ、ギルドマスター様からはじめての精気をいただくのですから、私もレイスクィーンとして、作法を尽《つ》くさせていただきたく思います」

俺の正体を知っている。それならば、もう執事《しつじ》を装《よそお》う必要もない――俺は腹をくくり、演技をやめることにした。

「俺が準備に来たときから見てたのか……知ってて、芝居《しばい》に付き合ってくれたのか？」

ベアトリスは俺の口調の変化に、頬《ほお》を赤らめて微笑む。不死者であるはずなのに、その血の通った少女らしい仕草を見ていると、魔《ま》族とは奥が深いと思わされる。

「彼女たちに正体を知られたくない、というのはお察しできました。いえ、ユマさんにですね。他のお二人は、ギルドマスター様のことをご存じでしたから」

「……俺の名前はディックだ。本当は、『銀の水瓶亭《みずがめてい》』のギルドマスターをやってる。ユマのことは……体調がすぐれなかったから、陰《かげ》ながら何かしたいと思ってな」

「いずれ、知られてしまうと思います。その方が、ユマさんはきっと感激されますよ」

「そういうつもりはなかったんだが……でも、言う通りだな。俺はここをギルドの保養施《し》設《せつ》にしたいと思ってる。ユマにもまた来てもらおうと思ってるし、そのときも仮面の執事ってのは回りくどいから、どのみち正体を明かさないとな」

「仮面を着けて執事をされるのが今日だけというのは、勿体《もったい》ないと思います。とてもよくお似合いでしたよ」

ベアトリスは言って、ベッドサイドのチェストに置かれている仮面を手にする。そして、それを自分の顔に合わせてみせる——本当に全ての仕草が、男性を翻弄《ほんろう》するために特化しているようだ。

そして仮面を外したベアトリスは、覚悟《かくご》を決めたように俺の前に歩いてくる。そして、右手を差し出してきた。

「ですが……仮面を外されたお姿の方が、ずっと見ていたいと思うお顔をされています」

「そんなこともないと思うけどな。俺の仲間の方が、顔は抜群《ばつぐん》に整ってるぞ」

「それぞれ、好みというものがありますから。私は好きですよ、ディックさんのお顔」

「どうやって精気を吸うのかと思ってたが……もしかして、サキュバスみたいなやり方じゃないよな？」

ベアトリスは答えない。その手が俺の寝間着《ねまき》の胸元に伸《の》ばされ、一つボタンを外される。

「……質問に答えてもらってないんだが」

「今日は、触れさせていただくだけです。決して、痛みなどはありません……ですが、手のひらから吸うだけでは、時間がかかってしまいますので……」

「だ、だから触れる面積を増やすとか、そんな大胆《だいたん》な……本当にいいのか？」

彼女がどんなふうに俺の精気を吸おうとしているのか、鈍《にぶ》い俺でも想像がついた。

ベアトリスは俺のボタンをもう二つ外すと、今度は自分のネグリジェの胸元に結ばれたリボンに触れた。それを引いてしまうと、おそらく前が開いて素肌《すはだ》が見えてしまう。

「死霊《しりょう》しか集まらない屋敷《やしき》で、一人で夜を過ごすのは、レイスクィーンといえど寂《さび》しいものです。それが十年も続いたのですから、少しだけ……」

「……そうか。そういうことなら仕方ない」

俺はそのとき、自分でも浅はかだと思う勘違《かんちが》いをしていた。

レイスクィーンは実体がないので、触れられない。つまり彼女が望んでいる添《そ》い寝《ね》をしても、男女が同衾《どうきん》するという意識を過剰《かじょう》に持つ必要はない。

するり、とベアトリスがリボンを外す。そうしてはだけたネグリジェは、もはや白く透き通るような素肌に絡《から》みつくだけの飾《かざ》り布となり、ほとんど裸身《らしん》を覆っていなかった。

「……一晩中、少しずつ精気を分けていただきます。あくまでも、精気の供与ですから、別室で休まれているお三方にやましく思う必要はありません」

淡々《たんたん》と説明するように言ってから、ベアトリスはさらに、ヘッドドレスまでも外そうとする──しかし。

「そ、それはそのままでいい。また後で外してくれ」

「……はい。ディックさん……いいえ、ディック様のご希望であれば。では、手始めに少しだけ……もし不快な感じがしたら、遠慮《えんりょ》なくおっしゃってください」

ベアトリスの手が首筋に伸びてきてつぅ、と滑《すべ》る。すると、触れられた場所が熱く火照《ほて》り、ベアトリスの白い肌が淡《あわ》く光り輝《かがや》いた。

「っ……今、吸ったのか？」

ベアトリスは俺に触れた自分の指先を口に運び、ぺろりと舐《な》めた。

「ん……甘いです。でも、これだけでは身体《からだ》を保つには足りません……」

「そうか……それなら仕方ない。遠慮しなくても、必要なだけ吸ってくれ」

「はい。朝までには満たされるかと思いますので、ご心配なく」

「あ、朝まで……？　ちょっと時間かかりすぎじゃないか？」

ベアトリスは肝心《かんじん》のことには答えない。今度は首筋から鎖骨《さこつ》まで手を滑らせてくると、ボタンの続きを外し始めた。

7　魔王の訪問と再契約《さいけいやく》

ベアトリスの死霊を集める力は、ユマが敷いた結界によって遮断され、屋敷で幽霊騒《ゆうれいさわ》ぎが起こることはなくなった。ユマたち三人は昼前にそれぞれの家に帰っていき、俺もユマを送っていってから、ギルドハウスに帰還《きかん》した。

ヴェルレーヌは俺の要請《ようせい》に応じて、次の日の夜がやってくる前、夕方の時間帯にベアトリスの屋敷を訪《おとず》れた。

ダイニングルームで待っていたベアトリスは、ヴェルレーヌを見ると深い一礼をする。

「頭を下げずともよい、私はもう魔王ではないのだからな。すでに弟に位を譲《ゆず》っている」

「ヴェルレーヌ様が退位を……？」

「うむ。私が女王となって三十年ほどの治世だったか……ベアトリスの一族はよく尽くしてくれたな。家族のことなら心配はない、魔王討伐《とうばつ》隊と交戦することなく、後方の守りを命じていたのでな」

「っ……私たちの家を含《ふく》めた『六魔公』家は、魔王を守るための盾《たて》であるはず。なぜ、そのようなご命令を……？」

ヴェルレーヌはエルフの姿から、幻影《げんえい》の魔法を解除し、ダークエルフの姿に戻《もど》る。その黒い肌と紫《むらさき》がかった髪《かみ》は、それこそサキュバスのようにも見える——普段《ふだん》のエルフ姿が貞《てい》淑《しゅく》なメイドならば、今は文字通り魔性《ましょう》のメイドという印象だ。

「魔王討伐隊は、六魔公が前に出ないように、魔王国に入ってから神出鬼没《しんしゅつきぼつ》な振《ふ》る舞《ま》いをしたのだ。そして見事に、私の居城に六魔公が不在であるうちに、戦いを挑《いど》んできた。正直を言って信じがたかったぞ、一人だけならばまともに戦えるという存在が五人も来て、それが少年と少女なのだからな」

「ディック様が魔王様のところに辿《たど》り着かれたのは、五年前……この屋敷を買った人の話から、それは存じておりました」

「俺はそのとき十三歳だったな。最年少のユマは九歳だ」

今でも最年長のコーディと俺が、同じ十八歳——その事実を聞かされ、ベアトリスは改めて言葉を失い、ヴェルレーヌは俺たちと戦ったときのことでも思い出したのか、感慨《かんがい》深そうにしていた。

「ディック……いや、もはや隠《かく》す気もないので、ご主人様と呼ぶが。私は彼に、魔王としての大切なものを預けていてな。それを取り返すために、彼に忠誠を示しているのだ」

「ヴェルレーヌ様が、ディック様のしもべとして契約しているということですか？」

「……それについては伏《ふ》せておくが、似たようなものであるとは言っておこう」

「いや、契約はしてないはずだが……してないよな？　俺と何か契約書を作ったとか、そういうことはないはずだし」

「い、いえ。ディック様……」

「ベアトリス、それよりも人間との契約を解除したあとのことだが、私の支配下に戻ることになる。つまりそれは、ご主人様の支配下ということでもあるのだが、それで良《い》いか？」

ヴェルレーヌは勢いで話を進めようとする。契約の件について誤魔化すということは――

俺が知らないうちに、ヴェルレーヌと契約している可能性が出てきた。

いつ、どこでそんなことになったのか。考えるうちに俺は一つの答えに辿り着く。

そう、『魔王の護符《ごふ》』。俺とヴェルレーヌに強い拘束力《こうそく》を発生させうるものは、あれしか考えられない。

「……ん？　い、いや、俺はベアトリスを支配するつもりは……それじゃ、契約者が変わるだけで、人間のしもべのままじゃないか」

「それでいい、という可能性は考えないのか？　ご主人様の魔力の味を知ったレイスクィーンが、なぜ簡単に離《はな》れられると思うのだ。こう言うと引かれるかもしれないが、ご主人様の魔力は、近くで感じているだけでも心地《ここち》良いものなのだぞ」

「ヴェルレーヌ様、それ以上は、その……この身体にあふれたディック様の魔力を、意識してしまいますから……」

ベアトリスは、俺との召喚《しょうかん》契約を結ぶことを希望している。

彼女をスカウトするにしても次の機会を待ちたいと思っていたが、それなら話は百八十度変わってくる。

「では、始めるとしよう。契約を結べば、ご主人様に魔力が枯渇《こかつ》したときに伝わるようになる。そしてご主人様から呼ばれたときは、いついかなる場所でも召喚に応じなければならない。それで良いか？」

「ディック様がよろしければ……召喚の契約を、結ばせていただきたいです……」

ベアトリスは顔を真っ赤にして言う。ヴェルレーヌは他の魔族が、俺と契約することを何とも思っていないのだろうか――それとも、同居しているがゆえの余裕《よゆう》か。

「ヴェルレーヌ＝エルセインが、いにしえの魔神の力を借り、再契約を宣言する。ベアトリスの旧《ふる》き契約を破棄《はき》し、新たなる契約の主《あるじ》、ディック・シルバーと結びつけたまえ……」

「っ……」

ヴェルレーヌはベアトリスの首元に触《ふ》れる。すると、白い肌に青白く輝く印が浮《う》かび上がった。同じものが、俺の手の甲《こう》にも浮かんでいる。熱くもなく、冷たくもない、契約魔法特有の奇妙《きみょう》な感覚があった。

「これよりベアトリスの真名を新たに刻む。ベアトリス・シルバー。ディック・シルバーのしもべとしての名を、汝《なんじ》が魂《たましい》に銘記《めいき》せよ」

「……ベアトリス・シルバー。私の、新たな名前……謹《つつし》んで、お受けいたします」

印は契約の儀式《ぎしき》を終えると消え去る。ベアトリスは印の浮かんでいた首筋を撫《な》でながら、嬉《うれ》しそうに俺を見た。

「これで、私はディック様の所有物になれたのですね……」

「召喚者と、契約者だ。そこまでバランスの崩《くず》れた関係でもないさ」

「ふふっ……それはどうだろうな。ベアトリスにとっては生殺しになるかもしれんが、私もそれは同じなのでな。ともに、ご主人様を愛《め》でつつ見守っていくとしよう」

「何をどさくさ紛《まぎ》れに言ってるんだ……簡単に愛でさせると思うなよ」

ヴェルレーヌとベアトリスは楽しそうに笑い合う。元魔王と臣下の壁《かべ》を越《こ》えて、二人の女性の間に友情が生まれていた。

それから二日後、夜になって、例のごとく外套《がいとう》を被《かぶ》ってユマの両親が酒場にやってきた。

グレナディンさんは俺に報酬《ほうしゅう》として、アルベイン神教会が認定した一部の機関にのみ送る『タリスマン』を渡《わた》してくれた。これがあれば神教会の力をいつでも借りることができるし、教会からの依頼《いらい》を、優先的に俺のギルドで請《う》けられるようになる。

二人は「あとは若い者に任せる」と言って、連れてきたユマを残して帰っていった。後から俺が教会区に送っていくことになりそうだが、今日は依頼達成の祝いをしたいし、それくらいはどうということはない。

「ディックさん、お隣《となり》に座ってもいいですか？」

司祭の服ではなく、良家のお嬢様《じょうさま》のような淑《しと》やかな服装をしたユマは、いつもと印象が変わって見える。賑《にぎ》やかな酒場においても、来客がカウンターに座っているユマに注目するくらいには、彼女の容姿は何とも言えず可憐《かれん》だった。

「おかげ様で、すごく元気になりました。お父様とお母様も、すごく喜んでくれて……私、そんなに元気がないように見えたのかなって、反省しているんです」

「そこまで大げさな話じゃないけどな。好きなことをやらないでいると、周りは心配になるもんなんだ。ユマのことを大事に思ってる人ほどな」

そう言ってから気づくが――せっかく執事《しつじ》のふりをしたというのに、ユマはもうすっかり、俺が彼女を屋敷でもてなしたことに気づいてしまっていた。

「ディックさん、すごく素敵な執事さんでした。やっぱり何でもできてしまうんですね」

「こいつは参った……途中《とちゅう》まで上手《うま》く隠せてると思ってたんだがな」

「私にディックさんの魂が分からないわけがないです。これまで五年間、毎日ディックさんの魂をお鎮《しず》めしたいって思っていたんですよ……？」

一滴《いってき》も飲まなくても、ユマの目が熱を帯びて色っぽく、とろんとしている。俺の魔力は心地が良いとヴェルレーヌは言うが、ユマは魂の波動にでも酔《よ》っているのか。

「しかし、やはりユフィール様のお力は並外れていますね。久しぶりに鎮魂《ちんこん》を行ったことで、王都全域を浄化《じょうか》してしまうなどと……」

ヴェルレーヌの言う通り、久しぶりに力を解放したユマは、屋敷《やしき》の周囲どころか王都の全域を浄化し、悪霊《あくりょう》や瘴気《しょうき》の類《たぐい》を消し去ってしまった。

「教会の仕事がなくなってしまうので、ほどほどにするようにと言われてしまいました。教会の運営には、死霊の浄化などによる寄進も必要ですから」

「そうか……じゃあ、王都の外なら大丈夫《だいじょうぶ》ってことだな」

「はい。ですから……これを使えば、教会に迷惑《めいわく》をかけずに済みます」

そう言ってユマが、持ってきた鞄《かばん》から取り出したのは……見覚えのある、けれど俺が使ったものではない仮面だった。

「ユ、ユマ……？」

「少し、内緒《ないしょ》のお話をさせてくださいますか……？」

ユマはそっと俺に近づき、ささやくような声で言う。眠気《ねむけ》を誘《さそ》うような優《やさ》しい語り口だが、この場で教会への入信を考えてしまうほど、陶酔《とうすい》をもたらす甘い声色だった。

「アルベイン神教の僧侶《そうりょ》であると分かったら、鎮魂をしたときに寄進をしてもらうことになります……ですから、この仮面を使って、私も仮面の僧侶になります。そうすれば、お金を受け取らずに鎮魂ができます」

「……本気か？」

「はい、本気です。仮面の僧侶として王都の外に出て、死霊が出て困っている村の人たちを、定期的に助けて回ります。でもそうすると、孤児院《こじいん》を留守にする時間が出てきてしまうので、準備をしてからになります」

「そうか……それは、いい考えだな。ユマが乗り気なら、俺は応援《おうえん》するよ。みんなも協力してくれるんじゃないか」

「わぁ……そうしたら、皆《みな》さんと一緒に、また冒険《ぼうけん》に出られますね。それって、とっても素敵です……♪」

ユマにとって、俺たちと冒険したことがそれほどに楽しかったというなら、彼女はきっと変わらない日常が退屈《たいくつ》だったのかもしれない。

退屈は病の源だ。俺はユマが元気にやっているというだけで安心せず、これからも彼女が退屈しないように、楽しませてやりたいと思う。

「では……ユフィール様のご回復と、今後もご贔屓《ひいき》にしていただくことを記念して。こちらのお飲み物はいかがでしょうか」

そう言ってヴェルレーヌが出してくれたのは、まだ酒の飲めないユマでも大人の気分を味わえる、『夏苺《なついちご》』を使った酒精の入っていないブレンドだった。

「こ、これ……苺って、春しか採れないのではなかったですか？」

「マスターは初夏でも手に入る苺を探していて、それがつい最近入荷したのです。ユフィール様、苺はお好きですか？」

「は、はい……とっても大好きです。ディックさん、私が苺を好きって言ったから……」

「さあ、どうだろうな。好物だったのなら良かった、最近開発してた苺尽《づ》くしのブレンドだ。苺ジュースに苺ジャムの果肉だけを入れて、発酵乳《はっこうにゅう》でまろやかにしてある」

俺たちはヴェルレーヌも含《ふく》めて、三人で乾杯《かんぱい》する。ユマは苺の香《かお》りに目を輝《かがや》かせながら、グラスを両手で持って口をつけた。

「いただきます……んっ。少し大人の風味がしますね……すごく美味《おい》しいです」

あと二年で、ユマと一緒に酒を楽しめるようになる。そのとき彼女は、どんなふうに成長しているのだろうか――俺がそんなことを想像しているとはつゆ知らず、ユマはヴェルレーヌと談笑しながら、夏苺のブレンドを楽しんでいた。

――それから二週間後。

王都アルヴィナスの南西に位置する村に、仮面をつけた僧侶と、魔法使《まほうつか》いと、武闘家《ぶとう》が姿を現したという。彼女たちは死霊に困らされていた村人を救い、付近の魔物を討伐《とうばつ》すると、名前も名乗らずに颯爽《さっそう》と帰っていったとのことである。

その後もおよそ一ヶ月ごとに、彼らは王都の周辺の村に姿を見せることになる。

人々の間で『仮面の救い手』と呼ばれることになる彼らを、遠くで見守る仮面の四人目がいたというのは、知る人ぞ知る話である。

8　魔王の籠絡《ろうらく》作戦　～魔力補給～

『仮面の救い手』となったユマたちを見守った、最初の日のこと。俺は彼女たちが帰還《きかん》するまで見届けてからギルドに戻《もど》った。

その日の夜営業からカウンターで飲んでいたが、依頼者は訪《おとず》れない。合言葉を知っている客が毎日来るわけではないので、それ自体は問題なかったのだが――。

「ご主人様、今日は見事に飲んだくれていたな」

片付けをしながらヴェルレーヌが言う。彼女はいつもてきぱきと働いて、気を抜《ぬ》くと俺のすることがなくなってしまう——全く、非の打ちどころのない店員ぶりだ。

「今日は王都の外に出てきたからな。忙《いそが》しくなるのは明日《あした》からでいい」

「ふむ……そうか。では、今日の夜は、十分に休息を取らなくてはな」

「ん……？　何か考えてないか？」

ヴェルレーヌは微笑《ほほえ》みだけで答えると、片付けを終えて、店のホールに向かって一礼し、二階へと上がっていった。


そして何事もなく一日が終わる——かと思ったのだが。夜、自室でベッドに入ったあと、ドアが音もなく開いた。

（護符《ごふ》を取りに来たのか……まあ、見つかるのなら持っていってもらって構わないが……）

どうなることやらと思いつつじっと息を殺していると、ベッドが少し軋《きし》んで、侵入者《しんにゅう》に上に覆《おお》いかぶさられた。

「っ……い、いきなりなんだっ……!?」

「ふふ、やはり起きていたか。寝《ね》ている間にことを終えようと思っていたが、起きていたならば仕方がない」

ヴェルレーヌは明かりの魔法を唱え、ランタンに火を灯《とも》す。幾つか灯火しないと部屋は完全に明るくならないが、なぜか彼女は一つしか灯さなかった。

揺《ゆ》らめくような暖色の明かりの中、ヴェルレーヌは毛布にくるまって仰向《あおむ》けになった俺の上に跨《またが》る。いつも彼女はベッドに入るとき裸《はだか》だというが、さすがにネグリジェは身に着けている——だが、薄暗《うすぐら》い中ということもあり、やけに艶《なま》めかしく見える。

いつも仕事中は最低限の香しかつけないヴェルレーヌが、今はほのかに甘く胸がすくような香気をまとっている。淑女《しゅくじょ》らしい魅力《みりょく》がぐっと引き出されて、思わず息を呑《の》んでしまった。

「ふふ……そういう反応もするのではないか。私も女として、自信を失うことはないな」

「そ、それはいいが……寝てる男の上に跨るとか、大胆《だいたん》にもほどがあるぞ」

「っ……ば、ばかもの。はっきり言うな……意識しすぎてしまうではないか……」

胸に手を当てて恥《は》じらうヴェルレーヌ。ネグリジェの裾《すそ》が危《あや》ういことになっていて、もう少しめくれたら、見えてはいけないものが見えてしまう。

「……ご主人様が悪いのだぞ。ベアトリスと、あのようなやり方で……」

「い、いや、行きすぎたことはしてないぞ。一緒に寝て、魔力を分けただけだ」

「その方が効率がいいからと、肌を合わせたのだろう……？　いくらベアトリスが実体化しなければ霊体《れいたい》だからといえ、女性と肌を合わせたことは事実だ」

もしや、俺はこれから怒《おこ》られるのだろうか——そのわりには、ヴェルレーヌはすごく煽《せん》情《じょう》的な恰好《かっこう》をしていて、説教を始める雰囲気《ふんいき》でもない。

「……私も、ご主人様の眷属《けんぞく》のようなものなのだからな。ご主人様がベアトリスに魔力を分けたなら、私は補給しなくてはならない」

「もうだいぶ回復したというか、ほぼ全快してるが……」

「だ、だめだ。今日は外に出て行って、何か魔法を使ったのだろう。少し消耗《しょうもう》している。元魔王である私の目は確かだぞ」

魔王はそう言って、確かめるように俺の胸板に手を当てる。くすぐったさに身もだえしそうになるが、そんな俺を見下ろして、魔王がふっと微笑む——これは危険すぎる。

「……私が魔力を補給してやる。ご主人様に奉仕《ほうし》するのは、メイドの務めなのでな」

ヴェルレーヌはそっと俺の手を取り——一瞬《いっしゅん》だけ躊躇《ちゅうちょ》したが。

ネグリジェの布地を大きく押し上げた自分の胸に、俺の手をふにゅっと押し当てた。

「んっ……んぅ……っ」

「っ……ま、待てっ……出してはいけない類《たぐい》の声が出てるぞ……！」

自分でしておきながら、ヴェルレーヌの頬《ほお》は紅潮し、長い耳がぴくぴくと震《ふる》えている。

しかしヴェルレーヌは手を震わせつつも、胸に押し付けた俺の手を放さない。

「こ、これは……魔力の補給のためだ。ベアトリスはこれ以上のことをしたのだから……私が遅《おく》れを取るわけには……っ、い、いかないのだ……っ！」

「涙目《なみだめ》になってるぞ……？　無理しない方がいいんじゃないか」

諭《さと》すように言うが、本当は俺もそれどころではなかった。ヴェルレーヌの身体《からだ》の火照《ほて》りが伝わってくる――そして、手に余る胸の感触《かんしょく》に、鉄壁《てっぺき》の俺の理性が崩《くず》れかけている。

「はぁっ、はぁっ……で、では始めるぞ。『魔力供与《マナ・サプライ》』……！」

ヴェルレーヌの詠唱《えいしょう》と共に、彼女の身体から魔力が流れ込んでくる。胸から手を伝って、俺のわずかに減少していた魔力が回復し、さらに余剰《よじょう》の魔力が蓄積《ちくせき》する。

どうやら、魔力は限界を超《こ》えて保有できるらしい。今まで、誰《だれ》かから魔力をもらったことがなかったので、こんなことができるとは思わなかった――まあ、自分の魔力だけで足りないような魔法はそうそう使うことはないだろうが。

「んっ……くぅ……こ、この感覚を、ベアトリスは一晩中……こんなことをされては、ひとたまりもない……どんな女も、籠絡されてしまうではないか……」

「魔力の供与《きょうよ》って、そんなことになるのか……？　俺は補給してもらっただけだぞ」

「そ、そんなことはない……私がご主人様の中に魔力を注いだら、あふれた分が少し戻ってきて……んぅ……全身にご主人様が入ってきたような、そんな感覚なのだ……」

「っ……あ、あまりそういう表現をするな。俺もそれなりに本能というものが……」

ヴェルレーヌは息を荒《あら》らげ、しっとりと汗《あせ》をかきつつも、悪戯《いたずら》っぽく笑った。

「ご主人様も、私と同じ気分を味わっているのか。ならば、溜飲《りゅういん》が下がるというものだ」

もう少し続けられたら、色々と危ないところだった。しかしヴェルレーヌは俺の上からそろそろと降りると、そのままベッドに腰《こし》かけてくったりと脱力《だつりょく》する。

「少し休ませてくれ……ご主人様の容量が大きくて、さしもの私も消耗してしまった」

「ま、まあ……お疲《つか》れ様と言っておく。好きなだけ休憩《きゅうけい》していってくれ」

ヴェルレーヌはころんと転がり、俺の方を見やる。この構図だけ見ると、まるでピロートークでもしているようだという考えは、とても口にできることではなかった。

第四章　王国の静かなる騒乱《そうらん》

1　騎士《きし》団長の憂鬱《ゆううつ》と公爵《こうしゃく》家の企《たくら》み

ベアトリスと契約《けいやく》することで、俺は旧シュトーレン家の屋敷《やしき》を手に入れることができたが、不動産屋は俺が退去すると言い出さないので、表面上は「気に入っていただけたようで何より」と言っていた。

そして『仮面の救い手』がデビューしたあと、その噂《うわさ》は徐々《じょじょ》に広がりつつあった。何せ、仮面をつけているが雰囲気だけで美女だと分かる三人組なのである。

そしてその噂は、騎士団の仕事で忙しくしているコーディの耳にも届いていた。

「全く……どうして僕にも声をかけてくれないのかな。人々を救う仕事をしているのに、僕だけ仲間外れにするというのは意地が悪いよ」

コーディは小柄《こがら》な僧侶《そうりょ》、金髪《きんぱつ》の魔法使い、スタイル抜群《ばつぐん》の武闘家というだけで、仮面の救い手のメンバーは自分の仲間たちだと気づいていた。

「僕たちは魔王討伐隊の仲間だ。僕は今もそうだと思って、こうして酒場に顔を出しているのに。ディック、聞いてるのかい？　僕は真面目《まじめ》にクレームをつけているんだよ」

「ああ、聞いてるよ……というか俺はただの酔《よ》っ払《ぱら》いだ。大きい声で名前を呼ぶなよ」

「っ……そうだった、ごめん。つい、カッとなってしまってね。でも反省はしていないよ」

気持ちは分からないでもない――コーディには、分かっているのだろう。魔王討伐の過程でいつもそうだったように、俺も彼女たちの活躍《かつやく》の陰《かげ》にいることを。

「コーディは光剣《こうけん》を使うと勇者だって一発でばれるからな。唯一無二《ゆいいつ》の戦い方だから」

「普通《ふつう》の剣を使って参加するのはだめなのかい？　僕が忙しいといっても、時間は作ろうと思えば作れるものだよ」

「分かった、本当にお前の力が必要なときは遠慮《えんりょ》なく頼《たよ》らせてもらうよ」

「……まあ、君がそういうのなら、僕は必要なときのために待機しておくよ。ディ……いや、君は、そういうことに関しては律儀《りちぎ》だから、信用できる」

今日のコーディはエールを頼《たの》まず、最初からきつめの酒を頼んでいた。十年ものの、熟成して味がまろやかになったラム酒を氷で割って飲んでいる。その氷は王都の北方にある『氷の洞窟《どうくつ》』と呼ばれる場所で取れる『極純氷塊《ひょうかい》』から削《けず》り出したもので、濾過《ろか》された地下水が時間をかけて凍結《とうけつ》してできる。飲むだけで氷の耐性《たいせい》がつくというおまけつきだ。

「……不躾《ぶしつけ》な質問をいたしますが、お客様は類まれな容姿をされていますし、女性にはとても人気があるはず。貴族の女性たちも、夜会に出席されるのを今か今かと待ち望んでおられるはずです。なぜ、こちらの酒場に足しげく通われるのですか？」

ヴェルレーヌはずっと気になっていたらしく、ここぞとばかりにコーディに尋《たず》ねる。

コーディはブラウンの瞳《ひとみ》で、グラスの中に入った氷がカラン、と音を立てるところを見つめていたが、ふっと笑って答えた。

「僕は友達が少ないから、こうやって昔の友人に会いに来るくらいしか、肩《かた》の力を抜《ぬ》く方法がないんだ」

「騎士団……いえ、職場では、同僚《どうりよう》と部下から慕《した》われていると伺《うかが》っておりますが」

「僕を同僚というか、対等の立場で見てくれる人は、職場にはいないんだ。僕が人と違う方法で、今の地位を手に入れてしまったからね。部下は僕を人間としてじゃなく、冗談《じようだん》を抜きにして神様みたいに見ているものだから、なかなか人間の姿は見せられないんだ」

「……お前も色々大変なんだな。まあ、飲めよ。帰るときには酒は抜いてやる」

「いや、多少は酔いを残しておかないと、今日は寝られなさそうだからね。それに、酒を分解するところに触《ふ》れる必要があるんだろう？」

男同士でも身体を見られたくないという主義の人物はときどきいるので、コーディもそのうちの一人ということだろう。

「なぜ、そこまで遠慮されるのですか？　二日酔いを避《さ》けるには、そちらのお客様の魔法はうってつけですが……」

「明日《あした》の朝まで響《ひび》かないくらいの酒量は心得ているよ。あと一杯《いっぱい》くらいが限度だけどね」

コーディは爽《さわ》やかに笑うと、ラムを飲み干し、同じものをもう一度頼んだ。確かに悪酔いしたところを見たことがないので、彼の酒量調節には間違いがないといえる。

この一杯に付き合ったら、もう閉店の時間も近い。

そこで俺もラストオーダーをしようとしたところで、ドアベルが鳴り、外套《がいとう》を羽織った客が入ってくる。

閉店までの時間を惜《お》しむような客席の喧騒《けんそう》の中で、俺とヴェルレーヌのスイッチが切り替《か》わる。入ってきた客は、水曜日に対応した、藍色《あいいろ》の外套を羽織っていたからだ。

眼力の強い、いかにも気の強そうな女性——彼女はカウンターに歩いてくるなり、ヴェルレーヌを睨《にら》みつけるようにして言う。

「……『ミルク』を出せ。なければ『この店でしか飲めない、おすすめの』……」

「お客様、恐《おそ》れ入りますがこちらは紳士《しんし》と淑女の社交場でございます」

「……客に注文をつけるのか、このギルドは……『ミルク』が欲しい。そうでなければ、『この店でしか飲めない、おすすめのお酒』を頼む」

いらいらとしている――いや、焦燥《しょうそう》している。相当の美人であるのに、その剣呑《けんのん》な態度で印象を悪くしてしまっている。勿体《もったい》ないと思うが、今はそれを気にするところではない。

この客が持ち込む依頼《いらい》は、おそらくただ事ではない。

これは俺の経験上の勘《かん》だが、今までギルドで請《う》け負った中でも、とびきりキワモノの依頼となりそうな気がした。

「かしこまりました、『当店特製でブレンド』いたしますか？」

「そうしてくれ。『私だけのオリジナル』で……これでいいのか？」

「ええ。あなたは当ギルドにとって、大切な客人であると認められました」

女性はフードを外すと、コーディの二つ隣《となり》の席に座る。その横顔を見て、コーディは何かに気づいたようだった。

彼女に聞こえないように、コーディはラム酒のグラスを置いていたコースターを手に取ると、グラスについた水滴《すいてき》を使って文字を書く。王国最強の剣士としては細い指が、『彼女は貴族の従者だ』と記していた。

「このギルドは、どのような仕事も受けると聞いた。無理だとは思うが、それを承知で頼みたい……私の力では、どうなることでもない。こんなことがあっていいわけが……」

「まあ、落ち着けよ。ずいぶん焦《あせ》ってる様子だが」

俺は早い段階で、客に声をかける――そして、ヴェルレーヌに目だけでコンタクトし、オーダーを指示した。

コーディが空気を読んで、カウンターから少し身体を離《はな》す。

オーダーしたドリンクを、俺はコースターの上にグラスを載せたままで、依頼者の前に滑《すべ》らせた。

「……何のつもりだ？」

「この店に初めて来た記念だ。常連としておごらせてくれ」

「フン……酔っ払い風情《ふぜい》が。若い身空で遅《おそ》くまで酒とは、嘆《なげ》かわしいことだな」

「お客様、こちらがラストオーダーでございます。閉店時間のあともお話を続けられるのであれば、お飲み物を召《め》し上がっていただかなければ、こちらとしても心苦しいのですが……」

今回の客は見知らぬ他人の施《ほどこ》しなど受けん、と言いかねない雰囲気《ふんいき》だったが、俺に向けて鋭《するど》い視線を送ったあと、ふう、と肩をすくめた。どうも彼女は、芝居《しばい》がかった振《ふ》る舞《ま》いが癖になっているようだ。

まあ俺としては多少性格に難があろうと問題ない――話を聞く間だけ、落ち着いてくれればいいのだから。

「これは……杏《あんず》か。十二番通りの店に、新鮮《しんせん》な果実が置いてあるとはな」

今回彼女に提供した酒は、気持ちを落ち着ける作用を持つものを組み合わせたものだ。

まず一つ目は、『潤《うるお》しの杏』と呼ばれる、アルベイン東部湿地《しっち》に暮らす少数部族の中で、気の立っている女性が口にすると三日は興奮が鎮《しず》められ、慈母《じぼ》のごとく優《やさ》しくなると言われている果実――貴重だが、こういう場面でこそ使うべきものだ。その果実を漬《つ》けた酒も、成分が浸出《しんしゅつ》して高い効能を持つ。

それを、純度100％の『乙女椰子《オトメヤシ》』のジュースと均等に混ぜる。するとどうなるか――

それは、彼女が口にしてみてのお楽しみだ。

「……ん……思ったより酸味がとげとげしくない。それに、喉《のど》にするりと流れ落ちて、全身にしみ込むような、この感じは……」

「ご気分はいかがですか？」

ヴェルレーヌの問いに彼女は答えず、しばらくグラスを見つめたあと、恥《は》じらうように頬《ほお》を染めつつも、きゅうぅ、と残りを飲み干してしまった。

そしてしばらくすると、きつくつりあがっていた彼女の瞳が、次第《しだい》に穏《おだ》やかになっていく。即効性《そっこう》があることは、これまでも何度か確かめてあった。

「……たびたびの無礼な発言を、全て撤回《てっかい》させてください。あなた方のギルドに、どうか話を聞いてもらいたい……大きなギルドであれば解決できる問題ではない。このまま見過ごしても、何かを間違《まちが》えても、この国は危機に陥《おちい》ります」

急に口調が丁寧《ていねい》になった彼女を見て、コーディは目を見張る。そして俺の方を見てくるが、俺は知らぬふりをしてエールをぐびりとやる。

「どうか、ある人物の企みを、阻止《そし》していただけませんか。この国を救うために、あなた方の力をお借りしたいのです」

「……その、ある人物とは？　口に出すことが難しいのであれば……」

依頼者の女性はヴェルレーヌの出したオーダーシートに、羽根ペンである名前を書き記し、そしてヴェルレーヌだけに見せた。

それを見たヴェルレーヌが、周りに悟《さと》られぬよう、かすかに唇《くちびる》を動かす。しかし俺には、その微細《びさい》な動きを正確に読み取ることができる。

その人物の名は、『ゼビアス・ヴィンスブルクト』。

第一王女マナリナとの決闘《けっとう》に破れ、婚約破棄《こんやくはき》されたジャン・ヴィンスブルクト——その父にあたる人物。その家名を、こんな形で聞くことになるとは思っていなかった。

2　悩《なや》める従者と迷わぬギルド

店の営業が終わったあとも依頼者の女性は他の客に悟られないよう店に残り、「潤しの杏の乙女椰子割り」をもう一杯口にする。それで完全に気分が落ち着いて、見違えるほど雰囲気が柔《やわ》らかくなった。

「申し遅《おく》れましたが、私の名はキルシュ・アウギュストです。これまでの無礼を重ねてお詫《わ》びしたい」

キルシュと名乗った彼女は、腰《こし》にエストックを帯びている。武芸は嗜んでいるようだが、見たところ冒険《ぼうけん》者強度は3000をわずかに超《こ》えるくらいだろうか。Bランク冒険者に相当する実力だ。

貴族家に仕える護衛の平均的な実力としては、高い方だと言える。一人で食っていける力のあるBランク以上の強度持ちは、どこかの家に縛《しば》られる生き方を選ぶよりは、独立した方がいいと考えるからだ。

「営業時間の終わり近くに訪問してしまい、申し訳ない」

「いえ、日中はお仕事もあるでしょうし、簡単に持ち場を離れては怪《あや》しまれるということもありましょう」

「……はい。お察しの通り、私はヴィンスブルクト公爵《こうしやく》家に仕える者……本来、密告など、忠義に反する行いです。しかし、今回のことばかりは……」

店じまいをしたあとなので、俺とコーディは厨房《ちゅうぼう》に引っ込み、話を聞いていた。

「いいのか？　明日も仕事だろ。これはうちのギルドの問題だから、気にすることないぞ」

「公爵が何か企《たくら》みごとをしているというなら、騎士《きし》団長の僕ができることもあるはずじゃないか。大丈夫《だいじょうぶ》だよ、君の意向は尊重するし、手足として便利に使ってくれていい」

「最強の駒《こま》は、最後まで動かないくらいがちょうどいいんだがな」

俺の冗談にコーディは楽しそうに笑うと、まだラムの残っているグラスを口に運びながら、表のカウンターで話しているヴェルレーヌたちの会話に耳を澄《す》ませる。

「それで……ゼビアス・ヴィンスブルクトは、どのような企みごとをしているのです？」

「ゼビアス様は、息子《むすこ》であるジャン様に当主の座を譲《ゆず》りました。しかし、実質上はヴィンスブルクト家の実権を握《にぎ》ったまま、ある目的のために動き続けていた……それを、私は知ってしまったんです」

キルシュの声だけで顔は見えないが、並々ならぬ緊張《きんちょう》が伝わる。それでも涼《すず》しい顔をしているあたり、コーディの肝《きも》の据《す》わり方には改めて感心させられる。

「ヴィンスブルクト公爵家は、我が国と西の国境に面する、ベルベキア共和国と手を結び、我が国を転覆《てんぷく》させようとしているのです」

「……つまり、謀反《むほん》を起こそうとしている。そういうことなのですね？」

「はい……何を世迷言《よまいごと》を言っているのかと思われることは、覚悟《かくご》しています。しかし、私は証拠《しょうこ》を持っています。公爵がベルベキアと密通する際、密使に手紙を運ばせているのですが、その密使がこともあろうに、盗賊《とうぞく》に襲《おそ》われて手紙を奪《うば》われてしまったのです」

運が悪かったのか、それとも良かったのか。アルベイン王国の平和を望む立場としては、後者だととらえるべきだろう。隣国《りんごく》との戦《いくさ》が始まる危機にあることは間違いないが。

「その手紙を見た盗賊が、ヴィンスブルクト公爵家を脅迫《きょうはく》した……ということですか」

「お察しの通りです。しかし手紙はヴィンスブルクト家の暗号を使って記されていましたから、盗賊たちは密使を拷問《ごうもん》して、彼がヴィンスブルクト家とベルベキアの間をつないでいたことを聞き出したのです。私は盗賊たちから手紙を買い取るため、ヴィンスブルクト様の命を受けて、部隊を率いて取り引きを行う場所に向かいました……しかし……」

部隊という時点で、盗賊を逃《に》がすつもりなどなかったのだと分かる。疑い深い人間にはなりたくないものだが、穏やかな展開を想像して聞いていられるような話ではない。

「盗賊たちを、逃がすなと。あるいは、皆殺《みなごろ》しにせよ、と命令されたのですね」

「……一枚目の命令書には、ただ手紙を回収するようにと書いてありました。しかし、取り引きの直前に開けるように命じられた二枚目には……盗賊たちを、殺せと……」

「あなたは、その命令に従ったのですか？」

キルシュはその問いに、すぐに答えなかった。しかし震《ふる》える声で彼女は言う。

「脅迫を行ったことは、許せることではありません。私たちは盗賊と交戦しましたが、全員を殺すということはできなかった。異常を感じた私は、手紙の封緘《ふうかん》を剝《は》がさないままに、『透視《とうし》』の技能で内容を読み取りました。それが許されないことであるとは分かっていました」

透視——薄《うす》い紙程度ならば透《す》かして見ることのできるその技術は、学ぼうと思えば盗賊ギルドに行けば学ぶことができる。

しかし盗賊ギルドは冒険者ギルドと違い、技能を学ぶだけでも本来は罰《ばっ》せられる。そこまでしてでも、キルシュはヴィンスブルクトに仕えていた。その果てに、汚《よご》れ仕事として任されたのが、脅迫してきた盗賊の抹殺《まっさつ》だったというわけだ。

盗賊たちは罰せられるべきだが、密使を使って隣国と通じていた事実は、看過できるものではない。キルシュは自分の身の危険を承知で、告発者となったということだ。

「ベルベキア共和国は、この国の領土を奪おうとしているのですか？　公爵家と通じて」

「……はい。ジャン様がマナリナ王女との結婚を急いだのは、王家の血筋を持つ者を妻とすることで、統治者としての正当性を主張するためです」

ベルベキアの力を借り、王位を簒奪《さんだつ》する。ジャン・ヴィンスブルクトはそこまでのことを考えて、マナリナに結婚を迫《せま》っていた。

あの婚約破棄がなければ、今頃《いまごろ》すでにベルベキアが攻め入ってきていたかもしれないと思うと、いい気分はしない。魔物《まもの》以上に恐《おそ》ろしいのは、やはり昔も今も人間なのか。

「……ディック。久しぶりだね、そんな顔をするのは」

「酒が妙《みょう》なところに回りそうな話で、悪酔《わるよ》いしそうなだけだ」

「僕も同じ気持ちだよ。久しぶりに、血が熱くなってしまった。やはり君のところに来ると、僕は勇者だったときの気持ちを忘れずにいられるみたいだ」

「そうか……今回ばかりは、コーディの力を頼《たよ》るかもしれない」

「絶対に頼るとは言ってくれないんだね。じゃあ、楽しみにして待っているよ」

「悪いな。こんな言い方も何だが、お前は間違いなく最後の駒なんだよ。簡単に動かすべきじゃない」

コーディのグラスは空になっていたが、彼はもう酒を飲むことはない。魔法で酒を抜《ぬ》くことに遠慮《えんりょ》があるのならば、と俺は代わりの飲み物を出した。『潤しの杏』は、男にも十分効能があり、飲んだ日の夜の安眠《あんみん》を約束してくれる。

「……これ、女の人が飲むものじゃないのかい？」

「どっちでも効能は変わらない。女の方が特に効くってことはあるけど、男でもそれなりに効く。俺が、自分で飲んで試してるからな」

「それなら安心だ。ミラルカたちに飲ませてあげたら……いや、あまり気持ちを鎮めすぎるのも良くないか」

潤しの杏を炭酸水で割ったものを作り、コーディに出す。彼の口には合ったようだ——そうしている間に、ヴェルレーヌとキルシュの話は佳境《かきょう》にさしかかっていた。

「つまり、キルシュ様が透視した手紙は、王女との結婚は成らず、ということをベルベキア側に伝えるものだったのですね」

「はい。ベルベキアは、すでにゼビアス様の手配によって、この国に密《ひそ》かに攻め入る準備をしていました。我が国とベルベキアの国境は、南側の平野部には砦《とりで》と城壁《じょうへき》が設けられ、侵入《しんにゅう》への備えがされています。しかし、北部は険しい山脈となっており、そこを自然の防壁としているため、警戒《けいかい》の目が行き届いていません」

「……その山脈を通る、秘密の経路をベルベキアに教え、軍を招き入れるということですか。確かにそうされれば、攻め入られたことにアルベイン側が気づいたときには、王都決戦ということになりかねませんね」

ヴェルレーヌは魔王として戦争を経験しているため、キルシュの話を聞いて、状況《じょうきょう》の危険さをすぐに理解したようだった。

「その山脈一帯の守備を任されているのは、ヴィンスブルクト家なのです……その立場を利用し、敵と通じるなどと……」

「あまりにも、自分本位な考えですね。キルシュ様、よくこのギルドに来られました。他のギルドに相談していたら、公爵家に把握《はあく》され、あなたは捕縛《ほばく》されていたかもしれません」

「……はい。私の部下は、盗賊たちの一部を逃がしたことを黙《だま》っていますが、それもいつまで続くかどうか……ゼビアス様は、部下の失敗に大変厳しい方です。ことが露見《ろけん》すれば、私は放逐《ほうちく》されるか、もしくは……」

気丈《きじょう》に話していたキルシュが言葉に詰《つ》まる。無理もない、命の危険を感じてここに助けを求めてきたのだから。

「自分の身可愛《かわい》さに、仕えた家を裏切るなどと、してはならないことだと分かっています。しかし……」

「ゼビアス卿《きょう》の企みが成ってしまえば、王都の民《たみ》に被害《ひがい》が及《およ》びます。あなたの決意は尊いものです。それを密告だと後ろ指をさすような者を、『銀の水瓶亭《みずがめてい》』は決して許しはしません」

キルシュがヴェルレーヌの正体を知ったら、その正義感に満ちた発言をどう思うだろう

──元魔王であるからこそ、家臣が王を裏切るという行為《こうい》に義憤《ぎふん》を覚えているのか。

ヴェルレーヌはいったんキルシュを待たせて、俺たちのいる厨房にやってくる。俺が頷《うなず》いてみせると、ヴェルレーヌは嬉《うれ》しそうに笑い、再び表に出て行った。

この依頼《いらい》を受けるか否《いな》か──そんなことは、迷うべきですらない。

王都まで土足で敵国の軍隊がやってくるなど、そんな事態になってもらっては困る。

「……やっと僕の力を頼りにしてくれる気になったのかい？」

「ああ。『仮面の救い手』の魂《たましい》を分けてやる。明日《あした》、また店に来てくれ」

「約束したよ。それと分かれば、あとは君に任せよう。僕は難しい話が苦手なんだ」

裏口からコーディを送り出したあと、俺は最後まで話を聞き届ける。ヴェルレーヌは契《けい》約書《やくしょ》を出し、キルシュと報酬《ほうしゅう》の交渉《こうしょう》をしているところだった。

「依頼内容を考えると、個人で報酬をご用意されるのは難しい規模だということになりますが……それについては、依頼達成のあとに、本ギルドにもたらされる利益などを算定することにいたしましょう。このギルドが存在するのは、王国からギルドとして認可されているからです。王国を守らなければ、存在意義を失ってしまうことになります」

「しかし……本来ならば、ギルド一つが背負うべき問題ではなく、国家全体の……」

「当ギルドの依頼達成率は、依頼者様のお気持ちに添《そ》えない特殊《とくしゅ》な場合を除いて、例外なく十割です。ご信用にあたるだけの実績を形としてお見せできないことが残念ですが、断言いたしましょう。この依頼を達成できるのは、私どもだけです。そして、依頼を受けるだけの十分な理由がある。契約を結ぶには、その条件が揃《そろ》っていれば十分かと存じます」

ヴェルレーヌの言葉に、キルシュはただ聞き入っていた。

本当に俺たちのギルドが、依頼を達成できるのか——達成できるギルドなどあるのか。

そう思うことは当然で、藁《わら》にもすがる思いでここに来ても、確信など持てはしないだろう。

それならば、結果を見せるだけだ。キルシュが抱《かか》えてきた問題を、問題として表出する前に、陰《かげ》ながら解決すればいい。これまでそうしてきたのと同じように。

依頼の内容を話すうちにキルシュは緊張し、張りつめた空気が続いていた……しかし。

「……私にできる限りのことで、あなた方に報《むく》いたい。何度生まれ変わって人生を捧《ささ》げても、報酬として見合わないことは分かっています」

「命はそれほど価値の低いものではありません。何よりも尊いとは申しませんが。私から個人的に報酬をお支払《しはら》いいただくとすれば、キルシュ様がその選択《せんたく》に誇《ほこ》りを持つこと、それで報酬に足りると言えましょう」

「っ……く……ううぅっ……」

キルシュはしばらく泣いていたが、ヴェルレーヌの差し出したハンカチで涙《なみだ》を拭《ぬぐ》うと顔を上げた。

厨房《ちゅうぼう》から見た彼女の顔は晴れやかだった。まだ依頼を受けるか否かという段階だが、そんなことは関係ない、泣いたことで抱えていたものが楽になったのだろう。

「どうか、お願いします。ヴィンスブルクト家の暴走を止めてください」

「かしこまりました、お客様」

キルシュが契約書にサインをする。これで『銀の水瓶亭』は、明日から動き始められる。

彼女の話から浮《う》かび上がった、幾つもの問題。俺はそれに順序をつけ、解決していくことにした。

3　魔法大学と若き女教授

キルシュについては、身辺の安全を保障するために護衛をつけることにした。俺のギルドには隠密《おんみつ》警護系の任務も持ち込まれるため、専門のギルド員が何人かいる。情報収集を担当しているリーザもその一人だ。

契約書を店の二階にある事務室の金庫に入れ、ヴェルレーヌはその場でエプロンを外し始める。事務室が彼女の私室を兼《か》ねているとはいえ、俺も見ている前で大胆極《だいたんきわ》まりない。

「……む？　エプロンを外しただけだぞ。まさか、ご主人様はこのまま見ているから脱《ぬ》げと命令してくれるつもりか？　それはなかなか興味深い趣向《しゅこう》だな」

ヴェルレーヌは言いながらエプロンを畳《たた》んで机に置くと、次にヘッドドレスを外す。そこで俺の視線に気づくと、少し頰《ほお》を赤くして笑った。

「……そうして見てくれているということは、愛《め》でていいということか？　私は見ていたぞ、今日はまだ酒を抜いていないので、ご主人様は少し気分が良《い》いようだな」

「まあ俺も、毎回魔法で解毒《げどく》してるわけじゃないからな」

白いエプロンを外すと、その下は黒を基調としたドレスだけになって、それもまたなかなか似合っている。白いエルフの姿のヴェルレーヌは言うなれば清楚《せいそ》だが、このドレスはダークエルフの姿でも似合うことだろう。

「しかし、なかなか規模の大きい依頼が入ったな。国家の存亡を賭《か》けた依頼が、あっさり持ち込まれてきてしまうとは。ご主人様の仕込みのたまものだな」

「普通《ふつう》のギルドじゃないと知ってる人物が増えすぎても、それは目立ってるってことだからな……まあ、この仕事が終わったらほとぼりを冷ましたいもんだ」

「ベルベキア軍は今にも兵を動かしそうな状況だと思えるが、それについてはどうする？　もし敵軍がすでに動いているようなら、多少は派手な手を打つ必要が出てくるのではないか。私が動くというのもいいが、ご主人様ならもっと適切な手を思いついていそうだな」

「ヴェルレーヌは戦いから退いて結構長いから、無理はさせられないな。まあ、代わりに打つ手は確かに派手だし、まず要請《ようせい》する相手の難易度が高いんだが」

名前を出さなくても、ヴェルレーヌは誰《だれ》のことを言っているか分かったようで苦笑する。

「あの娘《むすめ》か……我が国でもさんざん好き勝手してくれたものだ。あの娘のおかげで新たな湖ができてしまい、観光名所になってしまったぞ。他にも幾つか、変動した地形が今でもそのままになっているな。『歩く天変地異』とでも、通り名を改名してはどうだ?」

「あいつは手加減を知らないからな……なんでも、それが美学なんだそうだ」

「美学か……私も、そういうこだわりを持つ者は嫌《きら》いではないがな。もし頼《たの》みを聞いてもらえなければ、また酒場に連れてくるがいい。私も接待に協力してやろう」

「ああ、頼む。できるだけ急ぐ必要があるから、素直に聞いてくれるといいんだが」

今頃、『歩く天変地異』はくしゃみでもしているんじゃないだろうか。そんなことを考えつつ、俺はヴェルレーヌに見送られて事務室を後にした。

翌日の朝、店をヴェルレーヌに任せ、俺は午前中に魔法大学に向かった。

王都の北東部にある魔法大学前まで乗合馬車で向かう。敷地《しきち》はかなり広く、前庭から研究室棟《とう》まで五分ほど歩かなければならないほどだ。生徒たちが野外で食事を取っていたり、魔法の練習をしていたりして、キャンパスは活気に満ちている。

研究室棟の入り口に総合受付があり、そこに受付嬢《うけつけじょう》がいた。顔を隠していると不審《ふしん》に思われるので、ここは普通に正体を隠さず近づく。俺がディックだと名乗っても、すぐ魔王《まおう》討伐《とうばつ》隊の一員だと気が付く人間はそういないが、一応フェイクを入れて名乗りたくなるのが俺の性分《しょうぶん》である。

「こんにちは、こちらでご案内できることはございますか？」

帽子《ぼうし》をかぶった受付嬢が話しかけてくる。やたらと胸を強調する形の制服で、そちらにどうしても目が行きそうになる――ミラルカといい、魔法大学の関係者は胸に栄養が行くのだろうか。その笑顔は快活で、幼めの容姿に見えるが、ここで働いているということは十八の俺よりは年上だろう。

「デューク・ソルバーという者だ。攻撃《こうげき》魔法学科I類のミラルカ教授に会いたいんだが」

「デューク様ですね。ミラルカ教授でしたら、先ほど図書館の方に出向かれましたが、こちらでお待ちになりますか？」

「いや、直接行かせてもらうよ。教えてくれて感謝する」

「いえ、こちらこそ。ミラルカ教授には男性のお客様が沢山《たくさん》いらっしゃいますが、だいたいは門前払《もんぜんばら》いするようにお願いされています」

「そうなのか……あれ。じゃあ、何で俺を案内してくれたんだ？」

「今日あたり、黒髪《くろかみ》の若い男性が訪ねてきて、Dのつく名前を名乗られたら、案内すればいいとおっしゃっていましたので」

「案内してほしい」ではなく「すればいい」というのが、何ともミラルカが言いそうなことだった。Dのつく名前って、偶然《ぐうぜん》他人とかぶったらどうするつもりだったのか。

「声が見た目より低めだともおっしゃっていたので、間違《まちが》いないかと……そうですよね？」

「まあ、たぶん俺のことだな。ミラルカとまた会ったら言っておいてくれ、人の個人情報をいたずらに流さないでくれとな」

「かしこまりました。私とミラルカ教授のあいだの秘密にしておきますね」

受付嬢はにっこりと笑って会釈《えしゃく》をする。それに追随《ついずい》して、大きな胸部が残像を残して揺《ゆ》れる――そこにつけられた名札には、『ポロン・マーコット』と書かれていた。


魔法大学の図書館に入り、司書からミラルカが向かった先を聞いて、そちらに向かう。ミラルカは資料として、攻撃魔法の資料を探しに来たそうで、図書館二階の東側書架《しょか》にいるとのことだった。

攻撃魔法といっても精霊《せいれい》の力を借りるもの、神の力を借りるもの、自分の中の魔力を引き出して世界の理《ことわり》に干渉《かんしょう》するものと色々ある。俺の魔法は人から学んだものを独学で発展させたものだが、基礎《きそ》的な部分は魔力で世界に干渉する種別に分類される。

二階に上がり、書架の蔵書数に感心しながら歩いていると、目的の姿を見つけた。

ミラルカは高い位置にある本を見つめている。そして背伸《せの》びをして取ろうとするが、あと少しというところで、指先が届かない。

「んっ……もう、届かないじゃない。こんな高いところに置くなんて非効率だわ」

俺のことに気づいていない彼女に近づき、俺はミラルカが取ろうとしていたとおぼしき本を引き抜《ぬ》くと、彼女に差し出した。

「取ろうとしてたのはこれか？」

「っ……ディ、ディック。いつから見ていたの？」

「本を取ろうとしてたとこからだけど。これじゃないのか？」

「……ま、まあ、これだと言えなくもないわね」

ミラルカは俺から本を受け取ると、ぱらぱらと目を通す。やはり、この本で良いらしい。

「私より背が高いからといって、颯爽《さっそう》と本を取ってくれても見直したりはしないわよ」

「じゃあ、今度からは踏《ふ》み台《だい》を持ってきてやる。それとも、肩車《かたぐるま》してやろうか？」

「っ……ちょ、調子に乗らないで。あなたが自分で踏み台になりなさい。乗るときは靴《くつ》らいは脱いであげるわ」

ミラルカはきゃんきゃんと噛《か》みついてくるが、今回はそこまできつい口撃でもない。

魔法大学の若き教授——といっても、十六歳なので、普通に学生に見える。受付嬢もそうだったが、学内では学位を示す帽子をかぶっており、それがなかなか似合っていた。

「……そのうち来そうな気はしていたけれど。私に何か頼み事でもあるの？」

「ああ。ミラルカに、仮面の魔法使いとして「嫌《いや》よ」待て、話を聞いてくれ」

全部言う前に遮《さえぎ》られる。ミラルカは金色の髪《かみ》を撫《な》でつけつつ、不機嫌《ふきげん》そうに本を持ったまま腕《うで》を組んだ。

「あれはユマのために、例外的にしていることよ。そうやすやすと仮面をつけると思わないでくれるかしら」

「それは俺も重々分かってるよ。ミラルカは、本当に友達思いだよな」

「お、おだてても何も出ないわよ。アイリーンだけをユマの保護者につけておくのは、少し危なっかしいと思っただけで、大したことじゃないわ」

一番危なっかしいのはミラルカなのだが、そう言いたいところをぐっとこらえる。

彼女の力を借りることができれば、それで一段階目の問題は解決する——豪快《ごうかい》な形で。

「……本を取ってくれたから、少しくらいは検討してあげる。まだ資料を集めなくちゃいけないから、あなたが私の代わりに取ってちょうだい。強化魔法を使えば、五十冊くらいは運べるでしょう？」

「バランスを取るのが大変そうだが、やってみるか。ミラルカ、わりと普通に教授らしいことしてるんだな」

「ここの本は私にとっては参考にはならないけど、教え子たちには、理論を教えないと魔法が身につけられないもの……あの青い背表紙の本を取って。その二つ左隣《ひだりどなり》の本もお願い」

ミラルカは遠慮《えんりょ》なく、次々と俺に本を取るように申し付けてくる。しかし、これで彼女が話を聞いてくれるなら安いものだろう。

そうして二十冊ほど取ったところで、次の本を申し付けられるかと思いきや――ミラルカがふと、柔《やわ》らかい笑顔を見せて言った。

「今日あなたが来てくれて良かったわ。一人で運ぶのは大変だもの。ありがとう、ディック」

「っ……そ、そうか。そいつは何よりだ」

「……？　何を変な顔をしているの？　私の顔に何かついている？」

「世間一般《いっぱん》的に見て、きれいな目と鼻と口がついてるな」

「そんな当たり前のことを今さら言われてもね。あなたの顔には、世間人並みの目と鼻と口がついているわよ」

まずミラルカが礼を言ったことにも驚《おどろ》かされたが――こうして彼女と一緒《いっしょ》に資料本を集めていると、何ともいえず、彼女が楽しそうに見えるのは気のせいだろうか。

ミラルカの研究室にやってきて、空いている書棚《しょだな》に資料本を入れる。

「ミラルカのゼミには、どういう生徒がいるんだ?」

「あなたも知っての通り、まずマナリナがいて、他にも数名生徒がいるわ」

「へえ……十人くらい教えるのかと思ったけど、そうでもないのか」

「できるだけ、自分の研究に時間を使いたいもの。私の研究の性質上、あまり大学にはいられないしね」

攻撃魔法学科I類の教授の中で、ミラルカは明らかに異端《いたん》と言えるだろう。

ミラルカの『空間展開魔法』は、他の人間に真似《まね》ができるものではない。通常ならば決まった詠唱《えいしょう》句を唱え、精霊や神の許可を得て、魔法を行使するのだが、彼女の魔法はそういった手続きを必要としない。

魔力によって魔法陣《まほうじん》を編み、空間に展開し、世界に直接干渉を行う。その魔法効果の及《およ》ぶ範囲《はんい》は、ミラルカが魔法陣を展開することができる範囲であり、それは王都全域にも及ぶ。

そしてミラルカの展開する魔法陣には無数の種類があり、それぞれ効果が違う。その全てが破壊《はかい》、殲滅《せんめつ》を目的とするもので、彼女は攻撃魔法以外を一切使えない。

魔王討伐隊に志願した当時の冒険《ぼうけん》者強度は、10万2952。そのうちのほとんどが、攻撃魔法の評価だった。彼女は実力を示すために、王都から遠く離《はな》れた荒野《こうや》に向かい、そこで『広域殲滅型百五十二式・振動破砕陣《しんどうはさいじん》』と呼ばれる魔法陣を使い、危険な魔獣《まじゅう》の巣食う洞窟《どうくつ》を埋《う》め立ててしまった。

SSSランクの冒険者とは、もはや人間の範疇《はんちゅう》を超《こ》えている。俺は自分のことを棚に上げてそう思ったものだった。

「それで、私に何を頼みたいの？」

「ああ、そうだったな。大学のことも聞いてみたいが、まずはその話だ」

俺はヴィンスブルクト家の従者であるキルシュが、主人の謀反《むほん》を防いでほしいと依頼《いらい》してきたこと、これから対処するべきことについて説明を始めた。

「ふぅん……つまり私は、ヴィンスブルクトがベルベキア軍を誘導《ゆうどう》するための経路を、魔法を使って封鎖《ふうさ》してしまえばいいのね」

「話が早いな。ミラルカの力を借りるのは大人げないが、それが一番いい手だと思うんだ」

「一つ言っておくけど、敵軍を私の魔法で巻き込んで大量虐殺《ぎゃくさつ》……というのは、私としても避《さ》けたいところなの。私だって、何でも関係なく壊《こわ》したいわけじゃないのよ」

「そうだな。だから、すぐにでも作戦を決行したいんだが……これから頼めるか？」

いきなり研究室を留守にして、西の国境——それも山中まで来てくれなどと言って、快《かい》諾《だく》してくれるわけもない。

しかしミラルカは俺を無言で見つめ、ジュースをくい、と飲んでから言った。

「あなたは私に依頼を持ち込んだ、ということでいいのよね。それなら一つ条件を出すわ」

「ああ、何でも言ってくれ。よほど無茶じゃなければ、だいたいの報酬《ほうしゅう》なら支払《しはら》える」

「お金をもらって殲滅魔法を使うのは私の美学に反するから、これからときどき、私の研究室に差し入れを持ってきて。あなたの店のメニューなら何でもいいわ、今のところ口に合わなかったものはないから……それで、どうやって西の国境まで行くの？」

「それは来てもらえば分かる。馬で行くと一日はかかるが、別のルートがあるんだ」

王都の西にある、火竜《かりゅう》の放牧場。そこではドラゴンマスターのシュラ老が、火竜たちの世話をしている。俺は馬を駆《か》り、魔法大学からミラルカを乗せて、二時間ほどかけてシュラ老のもとを訪問した。

「おお、ディック殿《どの》。火竜の様子を見に来られたのですか？　それとも、例の件ですかな」

繁殖《はんしょく》期はもう少し続くので、火竜の母子、そして今は父親の竜も揃《そろ》っている。よちよち歩きだった火竜はかなり大きくなって、抱《だ》っこはできなくなってしまったが、ミラルカは火竜の子供の頭を撫《な》で、餌《えさ》をやっていた。

「よしよし、いい子ね。お父さんとお母さんにちょっと似てきたかしら」

大きくなってもまだ鳴き声はピィピィという愛らしい声だ。火竜たちはミラルカと遊んだことを覚えていて、よく懐《なつ》いていた。

「幼竜たちについてもですが、このじいの言うことをよく聞いてくれております。息子《むすこ》も孫も手元を離れて久しいものですから、可愛《かわい》くてなりませんでな」

「楽しんで仕事をしてもらえてるなら何よりだ。それで、火竜を騎乗《きじょう》用に調教してもらうって話だが……」

「ええ、父親の竜に『竜笛《りゅうてき》』を使い、わしが教えた相手に従うように教えてあります。鞍《くら》をつければ、二人までは乗れますでな。あちらのお嬢様《じょうさま》と、空の散歩に出られますか？」

「っ……まさかディック、あなた、この火竜に私も一緒に乗せて行くっていうの？　あなた、ドラゴンに乗ったことなんてあるの？」

「ああ。子供の頃《ころ》に怪我《けが》をしてたワイバーンを助けて、乗せてもらったことがある」

「ワイバーンを乗りこなされるのであれば、他の竜種も問題なく乗れるでしょう。ワイバーンは前足がないので、四足の竜より乗るのが難しいとされております」

あのとき助けたワイバーンは、怪我が回復したあと群れに戻《もど》っていったが、今も元気にしているだろうか。

火竜の放牧場を作ると決めたときは考えていなかったことだが、ドラゴンマスターを管理人として雇《やと》えたことで事情が変わり、俺は火竜を非常時の移動のために、騎乗用に使うことを考えるようになった。

少し慣らせばすぐ飛べるだろうか。俺はシュラ老から受け取った竜専用の鞍を持って、父竜の肩《かた》の突起《とっき》に足をかけて登っていき、鞍をつける。

シュラ老にベルトを渡《わた》して、竜の腹に巻いてもらい、しっかりと固定する。子竜と共に見ていたミラルカを、鞍をつけ終えたところで手招きすると、彼女は自分で父竜の背に上ろうとするが、俺のように上手《うま》くはいかなかった。慣れが必要なので無理もない。

「ミラルカ、手を貸してくれ。引き上げるから」

「え、ええ……きゃぁっ！」

手をしっかり握《にぎ》ったところで一気に引き上げ、ミラルカを俺の前に乗せる。腕力《わんりょく》を強化

しているので、ミラルカはまるで空中を舞《ま》ったような感覚を味わったことだろう。

「……普通《ふつう》の馬より三倍くらい高いのだけど。よく平気で乗れるわね、この高さで」

「高所恐怖症《きょうふしょう》か？　それなら、目を瞑《つぶ》ってた方がいいぞ」

「そ、そうじゃなくて……初めてなのだから、突然《とつぜん》乗せられても落ち着かないというか……もっとしっかり、乗り方を教えなさい」

「後ろから支えてやるから、落ちるとかそういう心配はないぞ。命綱《いのちづな》も結んでおくからな」

「っ……」

後ろから腰《こし》と肩に手を添《そ》え、座り方を矯正《きょうせい》する。俺に体重を預けるようにしてもらい、あとは俺が後ろから抱《だ》くようにすれば、上空でパニックを起こすことはないだろう。

「……手綱《たづな》はあなたが握ってくれるの？　主導権を握られてるみたいなのだけど……」

「ディック殿、竜笛は使用者の魔力に反応し、火竜に指示を与《あた》えます。これを使っている間は、あなた様も熟練のドラゴンマスターと変わらぬと言えましょう」

そんな笛を自分で作るシュラ老は、やはり老練たるドラゴンマスターと言えるだろう。彼が送ってきた人生も気になるところなので、この仕事が終わったら、酒でも持ってこの森に来るのもいいかもしれない。

「じゃあ、手綱はミラルカに任せる。俺は笛を吹《ふ》く役だな」

「え、ええ……でも最初は分からないから、補助をして」

「補助……？」

ミラルカは何も言わず、俺の手を引いて、一緒に手綱を握らせた。

「これでいいわ。さあ、竜を飛び立たせて。ベルベキア軍の前に、『仮面の救い手』の力を見せてあげる」

魔王討伐《とうばつ》隊ではなく、あくまでも『仮面の救い手』として。

火竜に乗った謎《なぞ》の二人として、俺たちはベルベキア軍の道を阻《はば》むのだ。

そして二人して仮面をつけながら気が付く。ミラルカはわりと仮面をつけることに乗り気だ、ということに。

「若いというのは、本当に素晴らしいことですな。このおいぼれの血もたぎりますわい」

シュラ老は俺たちのいでたちを笑うでもなく、人生の先輩《せんぱい》として、しみじみと頷《うなず》きながら見守ってくれていた。


火竜の巣となっている洞窟には、天井《てんじょう》から出入りできる穴が開いている。火竜はなぜか、地上から自分の巣に出入りすることを好まないのである。それは、地竜などの天敵が留守中に巣穴に侵入《しんにゅう》し、待ち構えているという事態を、種族の本能として恐《おそ》れているからだと言われている。

そんなわけで、俺たちは竜の巣から天井の穴を抜《ぬ》け、空へと飛び出して行った。竜の表皮には磁力を含《ふく》む鉱石の成分が含まれているので、乗っていると方位磁石が利《き》かなくなる。しかし空から見える王都の方向が東なので、その逆に進めばいいわけだ。

シュラ老の言っていた通り、翼《つばさ》が前足と一体化しているワイバーンと比べて、飛行中の上下動が少なく、乗り心地《ごこち》がいい。竜笛は吹くものではなく、首飾《くびかざ》りとしてつけ、魔力を込めて音を発生させる、魔道具というやつだ。これで方向を示すだけで、火竜は俺の意志に従って西の方角に飛んでくれる。

ベルベキア共和国には、ヴェルレーヌの魔王国とは違《ちが》う魔王の国が隣接《りんせつ》している。その魔王は、ヴェルレーヌの話によると、Sランク相当の力しか持っていないらしい。

その魔王を討伐することができず、毎年大量の貢物《みつぎもの》を送る条約を結んでいるというのだから、ベルベキアには最強クラスでもAAランク——冒険者強度2万程度の者しかいないということになる。つまり一般《いっぱん》兵はCランク以下だ。それは、アルベイン王国においても同じことなのだが。

つまりベルベキアは、アルベイン王国の魔王討伐隊——俺たちが、SSSランクの魔王であるヴェルレーヌを討伐したことを知らない。

そしてヴィンスブルクト公爵家《こうしやく》は、魔王討伐隊がいかに強くとも、物量で押しつぶせるという勘違《かんちが》いをしている。

「子供のけんかに、大人が出ていくみたいなものだと思っているんでしょう。私も同じ気持ちだから、分からないでもないわ」

「実際に戦った魔王国の連中じゃなければ、俺たちの強さが実感できないんだろうな。人間同士の戦いは、俺たちの専門外だ」

「凶悪《きょうあく》な魔物の集団だったら、問答無用で吹き飛ばしてあげるのにね」

ミラルカはその言葉通り、魔王討伐の道中で、人間を襲《おそ》う魔物の巣を壊滅《かいめつ》させている。話が通じない獣《けもの》もそうだが、知能のある亜人種《あじん》が大集団で巣を作ったりすると、周辺の人里への被害《ひがい》は甚大《じんだい》なものとなる。

そういう光景を見たあとのミラルカは、まさに魔物にとっては荒《あ》れ狂《くる》う天災――『可憐《かれん》なる災厄《さいやく》』そのものだ。

「ディック、何か見えてきたわよ。私よりあなたの方が目がいいでしょう？」

「森をある程度拓《ひら》いて、一定の距離《きより》ごとに目印の石塔《せきとう》が置かれている……間違いない。あれが、ヴィンスブルクトの作ったベルベキアに通じる経路だな」

「国の防衛費を使って、あんなものを作っていたなんてね。愚《おろ》か者《もの》には、相応のお仕置きが必要だと思わない？」

「ああ、俺もそう思うよ。マナリナに婚約《こんやく》を申し込んだ時点でここまで読んでれば、もっと静かに事を済ませられたんだがな」

「そこまで読めていたら、あなたはこの国の支配者になれるわよ……魔王討伐を終えた時点で、誰《だれ》かが王になることを望んでいたら、そうなっていたかもしれないけれど」

ミラルカに言われて思うが、俺たちは揃いも揃って、権力というものに無頓着《むとんちやく》だ。

特にアイリーンは何にも縛《しば》られない生活を送っているが、その気になれば武術の師範《しはん》にでもなれるし、この国の拳聖《けんせい》と呼ばれることも難しくはないだろう。

「今からでも、アイリーンに王様になってもらうか。そうしたら国が引き締《し》まるかもな」

「それはいい考えだけれど、彼女は角があるから、王冠《おうかん》をそのままでは被《かぶ》れないわ」

珍《めず》しいミラルカの冗談《じようだん》に、俺は思わず笑ってしまう。全く、緊張感《きんちようかん》がなくて困ってしまう限りだ——と考えたところで。

山岳《さんがく》地帯を抜ける、森を拓いて作られた道。それに視線を辿《たど》らせていった先に、集落のようなものが見える。

「あれが、この一帯に暮らしている人たちの村……軍道がすぐ近くに通っているわ」

「ああ……待て、何か見える。あれはベルベキアの斥候《せつこう》部隊か？」

「どうやらそのようね。アルベインでは『黒鉄《くろがね》』を武具に用いない。でも、彼らは……」

ミラルカの視力でも、敵が黒い鎧《よろい》を身に着けていることは分かるらしい。

赤褐色《せっかっしょく》のマントに黒い甲冑《かっちゅう》を身に着けている彼らは、五騎《き》ほどで一つの部隊を組み、山中の軍道を駆《か》けている。

何か、荒々《あらあら》しい声を上げている。まるで、獲物《えもの》を見つけて追い立てる狩人《かりゅうど》のようだ。

視線を巡《めぐ》らせると、想像は的中していた。ベルベキアの斥候が、何者かを追い立てている――弓を持った騎兵が、矢を放とうと番《つが》えたところで、俺はミラルカの身体《からだ》を強く抱いて固定する。

「きゃっ……な、何？　そんなことをしてる場合じゃ……きゃぁぁっ！」

「ミラルカ、下降するぞ。あいつらに追われてるやつが、このままじゃ殺される」

「っ……そ、そういうことね。分かったわ、ちゃんと固定していて」

俺はミラルカを抱いて姿勢を低くさせ、竜笛《りゅうてき》を胸に当てて念じる。火竜は命令を受けて、翼の開き具合を調節し、滑空《かっくう》の姿勢に入る。

「くうっ……こんなふうに空から近づいたら、敵に気づかれると思うのだけどっ……」

「大丈夫《だいじょうぶ》だ、この火竜には『隠密《おんみつ》ザクロ』を食わせてある。すぐ近くに来るまで、やつらは気が付かない。遠くに仲間がいるとしても、視認はできないさ」

「準備がいいわね……分かったわ。相手の上空をかすめるように飛んで、『それだけで終わらせる』から」

火竜が近づいているのに、黒い騎兵たちは気が付かない——だが、さすがに高度が下がってくると、目の前から来る圧迫感《あっぱくかん》が、隠密ザクロの効果を勝《まさ》ったようだった。

「な、何か来るっ……」

「りゅ、竜だっ。隊長、空から火竜が……っ」

「どこに潜《ひそ》んでいやがったんだ……くそっ、矢を放てっ！」

上空から弧《こ》を描《えが》くようにして、急降下をかける。最も高度が低くなり、五人の騎兵の頭をかすめるように飛んでいくところで、俺は確かに見た。

瞬《まばた》きをしただけで、見逃《みのが》してしまいそうなほどの速度。『可憐なる災厄』は俺の腕《うで》の中で身体を縮めつつも、その瞳《ひとみ》を騎兵に向け——そして。

「『限定殲滅型六十六式《せんめつ》・粒子断裂陣《りゅうしだんれつじん》』」

ミラルカの身体から、魔力で編まれた魔法陣《まほうじん》が、視認できない速度で展開する。

それは猛進《もうしん》する動く標的、騎兵たちを、急降下して交錯《こうさく》する刹那《せつな》の間に捉《とら》える。

魔法陣の範囲《はんい》に入ったならば、あとは起動させるだけ——ミラルカが指をパチンと鳴らすと、展開していた魔法陣が音もなく効果を発現する。

「なんだ、何が起きたっ……なぜ矢を撃《う》たない！」

「ゆ、弓が、鎧がっ……うぁぁぁぁっ！」

騎兵たちは、何が起きたのかも理解していないだろう。

上空から突如《とつじょ》として降下してきた火竜が猛然と通り過ぎたあと、発生した豪風《ごうふう》によって馬たちが煽《あお》られて歩みを止めた。それだけにとどまらず、自分たちの防具が一つ残らず、ぼろぼろと細かな砂のようなものに変わり、崩《くず》れ落ちたのだから。

一度上空に舞《ま》い上がったあと、俺は火竜に切り返しを命じ、上空にホバリングする。

装備を全て失って丸裸《まるはだか》になった騎兵五人のうち、隊長と呼ばれた男——思ったより若い——が、辛《かろ》うじて混乱する馬を御《ぎょ》し、俺たちの方を振《ふ》り仰《あお》いだ。

「な、なんだ貴様らっ……アルベインのドラゴンマスターか⁉　ふざけた仮面など着けてないで、顔を見せろ！」

まだ嚙《か》みつく威勢《いせい》が残っているが、下着一枚で馬に跨《またが》って威圧されても迫力《はくりょく》がない。

ミラルカは魔法陣を展開させ、精密極《きわ》まりない制御で、下着だけを残して装備を破壊していた。女性らしい細やかな気遣《きづか》いではあるが、やっていることは常軌《じょうき》を逸《いっ》している。物質を分解して砂にするなどという魔法を呼吸するように使えるのは、俺の知る限りでは彼女だけだ——今後他の使い手に出会うことなどないと言い切れるほど、希少な才能である。

「コホン。あなたたちはベルベキア軍の人間のようね。私たちはゆえあって、あなたたちを本隊の許《もと》に帰すわけにはいかないわ。大人しく降伏《こうふく》して、拘束《こうそく》されなさい」

「やはりアルベインの……くそっ、無能なやつらめ……！」

悪態をつく対象は、ヴィンスブルクトだろう。分かるように言わないあたり秘密を守るように命令されているか、あるいは末端《まったん》の斥候部隊には、アルベイン側の内通者が誰なのか知らされていないのかもしれない。

「隊長、馬は無事ですから逃《に》げきれます！　一人でも帰還《きかん》すれば……！」

斥候の一人、若い男が震《ふる》える声で進言する。隊長は返事をしなかったが、五人の騎兵全員が動き始め、逃げ出そうとする——しかし。

「ミラルカ、耳を塞《ふさ》いでろ」

「……？　何をするつもり？」

俺はミラルカの耳に手をかざし、聴覚《ちょうかく》保護の魔法をかける。彼女が俺の言う通りに耳を塞いだあと、同じように自分も耳を塞ぎ、火竜にある命令を下した。

竜笛という魅力《みりょく》的な道具を教えてもらって、俺は久しぶりに戦いの中で胸を躍《おど》らせている——こうやってミラルカと二人で竜に乗り、連携《れんけい》して空中戦をするというのも存外に楽しいものだ。シュラ老の言葉を借りれば、血がたぎるというやつだ。

「──グォォォアアアァォォォンッ！」

滞空《たいくう》しながらの、竜の強靭《きょうじん》な声帯を振り絞《しぼ》るような咆哮《ほうこう》──これが本物の威圧だと言わんばかりのバインドボイス。

馬たちは震えあがり、すくみあがって動けなくなる。乗っていた騎兵たちはひとたまりもなく失神し、馬の上でぐったりとうなだれていた。

咆哮を終えた火竜がズズン、と着陸する。すると、ミラルカは失神している騎兵たちに向けて言い放った。

「たとえ天が許しても、私たちの仮面の奥に光る瞳は、決して悪事を見逃しはしないわ」

俺はどんな顔をすればいいのか分からず、みんな失神しているのだが、と突《つ》っ込むこともせず、とりあえず胸を張ってふんぞり返っているミラルカが、楽しそうで何よりだとか日和見《ひよりみ》的なことを考えていた。

「……それ、みんなで考えたのか？　『仮面の救い手』の決めゼリフ」

「いえ、今私が一人で考えたのだけど。やはり天に対応させて、『地』にかかわるセリフを入れるべきかしら」

「ま、まあ、毎回変えてもいいんじゃないか。それより、追われてた方はどこに行った？」

周囲を見回そうとしたところで、手を打ち鳴らす音が聞こえてくる。

後ろを振り返ると、俺たちより少し年下くらいの獣人の少女が、ぱちぱちと手を叩《たた》いていた。耳の形と縞柄《しまがら》の尻尾《しっぽ》を見た限り、虎人族《ティグレス》らしき獣人の少女は、俺たちを見て目を輝《かがや》かせながら、ぱちぱちと手を叩き続けていた。

4　囚《とら》われた虎人族と月下の仮面

ミラルカが獣人の少女に近づいていく。警戒《けいかい》されることもなく、少女は好意的だった。

亜人は亜人語を使うが、俺もある程度亜人の言葉は理解できるし、ミラルカは流暢《りゅうちょう》に話すことができる。

「虎人族なら、新獣人語で大丈夫かしら。私が言っていることは分かる？」

「っ……分かる！　お姉ちゃん、人間なのに、私たちの言葉、分かるの⁉」

虎人族の少女は興奮して言う。獣人語は使われていた年代によって古と新があり、文法がまるで違《ちが》うという難解なものなのだが、よほどの秘境に住んでいる獣人以外はおおむね新獣人語が通じる。

「私たちはアルベイン王国の人間よ。あの人間たちはベルベキアの軍人だと言っていたけど、なぜ追われていたの？」

「っ……アルベイン、私たちの山、壊《こわ》した。だから、アルベインのこと、みんなきらい」

ヴィンスブルクト家はこの山を抜《ぬ》ける道を作るとき、虎人族たちが暮らす領域を侵《おか》した。考えてみれば分かることだが、そうすると同じアルベインの国民である俺たちも、虎人族の敵と疑われてもおかしくはない。

何とか誤解を解きたいと思っていると、虎人族の少女が言葉を続けた。

「でも、お兄ちゃんとお姉ちゃんは違う。私を捕《つか》まえようとしたベルベキア、やっつけてくれた。大きい竜も友達。虎人族、竜人族とは仲良し。竜は竜人族の守り神」

獣人同士は対立関係にあることもあるが、虎人《こじん》と竜人は友好関係にあると分かった。獣人の文化や種族の事情について知る機会は少ないので、これは貴重な情報だ。

「ベルベキア、この道をずっと行ったところに集まってる。長老様、野営地って言ってた。野営地から、私たちに食べ物を分けるようにってベルベキアが来た。それで、男の人と、女の人とで持っていった。持ってこないと、山に火を放つって言われたから……」

「……ディック、すぐにでもベルベキア軍の野営地に行くわよ。痕跡《こんせき》も残らないくらい真っ平らにしないと」

「俺もそうしたいところだから、詳《くわ》しいことを聞かせてくれ。その食料を持って行った虎人族はどうなったんだ？」

そう尋《たず》ねると少女の表情が曇《くも》る。それだけで、何が起きたのかは想像がついた。

「ベルベキア、虎人族、力持ちだからって連れて行った。女の人たち、食べ物を料理するために行ったのに、一緒《いっしょ》に捕まった。私たちに手を出させないための、人質《ひとじち》」

「そう……辛《つら》かったわね。でも、もう大丈夫よ。私たちが来たのだから、あなたはもう何も心配することはないわ」

ミラルカは虎人族の少女を抱《だ》きしめる。虎人族の少女は目を潤《うる》ませたが、気丈にも涙《なみだ》はこぼさなかった。

「私より、みんなの方が辛い。私はみんなに助けられて逃げるしかできなかった」

「あなたには何も責任はないわ。こうして無事だっただけでも十分。だから、心配せずに村に帰りなさい」

「いや、村まで送って行こう。一つ、長老に聞いておかなきゃならないことがある。切り拓《ひら》かれた道を崩すことでまた山を騒《さわ》がせることを、許してもらわないとな」

「長老、人間の手で拓かれた道、元《もと》に戻したいって言ってた。道に人間が通らなければ、時間がかかっても、元の山に戻るって」

そういうことならミラルカの殲滅魔法で、軍道の何箇所かを塞いでしまえば良《い》い。そうすれば人は通らなくなり、塞がれた区間はやがて、人が踏《ふ》み入る前の自然に戻るだろう――少しは自然に戻すため、手を加える必要はあるかもしれないが。土や木の精霊《せいれい》の力を借りるというのも一案だ。

「ありがとう、これで今すぐベルベキアの野営地に向かえるわ。捕まった人たちのことを考えると、一刻を争う事態だものね。あなた、名前は何ていうの？」

「名前、リコ。ティグ族のリコ。お兄ちゃんと、お姉ちゃんは？」

「私たちは……『仮面の救い手』よ。わけあって名乗れないけれど、許してね」

「仮面の救い手、長老様に伝える。リコ、助けてもらった。みんなも助かる」

山が元に戻るまでは、リコはさすがに思っていない。まだ、ミラルカの実力の一部しか見ていないからだ。

「村、もし後で来てくれるなら、匂《にお》いつけないとだめ。人間の匂い、ティグの村の人たち、あまり好きじゃない」

「それはそうだろうな……何の匂いをつければいいんだ？」

「リコのしっぽ、身体《からだ》にこすりつける。村の外に、傷がついた大きい木がある。そこに来てくれたら、リコが迎《むか》えにいく。必ずいく」

俺たちが来たときに、都合よく彼女が気づいてくれるかどうか――と思ったが、こんなに真っすぐな瞳で言われては、信用する他はないだろう。

ベルベキアの野営地を無力化し、捕《と》らえられた虎人を救出し、そして軍道を塞ぐ。そののちに、リコの村に事と次第《しだい》を伝えに行く。俺たちのするべきことが決まった。

「気絶してる連中は……まあ仕方がないか。リコ、村の大人を連れてきて、捕まえておくように頼《たの》んでくれ」

「分かった。ベルベキアがもう何もしないって約束するまで、捕まえたままにする」

牙《きば》のようにとがった八重歯《やえば》を見せつつ、リコは噛みつくような身振《みぶ》りをする。彼女も追いかけられ、弓で射られるかというところだったのだから、怒《いか》りはおさまらないだろう。

ベルベキア軍の野営地は、虎人族の村から火竜《かりゅう》で五分ほど飛んだ位置にあった。日が暮れかけて、辺りは薄暗《うすぐら》くなっている——その方が、救出作戦にあたっては好都合だ。

「まず、捕まってる人たちを助けてくる。ミラルカなら、段階的に野営地の建物を分解して、兵士を無力化して、なんていうこともできるんだろうが」

「多くの種類のものを一度に分解しようとすると、解析《かいせき》にも時間がかかるのよ。さっきは、敵の装備の素材がほとんど黒鉄《くろがね》だったから、簡単に壊せたけれど」

「じゃあ、あの野営地のテントや敵の装備を全部破壊するにはどれくらいかかる？」

「十五分といったところね。それだけあれば、私の展開する魔法陣《まほうじん》に接触《せっしょく》した敵の装備を残らず分解して、テントの建材、その他もろもろを分解しても十分おつりがくると思うわ」

「よし。じゃあ、火竜を野営地の見えるところに降ろすから、ミラルカは魔法陣を展開して、破壊準備をしてくれ。俺が野営地に潜入《せんにゅう》して虎人族を救出したら、合図するよ」

「ええ、分かったわ」

俺はいったんミラルカと別行動を取り、気配を消す『隠密《ハイディング》』の魔法を使って、野営地に近づいた。

野営地の軍道に面している側から見て逆側は明かりも少なく、盲点《もうてん》になっており、楽に近づくことができた。誰《だれ》も、山を抜けて森の中から野営地に潜入を試みるとは思わないのだろう。まして、この野営地は国境線を挟《はさ》んで、ベルベキアの内側にあるのだから。

一応野営地の裏側にも、柵《さく》だけでなく櫓《やぐら》があり、その中には熱心そうでない兵士がいる。俺は鍵縄《かぎなわ》を投げて櫓に引っ掛《か》けたあと、柵を駆《か》けあがるようにして一気に高く跳《と》び上がり、兵士の後ろに回った。

「な、なんだ？　この縄、いつの間に……」

櫓の中に着地するときは魔法で足音を減殺する。アイリーンならば体術のみで無音の歩行術を可能とするが、俺は魔法に頼《たよ》ってしまう――修行が足りない、と自戒《じかい》するところだ。

「動くなよ。虎人族はどこにいる？」

「ひっ……だ、誰だ……まさか、獣人《じゅうじん》の……そ、それとも、まさかアルベイン……？」

「いや、個人的な動機で来ただけだ。質問だけに答えろ」

「じゅ、獣人は……あの、向こうにあるテントに……」

「よし、いいだろう。一つ言っておくが、この野営地は今日で消えてなくなる」

「な……っ」

手刀で眠《ねむ》らせるとダメージが大きすぎる可能性があるので、『睡眠《スリープ》』の魔法をかけて無力化する。ミラルカの魔法陣が発動したら、櫓から落下する――ということも考えられるので、一応降ろしてやり、物陰《ものかげ》に横たえておくことにした。

虎人族が捕らえられているというテントに、俺は物陰を移動しながら近づいていく。途《と》中《ちゅう》で接近してきた兵士は酒を飲んで酔《よ》っぱらっており、俺がすぐ近くにいても全く気が付かない。俺の『隠密』は一般《いっぱん》兵に気づかれるほど生易しいものではないが。

問題のテントの裏に回ると、俺はナイフでテントの幕に穴を開け、中を覗《のぞ》き込んだ。

虎人族の男性――殴《なぐ》られて怪我《けが》をしている――が数名と、大人の女性、そしてリコと近い年齢《ねんれい》の子供がいる。全員が縛《しば》られており、足には鎖《くさり》をつけられ、鎖の端《はし》には杭《くい》が打たれていた。虎人族の膂力《りょりょく》ならば抜けなくもないだろうが、子供がいる手前、抵抗《ていこう》できないのだろう。

見張りの兵がにやつきながら彼らを見ていたが、虎人族の男性のうち一人が少し顔を上げ、兵を見た。

「何だその目は。まだ、自分たちの立場が分かってないのか？　お前たちはこれから、ベルベキアに送られる。男は鉱山送りで、女は金持ちにでも買われるだろうさ」

「……!!」

挑発《ちょうはつ》に耐《た》えられず、うなだれていた虎人族の若者が立ち上がろうとする。どうやら、彼の恋人《こいびと》か妻もまた、一緒に捕まっているようだった。

若者は何かを訴《うった》えるが、その言葉は兵には通じなかった。

「良かったな。何を言ってるか分かっていたら、この鞭《むち》が物を言っていたところだぞ」

「…………」

「いや、分からなくても不愉快《ふゆかい》なことに違いはないか。だったら、鞭をくれてやるとするか……お前の代わりに、こいつにな」

「っ……!!」

兵士が虎人族の女性の方を向く。その手にあるのは、茨《いばら》のような棘《とげ》のついた鞭だった。

「女には傷をつけるなと言われてるがな。獣人ってのは、化け物みたいな速さで傷が治るんだろ？　だったら、鞭の一発や二発、打ってみてもすぐに治るよな……そこの女、じっとしてろよ。可愛《かわい》い顔に鞭が当たっても――」

「いい加減にしとけよ、三下」

兵がべらべらと喋《しゃべ》っている間に隙《すき》だらけになっていたので、密《ひそ》かにテントに侵入《しんにゅう》するための入り口を広げ、俺は兵が気づかないうちに背後に回っていた。

「うぉっ、だ、誰ぶぁっ！」

兵が後ろに振《ふ》り返る間もなく、手刀を叩《たた》き込んで昏倒《こんとう》させた。睡眠の魔法では少々生ぬるいかと思えたので手が出てしまったが、敵にそこまで遠慮《えんりょ》する必要もないだろう。

虎人族《ティグレス》たちは何が起きたのか分からず、俺を見ている。そこで俺は、自分が仮面をつけていることを思い出した。

「あー……何だ、俺は怪《あや》しいものじゃない。こんな恰好《かっこう》をしてるが、お前たちを助けに来た。裏手の柵を壊《こわ》すから、そこから逃《に》げてくれるか」

うろ覚えの新獣人語を何とか記憶《きおく》から引っ張り出し、話しかける。何とか通じたようで、彼らの中心人物らしい壮年《そうねん》の男性が、少しだけ警戒を緩《ゆる》めてくれた。

「……見たところ人間のようだが、なぜ私たちを助ける？」

「人間も、獣人を迫害《はくがい》するだけの連中が全てじゃない。俺はアルベインの人間だが、虎人族の聖域である山を侵《おか》したやつらとは違《ちが》う……と言っても、にわかに信じられないかもしれないが。俺はあんたたちを助けたい、今はそれを信じてくれるか」

「むう……」

「……妻を助けてくれたことには感謝する。仮面の男よ、俺はあなたを信じようと思う」

「ルード……そうだな、私も信じよう。無礼な態度を取ってすまなかった、改めて礼を言う。仮面の男よ、どうやってこの野営地を出るのだ？」

「俺が手引きをする。さあ、拘束《こうそく》を外すぞ。野営地の外に出たら森の中に身を隠《かく》すんだ」

十人ほどの虎人族が、まさに救い主のように俺を見て指示に従う。

俺は久しぶりに、使わなすぎて錆《さ》びかけていた剣《けん》を意識する。柵をどうやって最短時間で抜《ぬ》けるかを考えると、多少派手になってしまっても、実力行使が最も早いからだ。

虎人族たちが脱出《だっしゅつ》の準備を整え終わると、俺はテントの裏に開けた穴から外に出て、一直線に柵に向かって走っていく。

俺の背丈《せたけ》の二倍ほどある、丸太を結び合わせた柵。飛び越《こ》えるのは容易だが、ご丁寧《ていねい》に先端《せんたん》が槍《やり》のように尖《とが》らせてあるため、子供もいる以上は安全策を取らせてもらう。

俺は剣を抜くと、強化魔法で刃《やいば》を覆《おお》った。コーディの『光剣』には及《およ》びもしないが、俺でも鉄を斬《き》るくらいのことはできる――久しぶりなので、上手《うま》くいくか少しだけ緊張《きんちょう》するが、それも集中力を増すスパイスだ。

「――っ！」

強化魔法『斬撃強化《スピリット・ブレード》』を用いて、魔力で覆った剣を振りぬく。

俺の放った斬撃《ざんげき》は魔力によって間合いの三倍の範囲《はんい》を切り裂《さ》き、丸太は水平に真っ二つになる。続けて数発斬撃を入れると、丸太は細切れになって吹《ふ》き飛び、道が開けた。

「よし、森に抜けろ！　すぐに俺も合流する！」

「なんという力……一体何者なのだ、仮面の男よ……っ！」

「あぁ、みんな無事で外に……ありがとうございます……っ！」

「ありがとう、仮面のお兄ちゃん！」

「あなたは俺たちの恩人です！」

俺の力に驚《おどろ》いている間もなく、虎人族は持ち前の敏捷性《びんしょう》で、獣《けもの》のような速さで野営地を脱出する。ベルベキア兵たちが異変に気づき、こちらにやってこようとするが、もう遅《おそ》い。

「ベルベキア軍に告ぐ！　死にたくなければ地面に手をついて動くな！　お前たちにも家族がいるだろう！」

そう告げたあと、俺はミラルカに合図を送る。天に手をかざし、『明かり《ライティング》』の魔法を改良して、空高く光弾《こうだん》を放ち、上空で炸裂《さくれつ》させた。

突然《とつぜん》のことに混乱するベルベキア軍。日が落ちた矢先の出来事で、気が抜けていた彼らは、ようやく事態の深刻さを知る——虎人族は逃げ出し、内部には謎《なぞ》の侵入者がいる。

しかし、彼らが対策を講じる時間はもうない。十五分、ミラルカがそう申告した時間は、もう過ぎている。

――『広域殲滅《せんめつ》型百二十式・城砦破砕陣《じょうさいはさいじん》』――

俺の声を聞きつけてやってきた兵士たちは、まず信じがたい光景を目にする。

野営地のテントが、櫓が、柵が――全てが砂に変わり、山風に吹き流されていく。

それだけではない。ミラルカは建物と同時に、兵士の装備だけを狙《ねら》う魔法陣を、すでに野営地の全域に張り巡《めぐ》らせていた。

――『限定殲滅型六十六式・粒子断裂陣《りゅうしだんれつじん》』――

リコを追いかけていた兵たちと同じように、兵士たちの装備が崩《くず》れ落ちていく。阿鼻叫喚《あびきょうかん》の光景を前にして、俺はとどめの一言を見舞《みま》おうとするが、その大役を譲《ゆず》ってくれるほどミラルカは甘くはなかった。

火竜の背に乗り、月を背にして、『可憐《かれん》なる災厄《さいやく》』が舞い降りる。彼女は野営地の上空に現れると、ゆっくりと高度を下げ、無力化した兵士たちに告げた。

「あなたたちはアルベインを侵そうとするだけでなく、虎人族を迫害しようとした。その罪は許されるものではないわ。山の神に代わって死の裁きをと言いたいところだけど、この山を血で汚《よご》したくはないから、見逃《みのが》してあげる。二度とこの山に踏《ふ》み入らないことね。

そうでなければ『仮面の救い手』は何度でも現れるわよ」

月光を浴びて、自信たっぷりに胸をそらせ、よく通る声で降伏勧告《こうふくかんこく》をするミラルカ——彼女を連れてきた俺の判断は、最良と言う他ない。恐怖《きょうふ》にかられて一目散に逃げていく兵士たちの喧騒《けんそう》など、俺の耳にはまったく入っていなかった。

ミラルカと一緒《いっしょ》に火竜《かりゅう》で見下ろしながら、決めゼリフを放ちたかった。そんな俺らしくもないことを考えているうちに、野営地は消え去り、後には広い空き地が残るだけとなった。

そしてミラルカは兵士たちが戻《もど》ってこられないように、広域殲滅魔法《まほう》で軍道を塞《ふさ》いだ。

こうしてベルベキア軍の奇襲《きしゅう》経路は、完全に絶たれたのだった。

5　戦う舞姫《まいひめ》の潜入《せんにゅう》任務

解放した虎人族たちと共にリコの村に行くと、長老によって歓待《かんたい》された。リコは長老の玄孫《やしゃご》で、俺とミラルカは恩人ということになり、村に一泊《いっぱく》していくことになった。

俺たちを歓迎《かんげい》する宴《うたげ》を終えて、寝床《ねどこ》となるテントに案内されたあと、俺はミラルカに後のことを任せ、アイリーンに託《たく》した『小さき魂《スモールスピリット》』に意識を移した。

アイリーンの胸に書いてある魔法文字《ルーン》から、俺の写し身が生まれる——つまりそれは、彼女の服の胸元から飛び出してくるということだった。

「ふぁっ……び、びっくりしたぁ。こんなふうに出てくるの？」

『ああ。待たせたな、やつらはこの中にいるのか』

一番通りの宿の二階の部屋、その外のベランダ。アイリーンはそこで息を潜《ひそ》めて、中の様子を窺《うかが》っていた。

悟《さと》られないように部屋の中を窺う。すると、中にいた四人の男のうち一人が、決定的な一言を口にした。

「ベルベキア軍が動き、西方平原の国境線を破ったら、我々が王女殿下《でんか》のどなたかを誘拐《ゆうかい》する。できればマナリナ第一王女が良《い》いが、王位継承《けいしょう》権を持っている第三王女でも良い」

「ラーグ殿《どの》、王女さえ手に入れてしまえば、ゼビアス閣下に成り代わるということも……」

「私は何も聞かなかったぞ。ジャン様は凡愚《ぼんぐ》ではあるが、その部下はなかなか優秀《ゆうしゅう》な者がいるから侮《あなど》れぬ。特にキルシュは、見目も麗《うるわ》しく、命令に忠実な良い女だ」

「また悪い癖が出ましたか。ラーグ殿は女と見れば目がないですからな。あれほど優秀な女なら、欲しがるのは理解できますが。一応、同僚《どうりょう》なのですぞ？」

いかにも下品で、胸の悪くなる話だ。この部屋の中にいる男たちは、利己的な考えしか持っていない。女を道具としか考えていないのだ。

そしてそういう連中に対して、アイリーンがどう考えるか。そんなことは、彼女の今の姿を見れば明白だった。

「できるだけ手加減するけど、もし無理だったら……ごめんね♪」

楽しそうに言いながら、アイリーンは俺たちとは色違いの青色の仮面をつけ、両手に使い込まれた指ぬきグローブを嵌《は》めた。

『妖艶《ようえん》にして鬼神《きしん》』。その二つ名の所以《ゆえん》を、今から見せてもらえる。そう思うと、俺も血が騒《さわ》ぎ、武者震《むしゃぶる》いがくる思いだった。

アイリーンはすぅ、と息を吸い込むと、窓に向けて突《つ》きの構えを取る。

『待て待て、窓をわざわざ破らなくても、あれくらいの相手なら無傷で倒《たお》せるだろ』

「えー、ぱりーん！　って窓を突き破って侵入した方がかっこいいのに」

『ここのガラス窓は質が悪いから、簡単に粉々になるぞ。部屋の中にガラスが飛び散ったら、あとで宿の人が掃除《そうじ》に困るだろ』

「あ、そっか。ここの宿の人は何も悪いことしてないのに、窓壊しちゃったら悪いよね」

アイリーンはぽんと手を打ち、素直に俺の言うことを聞いてくれる。

「でも戦ってるときに、ちょっと壊しちゃうのはしょうがないよ。相手に弁償《べんしょう》してもらえばいいんだし」

『まあ、そうだな……だが、極力建物は破壊《はかい》せずに戦ってくれ』

「りょーかい♪　よーし、やるぞー！」

そう、彼女は素直で真っすぐな性格だが、少し考えなしなところがある。

この状況《じょうきょう》で宿の従業員の心配をするというのも悠長《ゆうちょう》だと思われるかもしれないが、『仮面の救い手』が宿屋を破壊したという噂《うわさ》を立てられては困る。自分でも細かいことを気にしているとは思うが。

「じゃあ、鍵《かぎ》もかかってないし正面から入っちゃおっかな～。お邪魔《じゃま》しまーす」

ガチャ、と窓を開けてアイリーンは中に入っていく。中にいた四人は、あまりに堂々とアイリーンが侵入してきたので、逆に反応がワンテンポ遅《おく》れた。

アイリーンは堂々と窓枠《まどわく》から跳《と》んで、部屋の中に音もなく降り立った。そして誰《だれ》もが呆《ぼう》然《ぜん》としている中で、余裕《よゆう》を持ってひらひらと手を振《ふ》る。

「な、な……なんだ貴様っ！　賊《ぞく》か、それとも王国の手の者か！」

「ラーグ殿っ、ここは我らがっ！」

「何をしてる、雇《やと》った連中を呼べ！　侵入者《しんにゅう》だ、早く何とか――」

「何とかって、どうするつもり？」

「ひぃっ……!?」

アイリーンは外に助けを呼ぼうとした男性の後ろに瞬時《しゅんじ》に回ると、その肩《かた》に手を置いた。

外套《がいとう》を羽織った状態で動きにくいはずだが、この身のこなしは恐《おそ》ろしいとしか言いようがない。鬼《おに》族よりも俊敏《しゅんびん》なはずの虎人族《ティグレス》でも、彼女の素早さには白旗を上げるだろう。

「まだ何もしてないよ？ これからするんだけど。色々ひどいこと言ってたし、お仕置きされても泣き言は言わないでね」

「い、今、今のうちに、逃げっ……」

「うーん、でもまあそっか。ディ……じゃなくて、あの人はいいけど、他の人に戦ってるとこ見られるのはちょっとね」

まさに一瞬の早業《はやわざ》だった。男たちが雇った用心棒二人が部屋に入ってくる前に、アイリーンの姿が四つに分かれ、四人の男の後ろに回る。それはただの残像のはずが、男たちに一撃を加えたあと、一つに収束する――まるで魔法でも使っているようだが、アイリーンは純粋《じゅんすい》に体術と足さばきで、この動きを可能にしている。あまりにも速すぎて、アイリーンの技が遅れて見えているのだ。

うめき声すら上げる間もなく、四人の男たちが昏倒《こんとう》する。しかし俺は見ていた――アイリーンは、ラーグと呼ばれた男だけに手加減をしていた。後で事情を聞き出すためだろう。

今の俺は一見すると明かり虫のように小さな魔力の球体だが、戦闘《せんとう》評価は5万ほどになる。SSランク冒険《ぼうけん》者に相当する今の状態で、辛《かろ》うじてかすかに視認できるスピード――それが、近接格闘のみで冒険者強度10万を超《こ》えるアイリーンの実力だ。

「今のはシュペリア流格闘術、修羅《しゅら》幻影拳《げんえいけん》っていうんだけど……聞いてないか」

実力差がありすぎて、アイリーンは汗《あせ》一つかいていない――ただ遊んでいるだけだ。

「じゃあ次は用心棒の人……手ぶらってことないよね。そのマントの下に何か隠《かく》してる？」

『アイリーン、気をつけろ！　何か投擲《とうてき》してくるぞ！』

用心棒の一人、小柄《こがら》な男がマントを撥《は》ね上げ、隠し持っていたナイフを投擲する。

アイリーンはにやりと笑うと、長いおさげを振り乱しながら、飛んでくるナイフを拳《こぶし》で叩《たた》き落とす。パン、パンッと小気味のいい音がして、投擲された二つのナイフが弾《はじ》かれて壁《かべ》に突き立った。

「結構速いけど、女の子の顔を狙うのはちょっとね」

「くっ……！」

「どけ、俺がやるっ！　うぉぉぉぉっ！」

痺《しび》れを切らしたもう一人の用心棒が、剣《けん》を構えて突進《とっしん》し、アイリーンに突きを繰《く》り出そうとする。アイリーンはゆらりとした立ち姿で、微笑《ほほえ》みながら言った。

「刃物《はもの》があれば、素手の相手を何とかできると思った？」

「黙《だま》れぇえっ！」

アイリーンの言葉を挑発《ちょうはつ》と受け取ったか、黒髪《くろかみ》に鉢金《はちがね》を巻いた男が激昂《げきこう》し、渾身《こんしん》の剣を繰り出す――しかし。

「よいせっ！」

アイリーンは軽やかな掛《か》け声《ごえ》と共に、突きをいなすようにして回避《かいひ》すると、そのまま男の頭に手を置き、跳び上がる――並の敏捷性では、そんな回避の仕方は不可能だ。

羽織っていた外套がはためき、深いスリットの入ったスカートの中から伸《の》びた長い素足が露《あら》わになる。

「これ持ってて！」

「うぉっ……！」

そのままアイリーンは外套を脱《ぬ》ぐと、ナイフを投擲しようとしている男に投げつける――男が放ったナイフは外套に突き立ち、穴を開けた。

そこまで読んで外套を脱いだのかと思ったが、それはどうやら違《ちが》ったようだ。

「ちょっとぉ！　それ、ディ……じゃなくて、あの人にもらった結構お気に入りのやつなんだけど！　あったまきたぁ！」

自分で投げておいて何を言うかと思うが、ナイフを防ぐために使われたのなら、ギルドの支給品であるところの外套が破れようと必要経費である。

「舐《な》めるなぁぁぁっ！」

あっさりアイリーンに突きを避《よ》けられた男も、Aランク相当の力を持っている──されるがままではない。後ろに振り向きざまに繰り出された斬撃《ざんげき》は、見覚えのある剣術の型に添《そ》って放たれ、なかなかの太刀筋《たちすじ》をしていた。

しかしアイリーンにとっては、止まって見えるものでしかない。

「──ハイッ！」

アイリーンは気合いの一声と共に足を踏《ふ》ん張る。『震雷《しんらい》』と呼ばれるその歩法は、次に繰り出す必殺の一撃のための構えである。

後ろから横薙《よこな》ぎに襲《おそ》いかかる敵の剣を、アイリーンは凄《すさ》まじい速さで身体《からだ》を落として回避すると、地面に着くほどの低い姿勢から、上にカチ上げるように掌底《しょうてい》を繰り出す。

バギン、と音がした──アイリーンの一撃で剣が折れたのだ。剣の側面、重心の関係で折れやすい点を正確に打ち抜《ぬ》くことで。

そして、それで終わりではない──低くした身体を撥ね上げるようにして、アイリーンは背中から肩を、後ろにいる用心棒に思い切りぶつける。

シュペリア流格闘術奥義《おうぎ》、『羅刹星天衝《らせつせいてんしょう》』。アイリーンの美しい足が伸びきり、力を全て激突点《げきとつ》に集約させる――ドゴォ、と凄惨《せいさん》な音がして、食らった用心棒は弓なりに反って飛んで行き、壁に激突する。そのまま数秒張り付いたあと、ドサッ、とようやく重力に引かれて落下した。

それでももう一人は逃《に》げることをしない。技を放った直後のアイリーンの隙《すき》を狙《ねら》い、再びナイフを投じる――Bランク冒険者ならば、このナイフを回避することはできない、それがAランクとの実力差だ。

しかしアイリーンはSSSランクである。どのような不利な体勢に見えても、Aランクの相手に対して隙を生じるということはありえない、それが厳然たる力の差というものだ。

「――はぁっ！」

アイリーンは瞬時に体勢を立て直し、蹴《け》りを繰り出す――美しい白い足が正確にナイフを弾き、そこから彼女の神業が始まる。

蹴りの力を加減し、アイリーンはナイフを少し浮《う》かせるだけに止《と》める。

そして回転しながら滞空《たいくう》するナイフに、振りぬいた足を戻《もど》して蹴りを入れる。どれだけの身体能力があれば、そんな動きが可能になるのか――俺はもう何も言わず、彼女の技を見せつけられる他ない。

「ぐっ……ば、化け物かっ……！」

蹴り返されたナイフは、用心棒の男が羽織っていた外套の肩の部分を貫《つらぬ》き、彼が背にしていたドアに縫《ぬ》い留める。アイリーンはすたすたと歩いていくと、もはや圧倒《あっとう》されて抵抗《ていこう》も忘れている男の目の前に立ち、腰《こし》に手を当てて尋《たず》ねた。

「ドアの弁償代金、後で請求《せいきゅう》するから。うちのボスはそういうとこ律儀《りちぎ》だからね」

「……は……？」

「あたたたたたたっ！」

アイリーンは目にも留まらぬ速さで連撃を叩き込む。どんな原理か、後ろまで打撃の衝撃が貫通《かんつう》しており、ドアに無数の打突痕《こん》がつけられていく。

「かはっ……」

用心棒は服がずたぼろになるまで打ち込まれ、白目を剝《む》いて気絶してしまった。俺が渡《わた》した外套を破られたことで、アイリーンは本気で怒《おこ》っていたということだ。

アイリーンはふー、と息をつくと、誰も動く者がなくなり、見ている者がいなくなった部屋で派手な蹴りを二発繰り出し、ビシッと構えて言い放った。

「世の中の悪事は見逃《みのが》さない！　困った人は放っておけない！　絶対無敵の『仮面の救い

手』、ここに見参！」

やはり誰も聞いていないのだが、なぜミラルカといい、相手を倒《たお》してから名乗りを上げるのだろう。というか、名乗りは絶対に必要なのだろうか。目立ちたくはない、だがやってみたら気持ちいいだろうというのは分かる。

『ミラルカとは、決めゼリフについて意見の相違《そうい》があるみたいだな』

「え、ミラルカは何て言ってた？　ユマちゃんも一緒《いっしょ》に、今度意見を出し合って決めることになってるんだけど。あたしの方がかっこいいよね？」

『僅差《きんさ》だな……しかし、俺は本当にやることがなかったな』

「あたしだって、本気出すところなくて力を持て余してるんだけど。あ、今の状態でもディックってこの人たちより全然強いよね？　ちょっと戦ってみる？」

『遠慮《えんりょ》しとくよ。それより、このラーグって男が言ってたことが問題だ。アイリーン、マナリナたちの警護に当たってくれるか。続けての仕事で悪いが』

「うん、分かった。この人たちどうする？　ギルド員の人に頼《たの》んで、捕《つか》まえといてもらう？」

ラーグ以外の三人、そして用心棒二人は起きる気配がない。ラーグの動きを封《ふう》じると、確実にヴィンスブルクトは、自分の企《たくら》みが阻止《そし》されようとしていることに気づくだろう。

『とりあえず、ラーグからもう少し話を聞くか。おい、ベルベキアはいつ攻《せ》めてくるんだ』

「……ベルベキア……前の連絡《れんらく》では……明日《あした》あたり……ジャン様とは、決裂《けつれつ》……利用されただけ……」

そうなるとは思っていたが、王女を手に入れられなかったジャンは、ベルベキアにとって必要ないと見なされ、軍道を作らされただけで切り捨てられたということだ。

『お前たちは、国を売って生き延びるつもりででもいたのか？』

「国境の砦《とりで》に、部下……ベルベキアが来たら、投降するように手配を……ぐぉっ！」

俺が何も言わないうちに、アイリーンはラーグの脳天に頭突《ず》きをする。彼女が本当に怒ったときに出る攻撃《こうげき》だ——鬼《おに》族は石頭なので、見た目以上の威力《いりょく》がある。

「そんな工作ばっかりして、アルベインが負けたらどうするの？　こんな人たちの言うことを聞く人も、まとめてお仕置きしなきゃ。ねえディック、やっちゃっていいよね？」

『気持ちは分かるが、まあ待て。ベルベキアが国境に接近する前に、こっちとの力の差を教えてやればいい。アイリーン、マナリナの警護に行く前に、コーディに伝言を頼めるか』

「うん、分かった。ディックに呼ばれたら、コーディも喜ぶと思う。ディックのこと、大す……じゃなくて、友達だもんね」

『改めてそう言われると照れるけどな。まあ、俺は友達だと思ってるが』

アルベイン王国には、魔王討伐隊《まおうとうばつ》――『仮面の救い手』を装《よそお》ってはいるが、絶対的な力を持つ俺たちがいる。

そのことをベルベキアに知らしめる役目は、やはりあいつが一番の適任だろう。

輝《かがや》ける光剣・コーディ。彼の力があれば、ベルベキア軍に戦うことの無益を教えることなど造作もない。

「あ……そういえば。さっき回し蹴りしたけど、ディック、見える位置にいたよね？」

『……黙秘《もくひ》する』

「ふぁぁっ、きょ、今日はちょっといい感じの下着だけど、見せたいわけじゃないから！忘れてね、ほんとに！」

『白いものが見えた気がするが、気のせいってことにしておくよ』

「ま、待って、赤ってことにしておいて！　白とかほんとのこと言っちゃだめぇ！」

『妖艶《ようえん》にして鬼神《きしん》』、その二つ名の所以《ゆえん》を十割見せてもらうとまではいかなかったが、見学している俺にしてみれば、アイリーンの戦う姿は、踊《おど》り子《こ》が舞《ま》いでも踊っているかのように艶《あで》やかだった。

6　勇者の嘘《うそ》と虎人族《ティグレス》の宴《うたげ》

　倒した用心棒の素性《すじよう》は、所持していたギルドカードで把握《はあく》できた。五番通りにある『紫《むらさき》の蠍亭《さそりてい》』に所属するAランク冒険《ぼうけん》者が二名。暗殺者、用心棒を多く擁《よう》していることで有名なギルドだ。その性質上、ガラが悪い連中が多い。

「他のギルドの人でも、この場合はいったん捕まえておかないとだよね？」

『まあそうだな。ラーグたちの依頼《いらい》を受けて動いていたんだから仕方がない。ギルドは受けた仕事をこなすものだが、受諾《じゆだく》するかは判断の自由があるわけだからな』

「ディックはいつも、依頼内容をじっくり聞いて決めてるもんね」

　俺のギルドに接触《せつしよく》できるよう情報を与《あた》える時点で、すでにギルド員による依頼者の予備審査《しんさ》は済んでいるといえる。そのおかげで、ギルドを汚《よご》れ仕事の処理場と勘違《かんちが》いしたような依頼を持ち込まれ、対応に困ることもそうはない。

　十分な腕力《わんりよく》のある男性のギルド員を何人か呼んで、ラーグたち六人を、ギルドで幾つか持っている近くの物件へと運ばせる。そしてアイリーンを介《かい》して宿の店主に金を払《はら》い、室内の修繕費《しゆうぜんひ》を精算した。あとでラーグたちに請求させてもらうが。

「それじゃ、あたしはコーディのとこに行ってくるね。ディックは向こうに戻るの？」

　俺とミラルカは長老の家での酒宴《しゆえん》の席に招かれ、大勢の虎人族の歓待《かんたい》を受けているが、そのうち酒が入った虎人族たちは陽気になり、芸などを見せ始めた――それを見ながら、ミラルカは寝入《ねい》っている状態の俺の身体を見守りつつも、手持ち無沙汰《ぶさた》でいる。

本体の俺はミラルカに酒を注《つ》がれている——ろくに返事をしてくれないからつまらないわ、とミラルカは言っている。このままだと拗《す》ねてしまいそうだ。

やはり戻るべきか。しかし、アイリーンの胸にある魔法文字《ルーン》が消えない限り、『小さき魂《スモールスピリット》』の効果は——。

「ディック、聞いてる？」

『あ、ああ。分かった、俺は向こうに戻るよ』

「うん、ミラルカによろしくね。帰ってくるのは明日？　……それって朝帰りじゃない」

『あいつが俺に何かさせると思うか？　俺はそこまで怖《こわ》いもの知らずじゃないぞ』

「そんな思ってもないこと言っちゃって。ディックって可愛《かわい》いよね、ときどき」

『お、思ってもないってどういうことだ。俺は……』

「はいはい、いいからそろそろ戻ってあげなよ。ミラルカって寂《さび》しがり屋だから、きっと待ってるよ？」

『ああ。アイリーン、ありがとうな。今回は、世話になった』

「っ……う、うん。そんな、お礼なんていいって。あたし、フリーだけどディックのギルドの一員だしね」

アイリーンは照れて髪《かみ》に触《ふ》れながら言う。鬼族と人族のハーフである彼女の髪は、鬼族の血が濃《こ》いために白に赤が少し混じったような色になっている。桃《もも》の色が近いだろうか。

「じゃあ行ってくるね。仕事が終わったら、みんなで集まってお疲《つか》れ様会しない？　ユマちゃん、今回呼んであげなくて寂しがってるかもだし」

『そうだな。たまには何も考えずに、頭を空っぽにして飲みたいもんだ』

アイリーンは微笑《ほほえ》み、穴が開いてしまった外套《がいとう》をそのまま羽織ると、フードを被《かぶ》って宿の窓から出ていった。ベランダから屋根に上がり、屋根から屋根に飛び移って移動するのは、俺の思想である『目立たない』を実行するための、彼女なりの常套手段だった——猫《ねこ》のように足音がしない彼女は、住人に気づかれずに駆《か》け抜けていくことができるからだ。

コーディが住んでいる場所は、騎士《きし》団の幹部家族が住んでいる区域だった。貴族の住んでいる地区とは反対側にあり、王都の北東部にある。

「あれがコーディの部屋だよね……よっ！」

正面玄関《げんかん》から入らず、アイリーンは庭の木を足場にして跳《と》び、コーディの部屋のベランダに着地した。

「ふー……コーディ、いるー？」

アイリーンが軽く窓を叩《たた》くと、コーディが窓に近づいてきた。

「こんばんは。相変わらずだね、こんなところから来て。裏口から入ってもいいのに」

「あはは、ごめんね。ちょっと急ぎで伝えなきゃいけないことがあって」

「何となくそんな気はしていたよ。ディックが呼んでくれそうな気がしてたんだ」

コーディは窓を開けてアイリーンを部屋に招き入れる。部屋の中には床《ゆか》に布が敷《し》かれて、その上に手入れをされた鎧《よろい》一式と剣《けん》が置かれていた。

騎士団長の位を授《さず》かったときに、国王から授与《じゅよ》された白銀《しろがね》の鎧と、柄《つか》に王家の紋章《もんしょう》を刻まれた長剣。彼はその剣を戦いに使用することはないが、鎧を着るときは常に帯びていた。

「髪が濡《ぬ》れてるけど、戦いに出る前に、身体《からだ》を清めてたとか?」

「というより、今日は一日部隊の訓練をつけていたから、汗《あせ》をかいてしまったんだ」

コーディは上半身にサラシを巻き、下はショートパンツという、騎士団長としてはあるまじき恰好《かっこう》でいた。装備の手入れを終えたあと、入浴する――それが、彼の剣士としての毎日の備えだった。それはSSSランク冒険者として認定され、魔王討伐隊を組んでからも、変わることのなかった習慣である。

そのはずが、一つだけ、冒険者として旅をしているときとは変わっていることがあった。

「お風呂《ふろ》から上がったらすぐに巻いてるんだ。コーディ、家にいるときもずっとそうしてるの？　たまには楽にした方がいいと思うよ、育ちざかりなんだから」

「アイリーンほどじゃないよ。しかし、最近は自分で巻くのが大変になってきてしまった……君にやってもらっていたときは、しっかり巻いてもらえていたのにね」

「あのときはほんとにびっくりしたよ～。でも、元から何となく分かってたけどね」

コーディは何も言わず、ただ苦笑して、胸にきつく巻かれた白い布に手を当てた。

「コーディ、すっごく大変な思いしてるもんね……五年前にディックと会ってから、ずっとだもんね。あたしなら途中《とちゅう》で開き直っちゃって、ディックにほんとのこと言っちゃうよ」

アイリーンはコーディに近づき、彼の身体に巻かれた布――サラシを指さす。上半身全体が過剰《かじょう》なほどに締《し》め付けられ、固められていた。

「慣れるとそれほど大変でもないよ。弓使いは、常にこうするものだしね」

「胸に弓の弦《つる》が当たっちゃうからっていうよね……コーディはもっと苦しそうだけど」

「これくらいはどうということはないよ。僕が、自分で決めたことだから。巻き方を工夫すれば、常に身体に負荷がかかって、鍛錬《たんれん》にもなるしね」

コーディは布で髪の残りの水分を拭《ふ》き取る。拭きあげるときに白い首筋を露《あら》わにすると、アイリーンははぁ、とため息をついた。

「ディックもなんで気づかないのかな。あれだけコーディと一緒《いっしょ》にいるのに」

「それは、僕のことを信頼してくれているからだよ。僕がそうしているようにね」

コーディはアイリーンに椅子《いす》を勧《すす》めたあと、いつも鎧の下に身に着けているアンダーシャツに袖《そで》を通す。すると、サラシを巻いていることが一見して判別できなくなった。

「……ごめん、コーディ。あたし、ディックに余計なこと言いそうになっちゃった。コーディがディックのこと、大事に思ってるみたいなこと言いかけて……」

「気にすることはないよ、アイリーン。僕はディックを大事に思っているし、その気持ちは君たちに対しても、国王陛下、この国の人々全員に対しても同じだよ」

「そんな優等生みたいなこと言って。ずっと黙《だま》ってて、辛《つら》くないわけないのに」

「……ありがとう。僕は大丈夫《だいじょうぶ》だよ。辛いとは感じていないし、嘘をついているということも忘れそうになるくらいだ」

アイリーンは「それこそ嘘つきだよ」とつぶやく。

コーディの耳には届かなかったのか、それとも、聞かないふりをしたのか。彼は席を立ち、そして手を前にかざす。それは、『光剣』を呼び出すときの構えだった——今は剣を呼ぶことはなく、ただ構えだけを見せる。

「僕はこれからも、彼の剣であろうと思っている。彼が行けと言えば、どこにでも行くよ」

「……ほんとに好きなんだね。ディックも早く気が付いたらいいのに」

「……気づかれてしまったら、僕はディックを気絶させて、記憶《きおく》を消さないといけないね。彼には、絶対に知られてはいけないんだ。僕が……」

コーディがアイリーンの前で、誓《ちか》いを立てようとする──その途中で。

『俺』には急に何も聞こえなくなって、コーディの部屋から意識が離《はな》れていく。

──ック、ディックったら。もう……意識が完全に向こうに行ってるじゃない。

俺のことを呼ぶ声がする。ここで、魔法《まほう》は時間切れだ──否応《いやおう》なく、意識が本体に引き戻《もど》されていく。

「……ん……何か、柔《やわ》らかい……」

「何を言ってるのよ……お酒を注《つ》いであげてたら、急にこっちに倒《たお》れてきたんじゃない。重いから早く起きて、足がしびれてしまうわ」

「足って……み、ミラルカ、悪いっ……！」

虎人族の祝宴が行われている、百人ほどが入っても余裕《よゆう》のあるテント。

その主賓《しゅひん》席で、俺はミラルカに膝枕《ひざまくら》をされていた。ヴェルレーヌにされたときと負けず劣《おと》らず、それでいて唯一《ゆいいつ》無二の弾力《だんりょく》が、後ろ頭を適度に沈《しず》み込ませ、受け止めてくれていた。

　しかし甘んじて膝枕をされ続けるわけにもいかないので、身体を起こす。

『小さき魂《スモールスピリット》』の媒介《ばいかい》としてアイリーンに書かれた魔法文字。それが効果を喪失《そうしつ》するまで、俺にはアイリーンとコーディのやりとりが聞こえていた。盗《ぬす》み聞きになると知りながら、俺は仲間たち二人のやりとりに意識を向けてしまった。

　コーディは俺に何かを黙っているという。そして、絶対知られてはいけないことがあるとも言っていた。

　俺はコーディが上半身にサラシを巻いている姿や、髪を拭くときの仕草を見て、自分でも自覚したくはない感情を覚えたことに、大いに罪深さを感じていた。

　もはや、答えが分からないわけもない。俺の親友、コーディの正体は——。

「……何だか動揺《どうよう》してるみたいね。リコ、気付けの飲み物を用意してあげて」

「これ、ドワーフから作り方教わった、火酒。飲んだら身体が熱くなって、気付けになる」

「す、すまん……ぐっ、こいつは効くな……だが、製法上の問題で少し純度が低いようだ。三日待ってくれ、俺が本物の火酒をこの村にもたらそう」

「仮面の人、美味《おい》しいお酒の作り方知ってる！　すごい！　長老様に教えてくる！」

　リコは興奮ぎみに長老のところに走っていく。つい酒場を経営する者として酒の味にうるさくなってしまった——そんな俺を見て、ミラルカは不思議そうな顔をしていた。

「何かあったみたいだから、後で詳《くわ》しい話を聞くわね。今夜じゅうに帰るのは難しそうだから、泊《と》まれるように話をつけておいたわよ」

「あ、ああ……ありがとう、ミラルカ」

そう答えてから気が付く。客人を泊めるためのテントは、もしかして一つしかなかったりするんじゃないのかと。

俺が疑問を口にできずにいるうちに、ミラルカは果汁《かじゅう》で割った酒の杯《さかずき》を傾《かたむ》けながら、テントの中央で繰《く》り広げられる虎人族《ティグレス》の女性たちの舞《ま》いを、興味深そうに見ていた。

第五章　仮面の救国者たち

1　光剣の勇者と国境の砦《とりで》

アイリーンとの談話を終え、彼女と別れたあと、コーディ・ブランネージュは南西の国境に向かうため、密《ひそ》かに王都を離れた。

『銀の水瓶亭《みずがめてい》』は、王都アルヴィナスだけでなく、アルベイン王国の全域に幾《いく》つかの拠点《きょてん》を持っている。その拠点間は、転移魔《ま》法陣《ほうじん》によって相互《そうご》に行き来をすることができる。

転移魔法陣を設置するには、転移魔法を封《ふう》じ込めた魔法結晶《けっしょう》が必要である。この魔法結晶は古代遺跡《いせき》などから発掘《はっくつ》されたものを使用するが、それを利用することはできても、原理は解明されていない。

そのため、転移魔法の魔法結晶は希少価値が高く、金では取り引きすることができない。銀の水瓶亭は遺跡や古代迷宮の調査をある時期に精力的に行い、設置済みのものを含《ふく》め、それを八つ所持していた。

そのうちの一つが、南西の国境近くの宿場町に設置されていたというのは、コーディが銀の水瓶亭の要請《ようせい》を受けて行動を起こす上での大きな助けとなった。

騎士団の中に、コーディが王都を離れることを知る者は、副団長の重騎士マルロのみ。

しかしコーディは彼の家に仕えるメイドに『体調不良により騎士団詰所《つめしょ》への出頭が遅《おく》れる。翌日の昼までに戻る』という封書《ふうしょ》を渡《わた》したのみで、マルロに自分がどこに行くのか、何をするのかまでを伝えることはなかった。怪《あや》しまれる前に戻れるかは賭《か》けであったが、ラーグからもたらされた「ベルベキアが明日攻《あしたせ》めてくる」という情報を信じての行動だった。

アイリーンに教えられた通りコーディは『銀の水瓶亭』に向かい、ヴェルレーヌの案内で、店の地下の酒蔵《さかぐら》に降りた。ヴェルレーヌは並んでいる名酒の酒瓶《さかびん》の棚《たな》を見て、ある一本の瓶を外すと、その奥にある仕掛《しか》けを押した。

部屋の奥、酒瓶を持つ女の絵画が飾《かざ》ってある壁《かべ》が、ゆっくりと回転する——隠《かく》し扉《とびら》だ。

「なるほど……裏口から出入りするようにと言われたわけだ。こんな秘密があったとはね」

「ご主人様が店にいるときは、彼がここの門番のようなものだから、何も案ずることはないのだがな。私も引退したとはいえ、元魔王だ。貴君でもなければ、転移結晶を狙《ねら》う者が現れても負けることはない」

「昔はあなたの暗黒魔法に、僕も苦戦させられた。流血させられたのは初めてだったよ」

「血まみれになっても私を殺そうとしなかったな。光剣を全力で振《ふ》るえば、私など八つに切り裂《さ》かれていただろうに」

過去の戦いについて二人が語るのは初めてのことだった。ヴェルレーヌは店主として、コーディは客として、常にその距離《きょり》を保っていた。

「ディックはあなたと戦う前から、魔王討伐《とうばつ》が終わったあとのことを考えていた。あなたを殺してしまったら、魔族は必ず最後の一体になるまで、アルベインへの憎《にく》しみを絶やすことがない。魔王国に入ってから各地を見聞する中で、彼はそう判断したんだ」

「……魔王国に入って三ヶ月。魔王城の守備を手薄《てうす》にするための撹乱《かくらん》が目的だと思っていたが、ご主人様は、私の国の実情を見ていたのだな」

「あなたの所に駒《こま》を進めるための準備だと言っていたけど、ディック以外の四人は、全員が魔王城になぜ向かわないのかと疑問に思っていたし、衝突《しょうとつ》もしたんだ。でも彼は最低限の労力で目的を果たすには準備が必要と言って、僕らを説得したのさ」

ヴェルレーヌはその考えに十三歳で至ったことを信じがたく思う。ダークエルフは長命だが、ヴェルレーヌもまた早熟と呼ばれ、二十代から才覚を示し、前王の退位を早める形で女王の座に就《つ》いた。その彼女から見ても、ディックは自分より長く生きているのではないかと思えることがあった。

「ご主人様にとっては、それは当たり前のことなのだ。周囲から見れば遠回りであっても、彼にとっては最短であり、そうでなかったことは一度もない。だからこそ私は疑問に思う……なぜ、コーディ殿《どの》の正体に気づかずにいるのかを」

「貴族の女性たちが、僕がパーティに出るのを心待ちにしている……なんて言っていたのに。あなたも人が悪い」

「本当に魅力《みりょく》的な人物には、男も女もない。女勇者が、宮廷《きゅうてい》の女性を籠絡《ろうらく》するなどという物語も、耽溺《たんでき》する者はさほど珍《めずら》しくない。私に仕えていた者にも、同性にしか興味を持たない者がいたからな」

「僕もきっと、ディックにそう疑われていると思う。必要がなければ会わないくらいでちょうどいいのかもしれない」

「ご主人様はギルド員には慕《した》われているが、気を許して話せる相手は少ない。コーディ殿もその一人なのだから、私としては通ってもらった方がありがたい。あの方が十八歳という年齢《ねんれい》相応の顔をするのは、コーディ殿が来たときくらいなのだから……さて、雑談はこれまでとしよう」

ヴェルレーヌは隠し扉の向こうにある部屋にコーディを招き入れる。そこには、空中に浮《う》かぶ拳大の大きさの転移結晶があり、その下の床《ゆか》には複雑な紋様《もんよう》——魔法陣が描《えが》かれていた。

「これが転移の魔法陣……誰《だれ》でも利用することができるのかい？」

「大まかな目安になるが、この国における魔術《まじゅつ》評価が2万以上の者でなければ、魔法陣を起動することはできない。ご主人様が条件付けをしているのでな」

「ディックはそんなことまで……」

「ご主人様は特定以上の魔力量がなければ起動しない魔法陣を描くことができるのだ。強化魔法の逆の作用を起こし、術者の魔力を百分の一に絞《しぼ》る『関門《リミッター》』を設定する。それを通過することができれば起動できるというわけだな。コーディ殿も、魔力量だけなら条件を満たしているぞ」

「いや、僕は魔法のことは他のみんなに任せるよ。僕が使える魔法は一つだけで、他の魔法を覚えようとすると上手くいかない。転移の魔法も、あなたに起動してもらうのが一番いいだろう」

コーディは謙遜《けんそん》しているのではなく、本当に『一つの魔法』以外を使わないのだとヴェルレーヌは理解する。コーディから感じられる精霊《せいれい》の気配はただ一つで、火や水といった元素精霊を呼び出す魔術を使用した痕跡《こんせき》は全くなかった。

そう——コーディが契約《けいやく》している精霊は、たった一つ。その一つを前に、ヴェルレーヌは膝《ひざ》をついたのだ。

「転移する先は国境の内側だが、それでいいのか？　ベルベキア軍を国境の中に入れるわけにはいくまい」

「国境壁《へき》に上り、ベルベキア軍が見えたところで戦いを終わらせる。僕は本来、そういうことに特化しているからね。間合いに入らなければ打撃《だげき》を与《あた》えられないのは、あなたのような魔王だけだよ」

「それは光栄と言っていいのか……光剣《こうけん》の勇者と近接戦闘《せんとう》をして、生き残ったことを喜ぶべきなのか。いや、手加減をされたことを恥《は》じるべきなのだろうな」

「そんなことはないよ。僕たちは五人で、ようやくあなたを倒せたんだから」

コーディは爽《さわ》やかに笑うと、ヴェルレーヌに握手《あくしゅ》を求めた。ヴェルレーヌは右手の手袋《てぶくろ》を外すと、勇者の手を握《にぎ》り返した。

「健闘を祈《いの》る。ご主人様が帰って来たら、ぜひ活躍《かつやく》を報告してくれ」

ヴェルレーヌは魔法陣を起動させる。コーディの視界は光に包まれ、白に染まる。

そして光が薄《うす》らいだあと、コーディの目の前にある景色は一変していた。目の前には、壮年《そうねん》の男性魔法使いが立っている。『銀の水瓶亭』のギルド員だとコーディは判断した。

「ギルドマスターから連絡は受けております。こちらで協力できることはございますか、騎士《きし》団長殿」

「一つ頼《たの》みたいことがあるんだ。それと僕のことはこう呼んでくれ。『仮面の救い手』と」

「これは失礼いたしました……全く、あの方も、そのお仲間も、考えることが破天荒《はてんこう》でいらっしゃる」

コーディは白銀《しろがね》の鎧《よろい》が目につかないように赤い外套《がいとう》を纏《まと》い、黄色の仮面を被《かぶ》る。正体を偽《ぎ》装《そう》しているにしては派手で目を惹《ひ》く姿に、男性魔法使いは皺《しわ》の刻まれた目元を細めて笑った。


コーディが国境近くの宿場町に転移した、数刻ほどあとのこと。

夜明け前の国境の砦近くに、派手な仮面の人物が現れた。守備兵に質問されても何も答えず、砦の外壁を恐《おそ》るべき体術で跳躍《ちょうやく》を繰り返して登っていき、瞬《また》く間にその頂上に辿《たど》り着いてしまった。

「な、何だ貴様！　そこから降りろ！」

「ここは無関係の人間が来ていい場所じゃ……うわっ！　て、敵襲《てきしゅう》、敵襲ぅぅっ！」

「西の方角に、大軍が……っ、ベルベキア軍が……っ！」

ベルベキア側を見張る兵たちが騒《さわ》ぎ始めると同時に、コーディは砦の見張り塔《とう》の屋根の上から、まだ薄暗い西方の平原に、ベルベキアの大軍の姿を認める。

およそ五万にも及《およ》ぶ、騎兵と歩兵、攻城《こうじょう》兵器で構成された軍。ベルベキアはヴィンスブルクトの力を借りずとも、アルベインを攻めるつもりでいたのだ。

エクスレア大陸北部に広大な版図を持ち、豊かな鉱産資源と穀倉地帯を持つアルベインだが、ベルベキアにとって魅力的であったのは、国土を南北に貫《つらぬ》く大河が流れ、地下水も豊富であるという土地事情であった。

水はベルベキアの民《たみ》にとって貴重であり、奪《うば》い合い、争いの原因となってきたものであった。現在ベルベキアは九つの民族が統合して共和国と名乗っているが、その実は、強力な騎馬隊を持つガラバ族が、一つずつ他の部族を併合《へいごう》していき、国の形を成したという、実質的には軍事独裁国家の様相を呈《てい》していた。

しかし軍事国家であるベルベキアは、それ以上の武力に屈《くっ》し、長く他国から搾取《さくしゅ》を受けていた。

ベルベキアのさらに西方には、Sランクの魔王が統《す》べる領土がある。魔王は一度ベルベキアの領土に侵入《しんにゅう》し、一つの村を灰燼《かいじん》に帰した。それは、ベルベキアの民にとって国の滅《めつ》亡《ぼう》を覚悟《かくご》する出来事であった。

魔王はそれ以上侵攻せず、貢物《みつぎもの》を求めた。村を攻めたのは滅《ほろ》ぼすためではなく、奪うためであった。

長く奪い続けられたベルベキアは、それでも国力を軍事に注ぎ、『黒鉄騎兵団』を編成した。魔王の国を相手に決死の戦いを挑《いど》むよりも、人間の国の方がまだ勝てる見込みはあるとそう考えたのである。

ベルベキアの将官、そして兵士たちは、この戦争に希望を託《たく》していた。かつて九つの民族を平定したガラバが、もう一つの民族――アルベイン王国の国家を併呑《へいどん》する、それができないはずはないと信じていた。

しかし、彼らは知らされていなかった。

アルベインの平和が、ＳＳＳランクの魔王を討伐することで得られたものであることを。ヴィンスブルクトは彼らに教えなかった。ベルベキアに都合の良《い》いことだけを吹聴《ふいちょう》し、ベルベキアもまた異国の民であるヴィンスブルクトを信じなかった。

それで、どうして勝てると思ったのか。コーディは怒《いか》りではなく、憐《あわ》れみを抱《いだ》いていた。

そして同時に、進軍してくる兵たちが、一人も命を無駄《むだ》にせずに済むようにと願った。

「――アルベインの守備兵たちよ、そこを動くな！」

仮面の効果で、コーディの声は別人のように変化していた。その低く響《ひび》くような声に、守備兵たちは圧倒《あっとう》される。

「何を言って……て、敵が攻《せ》めてきてるんだぞ！　あの大軍じゃ、ひとたまりも……」

「に、逃《に》げろっ！　砦《とりで》を捨てて逃げろ、そうすれば助かる！」

声高《こわだか》に言って逃げていく何人かの兵。コーディは砦まで連れてきた『銀の水瓶亭《みずがめてい》』のギルド員たちに、彼らを捕縛《ほばく》するように指示をしていた。

アルベイン騎士団に、敵を前にして逃走《とうそう》する者はいない。コーディは自分の部下に離反《りはん》者が出たことを悔《く》やんでもいたが、それは今後につなげる反省にもなった。

「ベルベキア……今回は帰ってもらうよ。いずれ、あなたたちも救われるときが来るから」

隣国《りんごく》を脅《おびや》かす魔王《まおう》の存在を知り、あのディック・シルバーが放置するはずがない。

彼ならば、隣国の人々が苦しんでいる現状を知れば、まだ存在すら知らぬ魔王国と迷いなく戦うことを考え、『目立たないように』人々を救ってみせるだろう――今までそうしてきたように。コーディはそう信じて疑わない。

夜明けが近づき、コーディの背後の遥《はる》かな後方から、太陽が昇《のぼ》り始める。

その仮面の下の白い頬《ほお》に、光る雫《しずく》が一筋流れた。

それがなぜなのか、コーディには自分でも分からなかった。

「僕は、君のための駒となれているだろうか……ディック」

誰にも届かない声で言うと、コーディは背に太陽の光を浴び、正面に手をかざした。

無音詠唱《えいしょう》――それを幼くして体得していなければ、どうなっていただろうかと思う。

（きっと君を欺《あざむ》くことができずに、僕は……『変な女』だと思われてしまっていたかな）

男性を信じられずに、ディックのことも信じずに、ミラルカよりも酷《ひど》い態度を取って、嫌《きら》われていたかもしれない。

しかしどんな経緯《けいい》を経ても、ディックは自分の心を開いてしまうだろうとも思う。

（そんなことを考えると、自分の悩《なや》みが馬鹿《ばか》らしくなる。君というやつは本当に……）

コーディは流れる涙《なみだ》を気にすることなく、長くの間封《ふう》じ込め続けた、両親から与えられた本当の名を口にした。

「コーデリア・ブランネージュの名において請願《せいがん》する。剣精ラグナよ、我が手に光の剣を与えよ……！」

コーディとは、コーデリアが冒険《ぼうけん》者強度の測定を受け、SSSランク冒険者となったときからの偽名であった。

魔王討伐《とうばつ》の旅路では真の名前を名乗らず、無音詠唱で光剣を呼び出してきた。それはただ、ディックを欺くためのことだ。

剣精は「特異精霊」と呼ばれ、元素精霊と違《ちが》い、世界に一体しか存在しないとされている。コーディ――コーデリアが初めに精霊との契約を行ったとき、彼女は剣精に選ばれ、契約者となった。

剣精の力がもたらす魔力剣のうち一つが、『光剣《ライトブレード》』である。

それは光の属性の刃《やいば》を持つ剣という側面もあり、ヴェルレーヌとの戦いではそのような形で使用された。

しかしコーデリアの光剣の真の姿とは、『光そのもの』である。

近接戦闘において剣の形で使用すれば最大の威力《いりょく》を発揮するが、必ずしもその形にこだわる必要はない。光そのものの性質を持つ武器として使用したとき、何が起こるか——。

——光剣《ライトブレード》・超長距離光弾《ホライゾンバレット》——

光剣の形状が変化し、二つの光弾《こうだん》の形に収束しきったあと、光弾が消える。

ほぼ同時にベルベキア軍の旗印が射貫《いぬ》かれ、その近くにいた総指揮官の鉄兜《てつかぶと》が、異音と共に弾《はじ》け飛んだ。

光の速さで敵に到達《とうたつ》し、二発の光弾は正確に狙《ねら》った通りの場所をほぼ同時に射貫いた。

剣精の補助によって、コーデリアは自分のいる位置から光が到達する場所までを精細に視認し、狙うことができる。つまり、光が届く場所であれば、射程は理論上無限大だ。精霊の力によって作り出される光は通常の光のように屈折《くっせつ》することもない。

「何だ……ベルベキア軍が混乱してる……!?」

進軍を続けていた大軍に、動揺《どうよう》が走る。あと半刻《はんとき》で国境に到達し、砦を突破《とっぱ》できるだけの兵力が揃《そろ》っている。しかし彼らは歩みを止めた。

「あの大軍が、止まった……仮面のあいつが、何かしたのか……？」

「バカな、この距離《きょり》で一体何ができる」

「だ、だが、何かしたようには見えたぞ……くっ、太陽が眩《まぶ》しくて見えんっ」

光剣を使ったことを知られれば、正体の特定につながる。コーデリアはアルベイン兵の言動を緊張《きんちょう》しながら聞きつつ、ベルベキア軍の動向を見ていた。総指揮官の兜だけを射貫いただけでは、彼らは戦意を失わない可能性がある。

——しかし、コーデリアが思うよりもずっと、ベルベキア軍は未知の恐怖《きょうふ》に対して耐性《たいせい》がついていなかった。

「逃げて……いく……」

「ベルベキア全軍が……ど、どういうことだ……？」

全てを賭《か》けて攻めてくる軍が、こんなことで戦意を失うのか。コーデリアはそう叱責《しっせき》する念も覚えない。

自分の力は、これまでも恐れられてきた。剣精と契約《けいやく》し、その力を知られたときには、強かった兄すらもコーデリアを恐れるような目で見た。ＳＳランクの冒険者が、五歳も年下の少女に恐怖したのだ。

予想外の事態に混乱する兵士たちに、コーデリアはすぅ、と息を吸い込み、ディックならばこう言うだろうという台詞を考え、高らかに言った。

「今、敵の総指揮官の兜を射貫いた！　聞け、兵士たちよ！　僕ら『仮面の救い手』が、何度も窮地《きゆうち》を救うとは思わないことだ！　気を引き締め、日々の訓練を続けるんだ！」

コーデリアは騎士《きし》団長としての口調が出てしまったことを気にしつつ、見張り塔の屋根から、足場を飛び移りながら砦の下まで一気に降りていく。

「仮面の救い手……す、すげえ……一体何者なんだ……！」

「兜を射貫いたって、この距離で……み、見ろ！　やつらの旗が破れてるぞ！」

「あれもあいつがやったのか……か、神業《かみわざ》だ……！」

ベルベキア軍の旗は破れ、ただの大きな布切れになっている。それだけで発言の補強になるかどうかはコーデリアにとって賭けだったが、ある程度彼女の目論見《もくろみ》の通りに進んだ。

「みんな、あとで僕が直々に指導してあげないと……長く敵が来なかったからといって、弛《たる》んでいるのは良くない。これは、厳しい訓練計画を組まないとね」

コーデリアは砦を後にしつつ、振《ふ》り返りながら独りごちた。その口元に、涼《すず》やかな笑みを浮《う》かべながら。

そして、砦からある程度離《はな》れた街道に入ったところで、コーデリアはギルド員と合流する。魔《ま》法陣《ほうじん》の管理をしていた男性魔法使いが、部下を連れて、ラーグに買収された兵たちを捕《と》らえていた。

捕縛した兵たちを王都に連行する手はずを考えながら、コーデリアは再び転移魔法陣を使い、王都へと帰還《きかん》した。それは彼女が自分の屋敷《やしき》を出てから夜が明けるまでの、およそ数時間のあいだの出来事であった。

2　虎人族《ティグレス》の温泉と公爵《こうしゃく》の抵抗《ていこう》

酒宴《しゅえん》を終えたあと、あれよという間にミラルカとリコの二人と同じテントで休むことになってしまったが、客人用のテントが広く、間が幕で仕切られて男女別になっていたことで、それほど寝《ね》つきが悪い夜を過ごすことにはならなかった。

「いや……寝るわけにはいかないだろ。どれだけ飲ませたんだ、ミラルカのやつ」

そう、ゆっくり寝て明日《あした》の朝を迎《むか》えるわけにはいかない。空が白む前には、この村を発《た》たなければ。

俺の読みでは、明け方までにコーディがベルベキア軍を撃退《げきたい》するだろう。その一報が、王都に伝わればどうなるか——ヴィンスブルクト家が取る行動には、幾《いく》つかのパターンが考えられる。

一つは、謀反《むほん》を企《たくら》んだことが露見《ろけん》する前に、王都から逃げ出す。

もう一つは——露見しないとタカをくくり、隠蔽《いんぺい》工作を行う。ラーグやその手下たちを捕らえている以上、完全に悪事の証拠《しょうこ》を消すことはできないので、それは意味がない。

最後は、権力を持つ者が、追い詰《つ》められたときに取る方法。誰《だれ》かに罪を背負わせ、王都に出頭させる……あるいは。考えるだけでも唾棄《だき》すべき思いだが、王位を簒奪《さんだつ》しようとした人間ならば、手段を選ばないという可能性も否定できない。

酔《よ》いが抜けず、少し身体《からだ》がふらつく。俺は思い出したように腹に手を当て、酒の解毒《げどく》を始めた。虎人族の酒はなかなかの味ではあるが、製法の問題で不純物が入ってしまい、悪酔いしやすい。その野趣《やしゅ》あふれる味がいいという客もいるから、虎人族のどぶろく酒はぜひ店に置きたいところだ。

「……あれ？」

幕の向こうで寝ていたはずのミラルカ、リコの気配がしない。

この時間に外に出歩くとは、『可憐《かれん》なる災厄《さいやく》』といえど少し心配だ。リコと一緒《いっしょ》なら、案内してもらってどこかに行っているのかもしれないが。

俺はテントを出て、ミラルカとリコの無事を確認するべく、魔力を辿《たど》って捜索《そうさく》することにした。ミラルカは特に魔力が特徴的《とくちょう》なので、通った場所に痕跡《こんせき》が残りやすい。どうやらミラルカは、リコと共に、村はずれの森の中へと向かったようだ。

「これは……」

森に入ってしばらく進んでいくと、正面から霧《きり》が出てきた。温かく湿《しめ》ったこの感じと、特徴的な匂《にお》い——これは、何だっただろうか。

ますます白い霧が濃《こ》くなり、まだ早朝で辺りは暗く、まばらにしか明かりが設置されていないので、前方がよく見えない。魔力を辿ることも困難になるが、引き返すわけにもいかずに進んでいく。

——すると、目の前に背の高い竹を横一列に組み合わせた壁《かべ》が出現した。その竹の隙間《すきま》から、白い霧があふれてきている。

「……この向こうにいるのか？　おーい、ミラル……」

呼びかけつつ、竹の隙間からその向こうを覗《のぞ》いて——俺は、ちゃぷん、という水音が聞こえてきていることとその意味にようやく気が付いた。

「ふぅ……やっぱりお風呂《ふろ》に入ると落ち着くわ。案内してくれてありがとう、リコ」

「私も入りたかったから、一緒に来てくれて嬉《うれ》しい！　仮面の女の人、大好き♪」

「……あなた、彼になついていたんじゃなかったの？」

っとなおった」

「仮面の人たち、二人とも私の恩人。同じくらい、大事な人。みんなの人間嫌《ぎら》いも、ちょ

「そう簡単に心を許すのも危険よ。私たちは例外的なんだから」

俺の視界に飛び込んできたのは、岩で形作られた風呂――いわゆる露天《ろてん》風呂というやつで、リコに背中を流してもらっているミラルカの姿だった。

ミラルカは俺が正体を明かしてはならないと言ったためか、今も仮面をつけたまま風呂に入っている――仮面以外は全裸《ぜんら》というのも、逆に違う意味で惹《ひ》きつけられるものがあるのだが――と、考えている場合ではない。

湯気で絶妙《ぜつみょう》に隠《かく》れているが、湯気とは流れるものである。決して見えてはいけない桃色《ももいろ》が薄《うす》れた湯気の向こうに見えた気がして、頭に血が上ってしまう。

（昔討伐隊で旅をしてたとき、三人で水浴びをしてたこともあったな……これは覗きじゃないぞ。温泉の匂いだと気が付くのが遅《おく》れただけだ）

声を発したにも拘《かか》わらず、耳がいいはずのリコが気づかないとは――こんなときに天が味方してしまう、自分の運が恐《おそ》ろしい。

「……ねえ、リコは本当に彼と結婚《けっこん》したいの？」

「にゃっ……う、うん。仮面の男の人、素敵な人。すごく強くて、優《やさ》しい」

ミラルカがそんな意見を聞かされても、素直に肯定《こうてい》することはないだろう。

そう、思っていたのだが……。

「ふふっ……あの人、周りが気が付かないと思っているのよね。機転が利《き》くし、顔も整っているほうだし、男性としては他に彼以上の人を見つけるのは大変だから、リコの気持ちも分からないでもないわ」

心臓――もとい、ハートをつかまれる思いだった。

いや、こんなふうにミラルカの本音を聞かされたところで、俺は知らないふりをしなくてはならないし、不誠実なことをしていると分かっているが。

「あの人のこと、もっと知りたい。本当にもう一回、村に来てくれる？」

「ええ、訪問させてもらうわ。仲間も連れて行くかもしれないけれど、いいかしら？」

「仮面の人の友達なら、歓迎《かんげい》する！　すごく楽しみ♪」

「私たちも、お休みの日に遊びに来られる場所が増えて嬉しいわ。このあたりは珍《めずら》しい動物が多いし……それに、あなたのこの尻尾《しっぽ》も……」

「えへへ、くすぐったい。リコのしっぽ、あの人より先に、あなたに触《さわ》ってもらった。女の人に触ってもらうのは、友達のしるし」

「そうなの？　じゃあ、これで私とリコも友達になれたのね」

ミラルカはリコの尻尾の先のモフモフとした部分を触る。リコはそのお礼というように、さらに丁寧《ていねい》にミラルカの身体を流し始めた。

俺は竹でできた目隠しの仕切りを離れ、テントに戻《もど》っていく。何も心配することはなかったし、このまま見ていたことが知られたら、後が怖《こわ》いでは済まされない。

「……仮面の男のひと、仕切りの向こうまできてた。リコ、見られた？」

「っ……ど、どうして言わないの？　どこから聞かれていたのかしら……場合によっては殲滅《せんめつ》……」

「だ、大丈夫《だいじょうぶ》、そんなに近づいてない。人間の耳、虎人族と違《ちが》って、この距離なら声は聞こえない」

「……それならいいのだけど。もし聞かれていたら、私も身の振り方を考えないと……」

「一緒に仮面の人と結婚する？　あなたが一番目、リコは二番目♪」

「本当に素直ね、あなた。見ていると、何だか怒《おこ》る気もなくなってしまうわ」

今のミラルカは昔のとがっていた時期からすると、想像もできないほどに人当たりが優しくなった。

昔のように触《さわ》る者を皆傷つけていたミラルカも、それはそれでポリシーを貫《つらぬ》いていて恰《かっ》好《こう》いいじゃないかと思うことはあったが、今の柔《やわ》らかい雰囲気《ふんいき》はさらに魅力《みりょく》的だ。

しかし魔王討伐隊《とうばつ》は俺にとって、男女の関係を意識してはならない存在だ。ミラルカの姿を見てのぼせてしまい、『癒しの光《ヒールライト》』を使う事態になったとしても。

そして夜が明ける前に、俺たちは火竜《かりゅう》に乗って、王都へと帰還した。

ミラルカはもうすっかり俺を背もたれにして騎乗することに慣れ、空から見える景色を楽しんでいた――しかし。

「……ん？　王都の方から、何か飛んでくるぞ。あれは、ミラルカの……」

「フェアリーバード……動きがあったら知らせるようにとお願いしていたから、来てくれたのね。シャルロット、何があったの？」

フェアリーバードはミラルカの肩《かた》に止まる。やたらと可愛《かわい》らしい名前に見合う美しい姿をしている――その羽毛はサファイアのような色で、翼《つばさ》の先に行くほどグラデーションがかかっており、見る者の目を楽しませる。

フェアリーバードは周囲の風景と一体化し、完全に気配を消す能力を持っている。ミラルカは独断で、俺のギルド員とは別に偵察《ていさつ》を出していたのだ。

ミラルカの耳元で、フェアリーバードがくるくると鳴く。ミラルカ教授は動物の言葉を話すことができるのである――攻撃《こうげき》魔法学科Ｉ類の教授としての功績より、現時点では動物語の研究の方が有名だったりする。

「ディック、ゼビアス前公爵は自分のしたことを部下……キルシュたちに着せて、切り捨てようとしている。このままでは、彼女たちは処刑《しょけい》されてしまうわ」

怒《いか》りも何もない。それを通り越《こ》して、俺の胸はただひたすらに静かだった。

そうなる可能性もある、と考えてはいた。ギルド員を急行させることもできるが、俺はもう、王都の上空にいる。

「……ジャンの方はどうした？」

「彼は王都から逃《に》げ出そうとしているわ。父親とは袂《たもと》を分かつということね……私が捕縛《ほばく》するわ。あとで、応援《おうえん》のギルド員をこちらに回してちょうだい。捕《つか》まえたら、然《しか》るべき裁きの場に連行してもらわなくてはね」

火竜に乗ってからは仮面を外していたミラルカだが、再び装着する。その瞳《ひとみ》には、燃えるような強い意志が宿っている。

ジャンのことは彼女に任せれば問題ないだろう。指示通りに応援のギルド員も急行させる――そして俺はどうするか。

ゼビアス・ヴィンスブルクト。公爵の座を息子《むすこ》に譲《ゆず》ってから、この国を奪《うば》うために暗躍《あんやく》し続けた男。

その野望は、俺が完全に絶つ。王都の人々は何も知らないままに平穏《へいおん》を享受《きょうじゅ》し続ける、そうでなくてはならない。

「『忘却《ぼうきゃく》のディック』の存在を知らなかったことを、ゼビアスたちに後悔《こうかい》させてあげて」

「忘れられたままでいいさ。これから俺のすることは、大したことでも何でもないからな」

俺もミラルカにならい、仮面を着ける。ギルドマスター自らが動くというのは、相談役に徹《てっ》するという俺の主義には反している……しかし。

『仮面の救い手』となった魔王討伐隊の仲間たちを見ているうちに、俺も彼らと共に、魔王《まおう》を倒《たお》すために旅をしていたことを思い出していた。

あくまで目立たぬように。しかし決して負けることのないように、パーティを見ていた。

あのとき俺は、ただ冷静に仲間たちを見ていたわけではなかった。

コーディ、ミラルカ、アイリーン、ユマ。四人が持つ輝《かがや》きに憧《あこが》れ、戦いに胸を躍《おど》らせた。

彼らの仲間であることを誇《ほこ》りに思い、パーティに加われたことを喜んでいたのだ。

「全部終わったら、まず私たちをどうやって労《ねぎら》ってくれるの？　仮面の執事《しつじ》さん」

「楽しみにしておいてくれ。『銀の水瓶亭《みずがめてい》』のフルコースでもてなすよ、お嬢《じょう》さん」

火竜に隠密《おんみつ》ザクロを与《あた》え、王都北西部目がけて急降下する——ヴィンスブルクトの屋敷《やしき》は、すでに前方に見えていた。

3　忘却の五人目、再び

フェアリーバードの先導に従って火竜を降下させ、まずミラルカをジャン・ヴィンスブルクトの足止めに向かわせる。そのまま俺はヴィンスブルクトの屋敷に向かった。

火竜を貴族の邸宅《ていたく》が集まる地区の外れに降下させ、飛び降りる。事前に調査していた屋敷、その広い前庭で、今まさに凶行《きょうこう》が行われようとしていた。

キルシュと数人の部下が、腕《うで》を後ろ手に拘束《こうそく》され、並んで座らされている。その後ろには、処刑刀を持った男の姿があった。

キルシュの目の前に立っている、豪奢《ごうしゃ》な衣服を身に着けた禿頭《とくとう》の老人。その瞳は氷のように冷たく、口元には歪《ゆが》んだ笑みが浮《う》かんでいる。

「お前たちはベルベキア軍に通じ、我がヴィンスブルクト家を脅迫《きょうはく》した。キルシュ、お前はジャンの忠実な下僕だと思っていたが、とんだ雌猫《めすねこ》だったようだな」

「くっ……！」

「おっと、動くなよ。動けば、その首を切り落とせと命令を下さねばならん。キルシュ、最後の機会をやろう。あの愚《おろ》かな息子はもう逃げ出したが、儂《わし》の下僕として働く気はないか？　もし忠誠を誓《ちか》うならば、お前だけは赦免《しゃめん》してやろう」

「ま、待ってください、ゼビアス様！　それじゃ、俺たちは……ぐぁっ！」

キルシュだけが赦免される、その言葉を聞いた部下が声を上げるが、ゼビアスの配下の男に蹴《け》りを入れられ、悶絶《もんぜつ》して沈黙《ちんもく》する。

「いつ口を開けと言った？　儂は実力を買った者しか手元には置かぬ。貴様らなぞ、幾《いく》らでも替《か》えが利く存在でしかないのだ」

「そんな……お、俺が、キルシュ隊長が盗賊《とうぞく》を逃がしたって言わなければ、あんたは……」

「貴様も逃がしたことに変わりはあるまい？　密告者が厚遇《こうぐう》を受けられると思うなどと図々《ずうずう》しい」

「っ……くそぉぉぉっ……！」

キルシュは配下の密告によって、ゼビアスの前に引き立てられた。経緯《けいい》は理解した――これ以上見ている必要はない。

俺はどのようにキルシュを救出するかを考える。

何も難しいことはない。しかし、ゼビアスの部下に一人だけ、Aランクの戦闘《せんとう》評価を持つ剣士《けんし》が交じっている。やつが動いてキルシュを狙《ねら》ってしまうと、後手に回れば彼女が命を落としてしまう。

万全の仕事をするためには、姿を見せるしかない。Aランクの剣士を倒し、後は――。

（どうとでもなるか。あのご老体が、驚《おどろ》きすぎて死ななければいいが）

この場合、キルシュたちの身を守るために最も有効な手段は、強化の魔法を発動することだろう。本来強化魔法は食事に付与《ふよ》するものではなく、それは俺が後から編み出した手法であって、元は戦闘中に味方を強化することが基本だ。

魔力を隠蔽《いんぺい》し、誰《だれ》も気が付かないままに、俺はキルシュを強化する。しかしそれだけでは、仕込みは足りない。キルシュの強化は念のためであり、敵にかけるべき魔法がある

——それで、準備段階でかける魔法は完了《かんりょう》だ。

俺がもう一つ選んだ魔法は、今まで何度か練習してきてものにしていた。ミラルカの前では拙《つたな》すぎて見せられないが、実用に足る効果が発現することは確認できていた。

キルシュは顔を上げることを許され、ゼビアスを見上げる。彼女は捕縛されるときに抵《てい》抗《こう》したのか、結んでいた髪《かみ》をほどかれ、唇《くちびる》には血がにじんでいた——殴《なぐ》られたのだ。

「私は……私は間違ったことをしたとは思っていない！　ゼビアス・ヴィンスブルクト！　貴様の悪行はいつか、白日の下《もと》に晒《さら》される！　私がここで死のうと、誰かが必ず……！」

彼女は全く折れてなどいない。そう、折れる必要などどこにもないのだ。

ヴェルレーヌは言った。キルシュが自分の選択《せんたく》に誇りを持つこと、それが『銀の水瓶亭』が、彼女に報酬《ほうしゅう》として求めるものなのだと。

契約《けいやく》は履行《りこう》された。ならばキルシュの依頼《いらい》をどんな方法を使ってでも達成してみせる。

ゼビアスは静かに、しかしキルシュの反抗に、度し難《がた》いほどに憤激《ふんげき》していた。

やつが出す答えは分かっていた――処刑人に仕事をさせる。ゼビアスにとって、キルシュが欲しい理由はラーグと同じで、女性として見目麗《うるわ》しいというくらいだったのだろう。

「……儂は身内の恥《はじ》を雪《そそ》ぐべく、断腸の思いで処刑を行うのだ。理解してくれるな」

「っ……！」

キルシュはそれでも瞳の光を失わなかった。その頬《ほお》に涙《なみだ》が伝っても、彼女は決して屈《くっ》してなどいない。

処刑人が、ぎらりと光る刀を高く掲《かか》げる。

そして振《ふ》り下ろそうとしたとき――俺は『二つの魔法』を、同時に発動させた。

（――『戦闘力貸与《スピリット・ライジング》』――そして、『戦闘力低下《スピリット・レデュース》』！）

「うっ……!?」

処刑人が動きを止める。そして刀を持っていられずに、ふらふらとバランスを崩《くず》して倒れ込んだ。

「お、重い……か、刀が、急に……！」

「おい、何をしている！　儂は殺せと言ったぞ！　ええい、貴様がやらんならお前がやれ、グランス！」

「処刑っていうのは、悪人が裁かれるべきものだ。そうは思わないか？」

俺が自ら姿を見せ、声を発しただけで、全員が驚愕《きょうがく》の表情で固まった。その隙《すき》を突《つ》き、Aランクの剣士が拘束されたキルシュたちに向かう前に、剣を抜《ぬ》いて切りかかる。

久しぶりの実戦。しかし、俺にとってはこんなものは、戦いとして成立すらしない。

「そんな仮面をつけて、正義の味方のつもりか……ふざけやがって！」

「俺はただ仕事をしてるだけだ。あんたと同じだよ。『紫《むらさき》の蠍亭《さそりてい》』のグランス・バルドーだったか」

「それがどうした……死ねっ！」

Aランク——冒険《ぼうけん》者強度1万のうち、ほとんどを剣術の評価で計上されているようで、なかなかの腕だ。

しかし『斬撃強化《スピリット・ブレード》』で強化した俺の剣と一合でも打ち合うのは、普通《ふつう》の剣を使っている以上は自殺行為《こうい》としか言えなかった。

ギイン、と鈍《にぶ》い音がする。魔力によって硬度《こうど》を高められた俺の剣は、グランスが使う鋼鉄の剣の刃《やいば》を、半ばから断ち割っていた。

「バカなっ……黒鉄《くろがね》の剣が、ただの鋼《はがね》の剣で……！」

「ベルベキアから供与された武器でも使ってたのか？　これは根が深い問題だな……！」

「ぐぉっ……！」

武器を失った相手に斬《き》りかかることもない。俺は蹴りでグランスを吹《ふ》き飛ばした。

『蹴撃強化《シュート・ライジング》』。常に強化魔法を使う必要もないが、手加減ばかりしている主義もないので、つい発動させてしまう。

しかしグランスが飛んでいく先に大木があり、激突《げきとつ》した衝撃《しょうげき》で木の幹に亀裂《きれつ》が入った。

「さて、次は……誰もかかってこないのか？　じいさん、顔が赤紫色になってるぞ」

「む、無能どもがぁっ……ここを逃げ切れば、逃げ切りさえすれば……っ」

もはや、部下を陰《かげ》で操り、この国を手に入れようとした策謀《さくぼう》家の顔などどこにもなかった。

息子にも離反《りはん》され、最後の手を打ったつもりが、全ての希望を絶たれようとしている。

ゼビアスは自ら剣を抜き、俺に斬りかかってくる――その顔にあるのは権力への妄執《もうしゅう》と、俺への憎悪《ぞうお》だけ。

「ウガァァァァッ！」

理性を失い、獣《けもの》のような声を上げながら、剣を繰《く》り出す――しかし。

自身はCランクに満たないゼビアスの攻撃《こうげき》を受けてやるほど、俺は甘くはなかった。

様々な方法の中から、俺はあえて『実験』を選ぶ。そう、俺にとっては、これは初めから戦いではないのだ。

俺は『魔法陣《まほうじん》』を、『隠蔽したまま』展開していた。

そういう使い方ができないかと、ミラルカを見ながらいつも思っていた。

彼女以外に、空間展開魔法を使える者はいないだろう。彼女のことをずっと見てきた、あらゆることをそこそこなすことのできる、『器用貧乏《びんぼう》』の俺以外は。

――『限定殲滅《せんめつ》型六十六式・粒子断裂陣《りゅうしだんれつじん》』――

ゼビアスが剣を突き出す――それは俺の身体《からだ》に届いたかに見えた。

「ど、どうだ……儂はこんなところでは終わらぬ……決して……」

「いや、終わってるよ。そして、二度と始まりはしない」

「なっ……あ、あぁっ……！」

ゼビアスの剣がぼろぼろと、黒い炭のような塊《かたまり》になって崩れ落ちる。武器を失ったゼビアスは腰《こし》を抜かし、ただ化け物を見る目で俺を見ていた。

「け、剣が……貴様、魔族……魔族だな。魔族が王都に入り込み、国を侵《おか》そうと言うのか！」

「魔族を侮《あなど》るなよ。あんたよりもずっと誇り高い魔族を俺は知ってる。いや、あんたには

誇りなんて初めからなかった。国を売るようなやつに、誇りなんて言葉は勿体《もったい》ない」

「……ぐがっ、がっ……！」

ゼビアスは敗北を認められず、口から泡《あわ》を飛ばして何かを言いかけたが、それは言葉にならなかった。

憤激のあまりにゼビアスは失神する。まだ残っている部下の誰もが、戦う力など残していなかった。『戦闘力低下《スピリット・レデュース》』の効果を受けた者は、一定の強さがなければ武器を握《にぎ》ることすらできないほど弱体化するからだ。

「主人を連れて逃《に》げろっていうのも、むしろ酷《こく》な話だろう。大人しく捕《つか》まってくれ」

誰もが言葉もなく、頷《うなず》くこともできないでいるが、逆らう気力は完全に失われていた。

俺はキルシュたちの拘束を外してやる。解放されたキルシュの腕に縄《なわ》が食い込み、血がにじんでいたので、彼ら全員に『癒しの光《ヒールライト》』をかけた。

「この光は……回復魔法まで……」

「ひ、ひぃぃっ……俺は悪くねえ！　全部キルシュ隊長が……ぐぁっ！」

キルシュのことを密告した彼女の部下には、仕置きの意味も込めて手刀を食らわせ、失神させる。

「他に、彼女を裏切った者はいるか？」

「……いえ。他の者の中にそういった気持ちを持つ者がいても、私の不徳が原因です」

「そ、そんなことは……」

「キルシュ隊長、すみませんでした……俺は、あなたがゼピアス様の部下になって、俺たちを見捨てるものかと……」

キルシュの部下の三人の男性が、申し訳なさそうに言う。しかしキルシュは笑って言った。

「そう思うのは無理もない。そうしたら助かるかもしれない、と思ってしまったことは確かだからな……しかし、あの老人に屈従《くつじゅう》するよりは死んだ方がいいという気持ちが勝《まさ》った。それだけのことだ」

「隊長……」

本来は、キルシュは彼らに慕《した》われているのだろう。その信頼《しんらい》関係を崩したのは、彼女たちに汚《よご》れ仕事を命じたジャンと、利用するだけして切り捨てようとしたゼピアスの父子だ。

ミラルカもつつがなく任務を完了したのだろう、フェアリーバードが上空を横切っていき、その後ろをミラルカの乗った火竜《かりゅう》が飛んでいく。

「あ、あの……仮面の方。なぜ、私たちを助けてくれたのですか？」

仮面を着けていると声が偽装《ぎそう》されるため、キルシュは俺の正体に気づいていない。

彼女は俺の答えを待っている——俺はそれよりも、捕縛《ほばく》されるときに破られてしまった彼女の服が気になり、着ていたジャケットを脱《ぬ》いで羽織らせた。

「あ……も、申し訳ありません、そのようなお気遣《きづか》いまで……っ」

「いや、気にしないでくれ。これくらいは当然のことだ」

俺は踵《きびす》を返し、立ち去ろうとする。あとは王都の役人を呼び、キルシュたちに処理を任せるつもりだ。彼女ならば、事情を理路整然と伝えることができるだろう——難しければ、コーディの力を借りる必要が出てくるが。

「か、仮面の方……っ、どうか、お名前だけでも……！」

「俺は『仮面の救い手』の五人目だ。そう覚えておいてくればいい」

「は、はいっ……！　絶対に、この恩は忘れません……ありがとうございます、『忘却《ぼうきゃく》の』勇者殿《どの》！」

「っ……!?」

「勇者……あの男が？」

「俺たちを助けてくれたっていう意味での、勇者じゃないか？」

キルシュの言葉に部下たちは勝手に納得してくれたが、俺は少なからず動揺《どうよう》していた。

まさか、知られていたのか——いや、『銀の水瓶亭《みずがめてい》』のギルドマスターの名が、ディック・シルバーであることを、どこかで調べて知ったのか。公式にそう記録されているので、調べれば分かる話なのだが。

彼女が依頼を持ち込んだ『銀の水瓶亭』と、ディック・シルバー、そして仮面の救い手が結び付けられてしまった――だが、あまり目くじらを立てるのも野暮《やぼ》だろう。

キルシュは秘密を守ってくれる。もし守ってくれないならば、ヴェルレーヌを介《かい》して、成功報酬にこんな条件を追加させてもらいたい。

『仮面の救い手』は、当ギルドとは無関係の、王国を守る集団である。

もし彼らに救われたとしても、それは当ギルドでは一切関与《かんよ》しない出来事である――ぜひ、そのように念を押しておきたいところだ。

4　戻《もど》ってきた平穏《へいおん》と執事《しつじ》の招待

ヴィンスブルクト公爵《こうしやく》家の企《たくら》みは、他の二公爵家の後見を得て、キルシュ・アウギュストによって国王に直接報告された。

歴史の長い公爵家の一つが、ゼビアスの代から腐敗《ふはい》していたことについては、他の公爵家も察知していないわけではなかった。公爵とはいえ一貴族であるヴィンスブルクト家の当主が、王女との婚約《こんやく》を強引に進めようとしたことを、公爵の中でも筆頭とされるオルランズ家、そしてシュトーレン家でも由々しきことと見なし、ジャンの放蕩《ほうとう》な女性問題もあって、内部事情の聞き取りを行うべきという声が高まっていたのである。

シュトーレン家は、かつて所有した屋敷《やしき》が俺のギルドによって安全に運用されていることを知ると、友好的な書状を送ってきていた。オルランズとシュトーレンは公爵家同士でつながりがあるので、そこをツテにして、キルシュの件の後見人になってもらえたわけだ。どんな仕事でも受けておくものだ、と思う。あの屋敷に集まる死霊《しりょう》を浄化《じょうか》してくれたユマも、今回の件に間接的に助力してくれたと言えるわけだ。その話をすれば、ユマも一人だけ参加することができなかったと寂《さみ》しがることはないだろう。


ヴィンスブルクト家は爵位はく奪《だつ》の憂《う》き目《め》に遭《あ》うところだったが、温情を受けて子爵に降格ということで落ち着いた。ゼビアスとジャンに一族全員が加担していたというわけではなく、彼らのしていることを把握《はあく》していない者もいたからだ。

公爵家の一つは空席となり、侯爵《こうしゃく》から再選出されることになった。侯爵家の中で最も公爵にふさわしいとされる家を決めるまでは十分な期間を設け、それまでは二つの公爵家が貴族たちの頂点に立つこととなった。

キルシュは幸運にも、オルランズ家に雇《やと》われることになった。その能力と、国のために主君を諌《いさ》めようとした忠誠心を買われたのだ。彼女の部下は、裏切りを犯《おか》した者以外はそのままキルシュの下につくことになった――彼女の近況《きんきょう》と報酬《ほうしゅう》については、また日を改めて話すことになっている。もうもらうものはもらっているとも言えるのだが、キルシュはそれでは気が済まないと言っていた。

そして、国王からの裁定が下りて、一週間後。

俺は仮面の執事として、『救い手』の四人をベアトリスの屋敷でのディナーに招待した。晩餐《ばんさん》の席に着く前に、今回の依頼《いらい》で協力を要請《ようせい》しなかったことについてユマと話したが、彼女は何も気にしていないようだった。

「人と人との争いで、私の力がお役に立つとしたら……それは、無念を抱《かか》えて亡《な》くなられた方々を鎮魂《ちんこん》することになってしまうでしょう。それが私たち僧侶《そうりょ》の本来の仕事の一つではありますが、それを喜んでいたらディックさんに心配をかけてしまいますしね」

「ユマ……大人になったな。全ての魂《たましい》を鎮《しず》めたい、って言ってたのに」

「いえ、本当はお鎮めしたいですけど……我慢《がまん》して、我慢して、溜《た》まってきてから、ディックさんにお願いして、鎮魂の場を設けてもらうのもいいかなと思っていまして」

間違《まちが》いなく聖女と言える微笑《ほほえ》みを浮《う》かべているが、言っていることは、どこかしら背徳を感じさせられる。

「……仮面の僧侶では、ちょっとしかストレス解消できないのか？」

「は、はい……すごく満たされますし、私がアルベイン神教会の僧侶というのは、仮面をつけていても服で知られていますので、寄進の額は増えるいっぽうです。でも、ベアトリスさんが死霊を集めてしまったとき、一気に浄化したときのあの感覚が、忘れられないんです……ああ……あのときみたいに、ディックさんの魂に触《ふ》れたい……」

「そ、そうか……触れるだけでいいのなら、いつでも構わないぞ？」

ユマは俺を見て、ぱちぱちとつぶらな瞳《ひとみ》を瞬《またた》かせる。その反応の意味が、俺にはすぐに分からなかった。

「いいえ。ディックさんがおじいさんになって、ご家族に看取《みと》られて神のみもとに旅立たれるときまで、とっておきます」

「……家族か。まず家族を作るには、嫁《よめ》をもらわないとな」

「あっ……は、はい。その件についてはですね、私のお父様とお母様も、将来的には、ディックさんさえよかったら……あ、あのっ……」

「執事さん、ユマ。もう着席してずっと待っているのだけど、まだお取り込み中かしら？」

「っ……す、すみませんっ。執事様、今のお話はまた、また今度でお願いしますっ

「……！」

ユマはぱたぱたと走っていき、ミラルカの隣《となり》に座る。ミラルカは俺を牽制《けんせい》してくるかと思いきや、ふっと笑っただけで、ユマと何やら話していた。

「お客様方、食前酒はいかがなさいますか？」

「私は執事さんのおすすめでいいわ」

「あたしもー！　ユマちゃんはミルク？　今日くらい禁を破ったりは……だめだよねー」

「はい、ミルクかお酒以外の飲み物をお願いします」

「じゃあ、僕は……いつものにしようかな」

オーダーを最後に出すのは――コーディ。今日は私服姿で、アイリーンの隣に座っている。

俺にどんな服を普段《ふだん》着てるか、と聞いてくるくらいに、コーディは服装には頓着《とんちゃく》しないやつだ。俺がいつも世話になっている仕立て屋を紹介《しょうかい》したこともある。

これからも、そんな日々が続くのだろうと思っていた。

数少ない、腹を割って話せる親友。そういう存在を失いたくないからといって、俺は今後も一生、自分が見たものを否定し続けるのか――。

覗《のぞ》き見をしたことを知られたら、コーディは俺を許さないだろうか。

コーデリア・ブランネージュ。彼女の故郷の村には、その名前で出生記録が残っていた。

俺は今まで仲間たちの素性《すじょう》を改めて調べようなんて思ったことはなかったし、コーディの出生について知りたいと思ったのも、これが初めてだった。

彼女がブラウンの髪《かみ》を常に短く切っていても、時折長く伸《の》びてくると思うことがあった。

俺と一緒《いっしょ》に旅をしているのは、隣で飲んでいるのは、本当に男なのかと。

これからすることで、コーディを怒《おこ》らせ、絶交されたとしても仕方がない。

それでも、もう少しだけでも、彼女が楽にしていられるように。

これからも、今まで通りの「コーディ」を装《よそお》い続けなければならないとしても、どこかで肩《かた》の力を抜《ぬ》けるようにしたい。

「本日は皆様《みなさま》を労《ねぎら》う、特別な晩餐会でございます。よろしければ、コーディ様のお飲み物も、お任せいただければ幸いです」

「……？　うん、それじゃお願いしようかな」

心臓が跳《は》ねる思いがした。こんなことをしなくても、知らないふりをして、俺は酔《よ》って夢でも見たのだということにすれば、同じ関係を続けていられる。

それが、俺の望んだ平穏だ。それで間違いはない。

だから、コーディの事情に踏《ふ》み込む必要などない。こんなに怖《こわ》いと思うのは初めてだ。

俺はコーディが定期的に店に顔を出してくれることを嬉《うれ》しく思っていた。

それはコーディが男であっても、女であっても、変わることのない気持ちだった。

「失礼いたします。食前酒のご用意をさせていただきます」

ベアトリスがワゴンを押して、ダイニングルームに入ってくる。

そのワゴンの上には、四つの色のブレンドした酒を満たしたグラスが置かれている。ミラルカは赤、アイリーンは青、ユマは白、そしてコーディは黄色。

「『銀の水瓶亭』のオリジナルブレンド、『虹の雫《しずく》』でございます」

ブレンドの最後に加える一滴《いってき》で、七色に変わる酒。リキュール、ブランデー、ジュースを独自の比率で混合したベースだけでも美味《うま》いが、最後の一滴で味の印象が変化する。

「……ディック……これは……」

俺は仮面の執事という体《てい》だが、コーディはそんなことは気にしていられないというように、俺の名を呼んだ。

何も言わず、俺はベアトリスにワゴンを押してもらい、四人の前にグラスを置く。三角のグラスに、四人それぞれの色をした、透《す》き通る酒が満たされている。

コーディはエールを頼《たの》むだろう——そう思った。それは初めに店に来たとき、「だいたい男性客はエールを頼む」と俺が教えたあとから、ずっと守られている習慣だった。

そのあともコーディは、「男が飲む酒」を俺に聞いて、それしか頼まなかった。優男《やさおとこ》だと言われるのがいやで、男らしく振《ふ》る舞《ま》おうとしている——そう思っていた。それは半分は正解で、半分は的外れだった。

俺に自分の正体を隠《かく》すため。本当は女性なのだと悟《さと》られないために、演じていたのだ。だから、俺が終わらせなければならない。言葉にしなくても伝えられる方法で。

「……これは、何かの間違いじゃないかな。僕は、エールかラムしか……他のお酒は、よほどの例外がなければ頼まないよ」

「いえ、例外ではありません。決して、気の迷いでもない」

ミラルカとユマ、アイリーンの表情が変わる。信じられない——そんな顔をされるのも無理はない。

五年間だ。五年間ずっと気づかずに、今日という日を迎《むか》えたのだから。

コーディは俺に何か言おうとする。初めは怒っているようにも見えた……しかし。

「……君には、後で問い詰《つ》めなければいけないことができた。これは大きな貸しになる」

「ええ……承知《そこ》しております。それでも、今お出ししているものに、間違いはございません。もし気分を損ねましたら、何なりと罰《ばつ》をお申し付けください」

俺は深く頭を下げる。バカにしているのかと怒られることも覚悟《かくご》しながら。

しかしいつまでも叱責《しっせき》は訪《おとず》れない。そして、コーディはふぅ、と息をついた。

「……僕はもっと早く、覚悟を決めておくべきだったみたいだね」

頭を上げることを許され、俺は四人の視線を浴びる。

誰《だれ》も責めるような目はしていない。むしろ、ミラルカとアイリーンは今さら気が付いたのかと言いたげだった。

「なぜ今日という日を選んだのか、いつからなのか……色々聞きたいことはあるけれど。今日のところは、コーディに免《めん》じて、不問に付してあげる」

「恐《おそ》れ入ります、ミラルカお嬢様《じょうさま》」

「えー、執事《しつじ》のままなの？　ディック、素顔でコーディと話すのが恥《は》ずかしいんでしょ」

「……僕はあまり気にしないけど。今までだってそうだったし、これからも……」

コーディはそう言いつつも、耳まで真っ赤になっている。

そんな顔を見たのは、魔王討伐隊《まおうとうばつ》として旅をしているときに、一緒に風呂《ふろ》に入るかと誘《さそ》ったとき以来だった。

「それにしてもディックは、これで男性の親友がいなくなってしまったわね」

「い、いや。僕はいいんだ、これからも男性扱《あつか》いしてくれていい。そうじゃなかったら……そ、その、困るから……」

「色々察してね、っていうことね。そんなわけで、今日は飲むぞー！」

「あ、あの、私、執事様のお気持ちは嬉しいのですが、お酒は……」

「同じ仕立てにしてありますが、ユマ様のものは酒精を抜いてありますので、ご心配なく」

「さすがディック様ですね……お酒なしでも、近い味になるブレンドの仕方を用意しているんですから。これからも、定期的にレシピをお教えしていただかなくては……」

ベアトリスはもう十分に、この屋敷《やしき》の主人としてこなれているのだが、彼女がそう言うならば定期的な訪問は必要だろう。

しかし四人の目が恐ろしい――ベアトリスの屋敷を訪問するということは、つまり彼女の実体化を維持《いじ》するために、魔力を供給するということでもあるからだ。必ず毎回というわけではないが、彼女もそれを期待しているふしがある。

ユマは笑っていて、コーディも顔が赤いままながらも、いつも通りの爽《さわ》やかな笑顔に戻《もど》っているが、こちらを見る目の意味が微妙《びみょう》に変化しているように感じた。

「……今後はやきもちを焼くと、そういう意味に取られてしまうのか。みんなも大変な思いをしてきたんだね」

「やー、やきもちなんて焼いてもしょうがないって。ディック、全然自覚ないし」

「本当にね。引き寄せるだけ引き寄せて、餌《えさ》をあげないタイプよ。とんだ釣《つ》り師《し》ね」

「ぐっ……私はただの仮面の執事でございまして……」

「私も仮面の僧侶です。そんな私から一言言わせていただきますと……もっと私をかまってください」

ユマがいきなり爆弾《ばくだん》を投下する――しかしそれは、みんなを笑顔にする。

彼女には昔からそういうところがある。浮世離《うきよばな》れしているようで、本当はそうでもない。

「ディック、私との約束も覚えているわね？　忘れたなんて言ったら許さないから」

「あ、今回の仕事ってそういうのもＯＫなの？　じゃあねえ、今度うちに来て一緒に飲も？　ヴェルレーヌさんも連れてきていいよ」

「じゃあ、僕は……ディックはぐらかしていつも先送りにするから、剣《けん》の稽古《けいこ》に付き合ってもらおうかな」

みんなが口々に俺への要望を出す。俺はずっと酒場で飲んでいたいわけだが――どうやらそれだけではいさせてもらえないようだ。

「それではディック様……いえ、仮面の執事様。乾杯《かんぱい》の挨拶《あいさつ》をお願いいたします」

「なぜ私が……と言ってる場合でもないか。皆様、グラスを掲《かか》げていただいて……乾杯！」

『乾杯！』

魔王討伐隊、そして今は仮面の救い手が声を揃《そろ》える。

今夜の晩餐《ばんさん》会は、終わる時間を予定していない。彼女たちは大いに飲み、大いに話し、互《たが》いに労い合った。

今回の一件を通して起きた変化があり、そして変わらない部分がある。

明日《あした》から俺は、また変わり映えのしない日常へと帰るのだろう。今は皆《みんな》と共に、心地《ここち》よく酔わせてもらいたい。

「執事様、何か飲まれますか？」

「僕たちにも作り方を教えてもらえないかな。君だけ色々知っていてずるいと思っていたんだ」

「ディックはねえ、レシピは見様見真似《みまね》で覚えろっていうから、見せてもらえばいいよ」

「ふぅん……どんなふうに作っているのか、興味深いわ。やってみせて、仮面の執事さん」

「では、リクエストにお答えして……」

ベアトリスが用意した酒をブレンドするためのシェイカー――これは王都の酒場には普《ふ》及《きゅう》していない。酒を混ぜるという文化自体、俺が異国の人間から聞いて興味を持っただけで、アルベインには広まっていないからだ。

シェイカーにブレンドする材料を入れ、振り始める。そしてグラスに注《つ》ぐところを、親愛なる俺の仲間たちは、まるで宝石でも見るかのように目を輝《かがや》かせて見つめていた。

エピローグ　留守を守る魔王

私のご主人様は、決して周囲にそう見せようとはしないのだが、実直で働き者だ。

朝は早起きで、私がよほど頑張《がんば》らないと、先に朝食を作られてしまう。

留守中に部屋の掃除《そうじ》やベッドメイキングをしようにも、自室の管理は完璧《かんぺき》で、容易に手出しして良《い》いような隙《すき》を見せない。

そのわりに私を信頼《しんらい》しているという顔で、平気で何日も家を空けて帰ってこなかったりする。私はディックがいない間も、毎日お店を開いて、やってくる客に対応し、店主としてそつのない仕事をしているつもりだ。

しかし、ディックが信頼という言葉の上にあぐらをかいているのなら、私は女として、元魔王として、彼を時には脅《おど》かしてやらなくてはいけない。

「……水入らずにしてやったとはいえ、朝帰りなどしたらどうなるか、分かっているのだろうな……？」

もう、帰ってくるわけのない時間。今回の依頼《いらい》で魔王討伐隊の仲間たちに世話になったから、もてなしたいというディックを快く送り出したはいいが、就寝《しゅうしん》前になってだんだんと気になってきて、帰ってこないとなると急に拗《す》ねたような気持ちになってしまい、私は主人のベッドにネグリジェ姿で寝《ね》そべっていた。

我がご主人様は、ベッドシーツを干す手間を全く惜《お》しまない。この十二番通りのうらぶれた路地は日当たりが悪いのだが、ご主人様は屋根の上までするすると登っていき、建物の下から見えない部分でシーツを毎日日光に当てて干している。

それは私の分も同じで、毎日太陽の匂《にお》いがするベッドで眠《ねむ》ることができていた。ダークエルフの私が言うのも何なのだが、安眠《あんみん》できることこの上ない。

彼は私が住み込みで働くと言ったときも、口では「無茶言うな」とか、「ギルドの寮《りょう》に入れ」と言うものの、追い出したりはしなかった。それどころか黙《だま》っていても三食作ってくれるし、私が暇《ひま》を持て余していれば構ってくれるし、女としての誇《ほこ》りをかけて彼に奉仕《ほうし》を挑《いど》んでも、戸惑《とまど》いつつも呆《あき》れたりはせずに見ていてくれる。

（……五十年以上も生きてきたのに、あんな男を見たことがない。あの癖《くせ》のある四人が慕《した》って、指揮を任せているのだから、ただ者ではないと思ったが……）

初めて戦ったときのことを思い出す。私も魔王国を守るため、彼らを倒《たお》すつもりで全力で戦ったし、あのときの血の騒《さわ》ぎは昨日のことのように思い出せる。

しかし人生において無敗だった私が、ディックに敗れたことは自然に受け入れられた。

そのときにはもう、自覚していたのかもしれない。

（……一目惚《ひとめぼ》れと言っても、ディックは信じないだろうからな）

ころんとベッドの上で転がる。気が付くと、私は手でディックの枕《まくら》を手繰《たぐ》り寄せていた。

彼には一度も言っていないが、留守の間に、こうやって匂いをかぐのがくせになってしまった。こうすると無性《むしょう》に落ち着く――胸がすくようで、制御《せいぎょ》のできない感情も静かになっていく。

「一人で待っているのは寂《さび》しいのだぞ。分かっているのか？　ディック……」

単身で魔王国からディックに会いに来たのは、私が自分で決めたこと。それで泣き言を言うのは情けないと思うが、彼の前では元魔王として強い姿を見せたいと思ってしまい、彼がいない間は、留守だと分かっていても彼の面影《おもかげ》を追いかけて、こうして彼の部屋にやってきてしまう。

これからも留守の日はあるし、私はご主人様を笑顔で送り出すのだろう。

しかしそんな日が重ねられるほど、私はきっと、こうやってご主人様の部屋に寝ているだけでは満たされなくなってしまう。

（……それはおそらくばれているだろうな……色々と、しているからな。ご主人様は朴念《ぼくねん》仁《じん》なので、なかなか通じないが）

私の奉仕に顔を赤くして照れるディックの姿を思い出し、顔がほころぶ。

たとえ留守番が多くても、私はこうしているのが嫌《きら》いではないし、護符《ごふ》を受け取っても
いいという気持ちになれるまで、ご主人様の籠絡《ろうらく》を試みたいと思っている。

「……あまり待たせると、今度は押《お》し倒してしまうぞ……？」

「い、いや……もう帰ってきたから、お手柔《てやわ》らかにお願いしたいんだが」

「っ……な、なっ……ごごっ、ご主人様っ、一体いつからっ……!?」

「みんなが寝たあとで、いったん帰ってきたんだ。明日の朝になったらまた向こうに行っ
て、朝食のあとで解散することにしたから」

私は反射的に起き上がるが、ところどころ透《す》けたいわゆる勝負寝間着《ねまき》を着ていることに
気づき、毛布を手繰り寄せてかぶった。

枕もすぐに元の位置に戻したが、私が抱《だ》いていたことはばれているし――身体《からだ》がかぁっ
と熱くなり、耳まで火照《ほて》ってしまう。

「最近は留守番ばかりさせて悪いな。ちゃんと埋《う》め合わせはするからさ」

私が望むようなことを、ディックはきっと分かっていない。

そんなご主人様に、私は無理な頼《たの》みごとはしない。いつまでもそうとは限らないが。

「では、希望を出させてもらおう。私が望む埋め合わせは……」

あとがき

初めまして、朱月十話《あかつきとうわ》と申します。初めましてでない方――本作の連載《れんさい》版を「なろう」でご覧になった方には、改めて申し上げます。こうして書籍《しょせき》という形になったのは全て皆《みな》様《さま》のおかげです。いつもお読みいただきありがとうございます。

「なろう」で連載を始める前は、本作には「ギルドマスターは働かない」という仮タイトルをつけていました。酒場で飲んだくれながら、ギルド員たちを手足のように操り、難しい依頼《いらい》を次々に解決するというような作品像だったのですが、書き始めるその瞬間《しゅんかん》に内容が大きく変化し、「目立ちたくない主人公」が誕生して今に至ります。

多くの冒険《ぼうけん》者が集まるギルドのマスターが働かないとなると、それを補佐《ほさ》する人たちが活躍《かつやく》するばかりで、あまり尊敬されたりもしないし、いいとこなしになります。そこで働かないのではなく、「働いているところを見せない」、つまり「目立ちたくない」という発想に行き着きました。何だかんだといって主人公が目立ちたくないために努力をする話でもあると思っていただければ幸いです。

一巻では「奇跡《きせき》の子供たち」の実力を遺憾《いかん》なく描写《びょうしゃ》できる強敵が現れませんでしたが、二巻では魔王討伐隊《まおうとうばつ》の実力の片鱗《へんりん》をもっとお見せできればと思っております。「なろう」でご覧になっている方はご存じかと思いますが、作中最強のヤンデレヒロインが登場します。現時点で登場しているヒロインたち、そして書籍版で大きく出番が増えた魔王とも、ディックとの恋《こい》の鞘当《さやあ》てについてもお楽しみに、と予告をさせていただきます。

また、ウェブ連載版から特に力を入れてエピソードを追加させていただきましたのは、魔王ヴェルレーヌとディックの対話部分になります。酒場の店主と飲んだくれという相棒関係にあり、ギルドハウスで同居している関係にある彼らですが、なろう版では二人の生活について詳細《しょうさい》に描写しておりませんでした。今回は新鮮《しんせん》な気持ちでお読みいただけるよう、魔王ヴェルレーヌがどれくらい護符《ごふ》を返してもらいたがっているのか、なぜディックが返すと言っているのになかなか受け取らないのか——ある意味男女の戦いであるこのパートについては、連載版と比べてかなり抜《ぬ》き差《さ》しならないことになっています。他のヒロインたちの出番も強化してほしいというお声がございましたら、順番に入れられるところで追加エピソードをと考えております。

この本と同日発売になりますドラゴンマガジンの短編でも魔王が活躍していますが、もちろん「奇跡の五人」の面々も登場して、いつものようにディックを中心にして事件を解決していません。今まで触《ふ》れていない時間軸《じかんじく》、本編から二年前の物語を、ご興味がございましたらぜひご覧いただければと思います。

いつも鋭《するど》いご指摘《してき》と指導をいただき、大変なお時間にメールをくださる編集者様には、本当に頭が上がりません。私も深夜にメールを返して仕事をしている雰囲気《ふんいき》を出していますが、基本的に怠《なま》け者《もの》なのでもっと自分に厳しくせねばと思っております。

イラスト担当の鳴瀬《なるせ》ひろふみ先生には、見事にキャラクターに命を吹《ふ》き込んでいただきました。私の頭の中で動いていたキャラたちよりさらに素晴らしい姿になっているので、今後の執筆《しっぴつ》においても反映したいと思っております。

校正担当の方、編集部の皆々様《みなみなさま》にも、改めて御礼《おれい》を申し上げます。そして読者の皆様、年齢《ねんれい》は関係なく、全ての方が大人になった気持ちで言わせていただければと思います。

この本をご覧になった全ての方々に——乾杯《かんぱい》！

朱月十話

NEXT

次巻予告

「……むぅ。ご主人様はつれない。そのうちご主人様は責任を取ってくれるはずと踏んでいるのだが……」

人知れずアルベイン王国の平和を救ったディックたち。

しかし『銀の水瓶亭』に幻の動物を巡る不穏な依頼が舞い込む。

事件の影には、王国最大のギルド『白の山羊亭』と伝説のギルドマスターの名。――そして最強の敵。

「ディー君の優しさを私は尊敬するけど、同時にぐちゃぐちゃに踏みにじりたくなる。たまらなく好きで、壊したいほど嫌いでもある」

「いつか私が望んだ時に、私をちゃんと殺すんだよ」
目立ちたくない英雄の、過去が今暴かれる――！

Web上で屈指の人気を誇るヤンデレヒロインが登場!

魔王討伐したあと、
目立ちたくないので
ギルドマスターになった2

2017年秋発売予定!

富士見ファンタジア文庫

魔王討伐《まおうとうばつ》したあと、目立《めだ》ちたくないので
ギルドマスターになった

平成29年7月20日　初版発行

著者——朱月十話《あかつきとうわ》

発行者——三坂泰二
発　行——株式会社KADOKAWA
〒102-8177
東京都千代田区富士見2-13-3
0570-002-301（ナビダイヤル）
印刷所——旭印刷
製本所——本間製本

ISBN978-4-04-072336-5 C0193

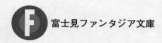

第31回
ファンタジア大賞
原稿募集中!
賞金
〈大賞〉300万円
〈金賞〉50万円
〈銀賞〉30万円
胸がキュンキュンするような
原稿待ってるよ!
締め切り
前期 2017年8月末日
後期 2018年2月末日
選考委員
葵せきな「ゲーマーズ!」×石踏一榮「ハイスクールD×D」×橘公司「デート・ア・ライブ」×ファンタジア文庫編集長
投稿&最新情報▶http://www.fantasiataisho.com/
イラスト:深崎暮人